LE MASQUE
Collection de romans d'aventures
créée par
ALBERT PIGASSE

Les Indiscrétions d'Hercule Poirot

Agatha Christie

Les Indiscrétions d'Hercule Poirot

Traduction nouvelle de Jean-Marc Mendel

LIBRAIRIE DES CHAMPS-ÉLYSÉES

CE ROMAN A PARU SOUS LE TITRE ORIGINAL :

AFTER THE FUNERAL

Pour James,
en souvenir des jours heureux
à Abney

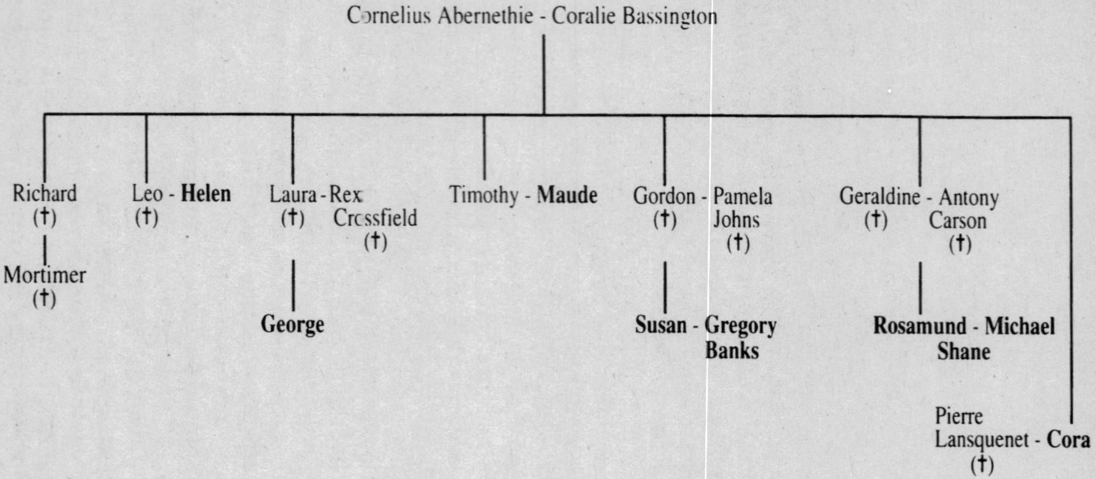

La famille Abernethie

Les membres de la famille signalés en gras étaient présents à l'enterrement de Richard Abernethie.

1

Le vieux Lanscombe traînait la patte de pièce en pièce pour relever les stores. De temps en temps, plissant ses yeux chassieux, il s'arrêtait pour regarder par la fenêtre.

Ils n'allaient pas tarder à revenir de l'enterrement. Il boitilla un peu plus vite : il y avait tant de fenêtres !

Enderby Hall était une vaste demeure victorienne édifiée dans le style gothique. Chaque pièce possédait ses rideaux de riche étoffe fanée, brocart ou velours. Certains murs étaient encore tendus de soie pâlie. Dans le salon vert, le vieux maître d'hôtel lança un coup d'œil au portrait suspendu au-dessus du manteau de la cheminée : Cornelius Abernethie, l'homme qui avait fait bâtir Enderby Hall. La barbe brune agressivement pointée, le modèle posait la main sur un globe terrestre. Nul n'aurait su dire si c'était lui qui l'avait voulu, ou si l'artiste avait ainsi apporté une note symbolique à sa toile.

Un monsieur qui avait tout l'air d'une force de la nature, avait toujours estimé Lanscombe, qui se félicitait de ne pas l'avoir personnellement connu. Son maître *à lui*, ç'avait été Mr Richard. Un bon maître. Disparu si brutalement. Même si le docteur, il est vrai, avait dû venir le soigner depuis quelques jours. Ah ! mais c'est que le maître ne s'était jamais remis du choc que lui avait causé la mort du jeune Mr Mortimer. Le vieil homme branlait du chef en franchissant aussi vite qu'il le pouvait le seuil du boudoir blanc. Cette mort avait été terrible, une vraie catastrophe. Un jeune monsieur tellement solide, tellement plein de force et de santé. On n'aurait jamais pu imaginer qu'un malheur pareil lui arriverait. Désolant, ç'avait été, vraiment désolant. Et le pauvre Mr Gordon, lui, tué pendant la guerre. Un malheur après l'autre. C'était comme ça que les choses allaient maintenant. C'en avait été trop pour le maître. Et pourtant, il y avait une semaine seulement, il paraissait presque redevenu lui-même.

Le troisième store du boudoir blanc refusait de remonter comme il l'aurait dû. Il bougeait un peu et puis il se bloquait. Des ressorts trop faibles, voilà ce que c'était. Très vieux, ces stores, comme tout dans la maison. Et, de nos jours, on ne pouvait même plus les faire réparer. « Complètement démodé », ils disaient toujours ; en hochant stupidement la tête d'un air supérieur — comme si les choses d'autrefois n'étaient pas sacrément meilleures que les modernes !... *Ça,* il était bien placé pour le leur dire. De la camelote, tous ces nouveaux machins... Ils vous tombaient en morceaux dans les mains. Les matériaux n'étaient pas bons, ni la fabrication, d'ailleurs. Oh ! oui, *lui,* il était bien placé pour le leur dire.

Il ne pourrait rien faire pour ce store sans monter sur un escabeau. Grimper des marches, maintenant, ça ne lui plaisait plus trop. Ça lui donnait des étourdissements. De toute façon, pour l'instant, il allait laisser le store tel qu'il était. Comme le boudoir blanc ne donnait pas sur la façade et qu'on ne le verrait pas des voitures rentrant de l'enterrement, ça n'avait pas trop d'importance — et puis ce n'était pas comme si la pièce était encore utilisée. C'était une pièce conçue pour les dames, celle-là, et il n'y avait plus de présence féminine à Enderby Hall depuis bien longtemps. Une pitié que Mr Mortimer ne se soit pas marié. Toujours parti à la pêche en Norvège, à la chasse en Ecosse, ou bien alors en Suisse, pour ces sports d'hiver, au lieu d'épouser une jeune demoiselle bien sous tous rapports et de s'établir et d'avoir tout plein d'enfants qui auraient fait des cavalcades dans toute la maison. Il y avait longtemps, là aussi, que la maison n'avait plus connu d'enfants.

La mémoire de Lanscombe le ramenait à une époque qu'il se remémorait distinctement — bien plus distinctement que les quelque vingt dernières années dont il ne gardait qu'un souvenir brouillé et confus, et pour lesquelles il ne parvenait plus à se rappeler qui était venu ou parti, et, moins encore, à quoi les gens ressemblaient. Mais le passé lointain, il s'en souvenait encore fort bien.

Davantage un père, qu'il avait été pour ses frères et sœurs, Mr Richard. Vingt-quatre ans quand son père était mort, et il avait repris les affaires aussitôt, partant tous les matins avec la ponctualité d'une pendule, et faisant tourner la maison en grand style, comme ça se devait. Une maison très heureuse, avec toutes ces jeunes demoiselles et tous ces jeunes messieurs en train de grandir. Des bagarres et des querelles de temps en temps, bien sûr, et toutes ces gouvernantes, elles en avaient eu, du fil à retordre. Des créatures de pas grand-chose, ces gouvernantes, et lui, Lanscombe, il les avait toujours méprisées. Pleines d'entrain qu'elles avaient été, les jeunes demoiselles. Miss Geraldine, en particulier. Et miss Cora aussi, bien qu'elle fût beaucoup plus petite. Et, maintenant, Mr Leo était mort, et miss Laura avait passé, elle aussi. Mr Timothy, lui, il était quasi grabataire, et c'était bien triste. Et puis miss Geraldine, décédée quelque part à l'étranger. Sans parler de Mr Gordon, tué à la guerre. Mr Richard s'était révélé le plus costaud du lot. Survécu à eux tous, qu'il avait... enfin pas tout à fait, puisque Mr Timothy était encore en vie, et que la petite miss Cora avait épousé ce type déplaisant, cet artiste. Vingt-cinq ans qu'il ne l'avait pas revue, depuis qu'elle était partie avec le bonhomme, et jolie qu'elle avait été, et maintenant, il l'avait à peine reconnue, tant elle avait épaissi — et tellement le genre artiste dans sa façon de s'habiller !... Un Français, que son mari avait été. Ou un presque Français... Et il n'y avait jamais rien de bon à attendre d'un mariage avec *ces gens-là* ! Mais miss Cora avait toujours été un peu... Eh bien, un peu *simplette*, comme on aurait dit si ç'avait été une gamine du village. Il faut toujours qu'il y en ait un, ou une, comme ça, dans une famille.

Elle, elle s'était très bien rappelé de lui. « Mais... c'est Lanscombe ! », avait-elle dit, l'air enchantée de le revoir. Ah ! ils l'aimaient tous bien, autrefois. Quand il y avait un dîner, ils se glissaient tous à l'office pour qu'il leur donne de la gelée et de la charlotte russe quand on en avait fini à la salle à manger. Ils l'avaient tous bien connu, le vieux Lanscombe. Mais, maintenant, c'était à peine s'il y avait quelqu'un pour se souvenir de lui. Quasiment plus que la jeune génération, au sein de laquelle il n'arrivait pas à épingler un nom sur chaque visage, et qui de son côté le considérait tout juste comme un maître d'hôtel qui aurait servi là depuis longtemps. Rien qu'une bande d'inconnus, avait-il pensé lorsqu'ils étaient tous arrivés pour l'enterrement... et une bande qui ne faisait pas tellement « gratin », par-dessus le marché !

Pas Mrs Leo... Elle, elle était différente. Mr Leo et elle étaient venus de temps en temps, depuis leur mariage. Une femme charmante, Mrs Leo... et une *vraie* dame, qui s'habillait et se coiffait comme il faut et qui ne se donnait pas les airs de ce qu'elle n'était pas. Le maître l'avait toujours beaucoup aimée. Quel dommage que Mr Leo et elle n'aient jamais eu d'enfant...

Lanscombe se secoua : qu'est-ce qu'il lui prenait donc, de bayer aux corneilles et de rêvasser au passé, alors qu'il y avait tant à faire ?... Tous les stores du rez-de-chaussée avaient été relevés, et il avait dit à

Janet de monter au premier et de s'occuper des chambres. Janet, la cuisinière et lui avaient assisté au service funèbre à l'église mais, au lieu de se rendre au crématoire, ils étaient revenus à la maison pour relever les stores et préparer le déjeuner. Un déjeuner froid, bien entendu. Du jambon, du poulet, de la langue et de la salade. Avec un soufflé froid au citron suivi d'une tarte aux pommes pour terminer. Et un consommé chaud pour commencer... et il ferait mieux d'aller s'assurer que Marjorie était prête à servir, parce qu'ils allaient arriver dans une ou deux minutes, c'était certain.

Le vieux maître d'hôtel trottina, un peu chancelant, à travers la pièce. Son regard, préoccupé et indifférent, balaya à peine le portrait qui surmontait la cheminée : c'était le pendant de celui du salon. La toile resplendissait de satin et de perles, mais l'être humain qui les avait portés se révélait bien moins impressionnant. Un air soumis, une bouche en bouton de rose, des cheveux coiffés en sages bandeaux : une femme à la fois modeste et sans prétention. Dans l'existence, Mrs Cornelius Abernethie n'avait eu de remarquable que son prénom, Coralie.

Depuis qu'ils étaient apparus, il y avait plus de soixante ans, les pansements coricides *Coral* et les préparations *Coral* pour les pieds ne cessaient de séduire le marché. Personne n'aurait pu dire si les coricides *Coral* possédaient des vertus particulières — mais ils avaient plu à la clientèle. Ils avaient constitué les fondations sur lesquelles avait pu s'élever le palais néo-gothique, avec ses hectares de jardins. Ils avaient fourni l'argent qui avait assuré un revenu à sept garçons et filles. Et qui avait permis à Richard Abernethie de mourir très riche, trois jours plus tôt.

*

Passant la tête par la porte de la cuisine pour avertir son petit monde d'avoir à se tenir prêt, Lanscombe se fit rembarrer par Marjorie, la cuisinière. Marjorie était jeune, vingt-sept ans seulement, et le vieux maître d'hôtel ne cessait de s'irriter de la voir aussi éloignée de sa conception de ce que doit être une véritable cuisinière. Elle n'avait aucune dignité, pas plus qu'elle ne comprenait réellement sa position dans l'échelle sociale, à lui, Lanscombe. Elle qualifiait souvent la maison de « fichu vieux mausolée », et se plaignait de l'immensité de la cuisine, de la souillarde et du garde-manger qui, affirmait-elle, nécessitaient « une journée de marche pour en faire le tour ». Fin cordon bleu, elle servait à Enderby depuis deux années et n'avait gardé la place que parce que, d'abord, les gages se situaient à un niveau très convenable et, ensuite, parce que Mr Abernethie avait réellement apprécié sa cuisine. Janet, qui, debout à côté de la table, se rafraîchissait d'une tasse de thé, était une femme de charge mûrissante qui, malgré ses fréquentes disputes avec Lanscombe, ne formait pas moins, en général, alliance avec lui contre la jeune génération incarnée par Marjorie. Présente aussi dans la cuisine, Mrs Jacks, qui venait « prêter la main » quand ses services étaient requis, avait beaucoup apprécié le déroulement des funérailles.

— Superbe, que c'était, déclara-t-elle en reniflant congrûment. Dix-neuf voitures, l'église presque pleine... Et le chanoine a très bien lu l'office, je trouve. Et puis un bien beau temps... Ah ! ce pauvre cher Mr Abernethie, plus beaucoup des comme lui, qu'il reste en ce bas monde. Respecté par tous, il était.

On entendit un avertisseur, puis le ronflement d'une voiture remontant l'allée.

— Les voilà ! s'écria Mrs Jacks en reposant sa tasse.

Marjorie alluma le gaz sous sa grande casserole de velouté de poulet. L'immense fourneau des temps de la grandeur victorienne restait froid, inutile, comme un autel dédié au passé.

Les voitures arrivèrent les unes après les autres, et leurs occupants, qui en descendaient en vêtements de deuil, s'avancèrent, un peu incertains, à travers le hall et pénétrèrent dans le grand salon vert. Une flambée rougeoyait dans le gigantesque âtre de fonte, tribut à la fois payé aux premiers frimas de l'automne et calculé pour contrebattre le froid dû à la longueur de la cérémonie.

Lanscombe fit son apparition, porteur de verres de xérès sur un plateau d'argent.

Mr Entwhistle, doyen des associés du vénérable cabinet de Messrs Bollard, Entwhistle, Entwhistle & Bollard, tournait le dos au feu pour se réchauffer. Il accepta un verre et promena sur l'assistance son regard acéré d'homme de loi. Ne connaissant pas personnellement tous les deuillants, il se trouvait réduit au tri et à la conjecture. Les présentations, avant le départ pour l'enterrement, avaient été expédiées à la va-vite.

S'arrêtant d'abord sur Lanscombe, Mr Entwhistle songea : « De plus en plus la tremblote, le pauvre vieux... Ne serais pas étonné qu'il aille sur ses quatre-vingt-dix. Eh bien, il aura sa jolie petite rente. *Lui*, il n'a à s'inquiéter de rien. Une âme fidèle... De nos jours, il n'y a plus rien qui ressemble aux domestiques d'antan. Plus que des aides ménagères et des baby-sitters, que Dieu nous assiste !... Triste monde. Peut-être est-ce aussi bien, après tout, que Richard soit parti avant l'heure. Il ne lui restait plus guère de raison de vivre. »

Pour Mr Entwhistle, qui avait soixante-douze ans, la mort, à soixante-huit ans, de Richard Abernethie entrait définitivement dans la catégorie des décès prématurés. Mr Entwhistle avait pris sa retraite deux ans auparavant. Mais, par respect pour l'un de ses plus vieux clients qui était aussi un ami personnel et qui l'avait choisi comme exécuteur testamentaire, il avait fait le voyage vers le Nord.

Se remémorant les dispositions des dernières volontés, il fit mentalement le tour de la famille.

Mrs Leo... Helen..., il la connaissait bien, naturellement. Une femme tout à fait charmante, pour laquelle il éprouvait affection et respect. Elle se tenait près d'une fenêtre et il porta sur elle un œil approbateur. Le noir lui allait bien. Elle avait su garder sa ligne. Il aimait ses traits nets, ses cheveux en cascade qui grisonnaient aux tempes, et ses yeux que l'on comparait autrefois à des bleuets et qui avaient conservé un vif éclat.

Quel âge avait donc Helen aujourd'hui ? Cinquante et un ou cinquante-deux ans, supposait-il. Etrange qu'elle ne se soit pas remariée après la mort de Leo. Une femme attirante, pourtant. Ah ! mais c'est qu'ils s'étaient adorés, ces deux-là.

Le regard de Mr Entwhistle se posa ensuite sur Mrs Timothy. Elle, il ne l'avait jamais très bien connue. Le noir ne lui seyait pas — son style à elle, c'était le tweed rustique. Une maîtresse femme, et qui avait les pieds sur terre. Elle avait toujours été pour Timothy une épouse dévouée. Veillant sur sa santé, toujours aux petits soins — mais un peu trop aux petits soins, probablement. Timothy était-il réellement malade ? Un hypocondriaque, plutôt, soupçonnait Mr Entwhistle. Ce que Richard Abernethie avait soupçonné, lui aussi. « Un peu faible de la poitrine quand il était petit, avait-il dit un jour, mais je veux bien être pendu s'il a quoi que ce soit maintenant. » Bon... Il faut bien que chacun ait son violon d'Ingres. Celui de Timothy, qui absorbait tout son temps, c'était sa propre santé. Mrs Tim s'y laissait-elle prendre ? Sans doute pas... mais les femmes n'admettent jamais ce genre de choses. Timothy devait être tout à fait à l'aise. Il n'avait jamais été prodigue. Mais un surplus serait le bienvenu — surtout en ces temps d'impôts écrasants. Tim avait vraisemblablement été contraint de réduire pas mal son train de vie depuis la guerre.

Mr Entwhistle s'intéressa ensuite à George Crossfield, le fils de Laura. Un type douteux, l'homme que Laura avait épousé. Il se prétendait agent de change. Le jeune George travaillait dans un cabinet d'avoués — un cabinet de médiocre réputation... Un assez beau garçon — mais avec quelque chose de retors. Il ne devait pas avoir grand-chose pour vivre. Laura avait investi sa fortune à tort et à travers. A sa mort, cinq ans auparavant, elle n'avait rien laissé, ou à peu près. Une jolie fille romantique, certes, mais aucun sens de l'argent.

Le regard du vieil homme de loi abandonna George Crossfield. Qui était qui, des deux jeunes femmes ?... Ah ! oui, celle-là, qui observait les fleurs de cire sur la table de malachite, c'était Rosamund, la fille de Geraldine. Jolie fille. Belle en fait — mais un visage inepte. Une actrice. Dans des compagnies de répertoire ou autres fariboles. Un mari acteur, lui aussi. Bien de sa personne. « Et qui le sait », pensa Mr Entwhistle qui nourrissait un solide préjugé contre les gens de théâtre. « Je me demande bien quels sont ses antécédents et d'où il vient. »

Il dardait sur Michael Shane, ses cheveux blonds et son charme languide, un œil désapprobateur.

Evidemment, Susan, la fille de Gordon, aurait été plus à sa place sur la scène que ne devait l'être Rosamund. Davantage de personnalité. Un peu trop de personnalité pour la vie de tous les jours, peut-être. Elle se trouvait très proche de lui, et Mr Entwhistle l'observa en coin. Des cheveux bruns, des yeux noisette — presque dorés —, une moue boudeuse pleine de séduction. A côté d'elle, l'homme qu'elle venait d'épouser — un préparateur en pharmacie, s'il avait bien compris. Un potard au petit pied, je vous demande un peu !... Dans le credo de Mr Entwhistle, les jeunes filles n'épousaient pas les jeunes gens qui travaillent derrière un comptoir. Mais, maintenant, c'est vrai, elles épousaient *n'importe qui* !... Le jeune homme, visage fade et cheveux paille, semblait fort mal à l'aise. Mr Entwhistle se demanda pourquoi, puis décida, charitablement, que c'était dû à l'émotion provoquée par la rencontre de tant des parents de sa femme.

Le tour d'horizon du vieil avoué s'acheva sur Cora Lansquenet. Ce qui, d'une certaine façon, était justifié car, dans la famille, Cora avait toujours paru surnuméraire. Cadette des sœurs de Richard, elle était née alors que sa mère venait d'avoir cinquante ans, et cette épouse effacée n'avait pas survécu à sa dixième grossesse (trois de ses enfants étaient morts en bas âge). Pauvre petite Cora !... Toute sa vie, elle n'avait cessé de provoquer des embarras, devenant grande et gauche avec l'adolescence, et portée à lâcher tout à trac des remarques qu'il aurait toujours mieux valu taire. Ses frères et sœurs aînés avaient fait preuve à son égard de beaucoup de gentillesse, compensant ses déficiences et couvrant les balourdises qu'elle commettait en société. Il n'était jamais venu à l'idée de personne que Cora pourrait un jour se marier. Ce n'était pas une jeune fille très séduisante. Ses avances trop visibles aux jeunes gens de passage les poussaient en général à battre en retraite, inquiets. Et puis, songeait Mr Entwhistle, il y avait eu l'affaire Lansquenet. Pierre Lansquenet, ce demi-Français qu'elle avait rencontré dans une école d'art où, très sagement, elle apprenait à peindre des fleurs à l'aquarelle. Mais, un jour, on ne sait trop comment, elle avait assisté à la classe sur le modèle vivant, elle avait fait la connaissance de Pierre Lansquenet et elle était rentrée à la maison pour annoncer son intention de l'épouser. Richard Abernethie avait mis le holà — ce qu'il avait vu de Lansquenet ne lui avait pas plu et le soupçon lui était venu que le jeune homme s'était seulement mis en quête d'un beau parti. Mais pendant qu'il procédait à quelques recherches sur les antécédents du rapin, Cora avait levé le pied avec lui et ils avaient convolé sans attendre. L'essentiel de leur vie conjugale s'était déroulée en Bretagne, en Cornouailles et autres lieux qu'aiment à hanter les barbouilleurs. Pierre Lansquenet n'avait jamais été ni un bon peintre ni, à aucun point de vue, un homme sympathique, mais Cora lui était demeurée très attachée et n'avait jamais pardonné à sa famille son attitude à l'égard de son mari. Avec générosité, Richard avait alloué à sa sœur une pension qui, croyait Mr Entwhistle, avait fait vivre le couple. Il doutait que Lansquenet eût jamais gagné la moindre livre. Il était mort depuis une douzaine d'années, réfléchissait-il. Et voilà que sa veuve, plus qu'enveloppée, vêtue d'un noir artistement tortillonné et adorné de festons de perles de jais, était de retour dans la demeure de son enfance, allant de-ci, de-là, manipulant les objets en poussant des cris de joie lorsqu'elle retrouvait quelque souvenir. Elle s'efforçait peu d'affecter le chagrin. Il était vrai, se souvint Mr Entwhistle, que Cora n'avait jamais fait semblant de rien.

Réapparaissant sur le seuil du salon, Lanscombe murmura, sur le ton feutré qu'exigeaient les circonstances :

— Le déjeuner est servi.

2

Après le délicieux velouté de poulet et quantité de viandes froides accompagnées d'un excellent chablis, l'atmosphère de deuil s'éclaircit. Personne dans la famille n'avait éprouvé grand chagrin de la mort de Richard Abernethie, puisque personne n'entretenait avec lui des liens très étroits. Certes, l'attitude générale s'était conformée à ce qu'il faut de bienséance et de réserve — à l'exception de la pétulante Cora qui, à l'évidence, passait un excellent moment. Mais chacun sentait que l'on avait accordé leur dû aux convenances et que l'on pouvait maintenant en revenir à une conversation normale. Mr Entwhistle encourageait pareil comportement. Il bénéficiait d'une longue expérience des enterrements et savait très précisément quelle chronologie faire respecter lors de funérailles.

Le déjeuner achevé, Lanscombe, pour le café, guida les hôtes vers la bibliothèque, lieu qui correspondait à sa conception des formalités à venir. Car le moment était venu de parler affaires : du testament du *de cujus*, en d'autres termes. La bibliothèque possédait l'ambiance qui convenait, avec ses rayonnages chargés de volumes et ses rideaux de lourd velours grenat. Il y servit le café et se retira, fermant la porte derrière lui.

Après quelques propos décousus, on commença de se tourner avec insistance vers Mr Entwhistle qui réagit promptement après avoir consulté sa montre.

— Je dois attraper le train de 15 h 30, commença-t-il.

D'autres, à ce qu'il semblait, partageaient la même intention.

— Comme vous le savez, reprit-il, je suis l'exécuteur testamentaire de Richard Abernethie et...

— *Moi*, je ne le savais pas, coupa Cora Lansquenet avec vivacité. C'est donc vous ?... Il m'a laissé quelque chose ?

Mr Entwhistle estima — pas pour la première fois — que Cora avait une fâcheuse propension à prendre la parole de manière intempestive. Maîtrisant un regard sévère, il n'en poursuivit pas moins :

— Il y a encore un an, les dernières volontés de Richard Abernethie étaient très simples. Sous réserve de quelques legs particuliers, il avait fait de son fils Mortimer son légataire universel.

— Pauvre Mortimer, commenta Cora. Cette histoire de paralysie infantile, je trouve ça *atroce*.

— La mort de Mortimer, à la fois brusque et tragique, a été pour Richard un coup terrible. Il lui a fallu plusieurs mois pour s'en remettre. Je lui ai alors fait observer qu'il pourrait être raisonnable de prévoir de nouvelles dispositions.

Maude Abernethie intervint d'une voix grave :

— Que se serait-il passé s'il n'avait *pas* rédigé un nouveau testament ? J'entends... Tout ne serait-il pas revenu à Timothy ? En tant que plus proche parent ?

L'avoué allait ouvrir la bouche pour une digression sur le sujet du plus proche parent, mais il se ravisa et trancha sèchement :

— Sur mon conseil, Richard prit la décision de préparer une nouvelle rédaction de ses dernières volontés. Avant tout, quoi qu'il en soit, il décida de mieux faire connaissance avec la nouvelle génération.

— Il nous mettait au banc d'essai, dit Susan dans un grand éclat de rire. D'abord George, et puis Greg et moi, et puis ensuite Rosamund et Michael.

Gregory Banks, son visage mince virant à l'écarlate, jeta aigrement :

— Tu ne devrais pas présenter les choses comme cela, Susan. Au banc d'essai, vraiment !

— Mais c'était quand même bien de cela qu'il s'agissait, n'est-ce pas, Mr Entwhistle ?

— Est-ce qu'il m'a laissé quelque chose ? répéta Cora.

Mr Entwhistle toussa.

— Je me propose d'envoyer à chacun de vous une copie du testament, décida-t-il, très froid. Je pourrais vous le lire maintenant dans son intégralité, si vous le désiriez, mais la phraséologie juridique pourrait vous paraître assez obscure. En résumé, les clauses reviennent à ceci : après soustraction de quelques petites libéralités et d'un legs substantiel à Lanscombe pour lui assurer une rente, le principal des biens — des biens très considérables — sera divisé en six parts égales. Quatre d'entre elles, une fois payés les droits de succession, iront à Timothy, le frère de Richard, à son neveu George Crossfield, à sa nièce Susan Banks et à son autre nièce Rosamund Shane. Les deux parts restantes seront conservées en fidéicommis et leur revenu sera versé, leur vie durant, à Mrs Helen Abernethie, la veuve de son frère Leo, et à sa sœur Cora Lansquenet. Après leur décès, le capital sera partagé entre les quatre autres héritiers ou, à défaut, entre leurs descendants.

— *Chouette !* s'exclama Cora Lansquenet, vraiment enchantée. Un revenu ! De combien ?

— Je... euh... je ne puis le dire maintenant avec précision. Les droits, naturellement, seront élevés et...

— Vous ne pouvez pas me donner une idée ?

Mr Entwhistle comprit qu'il fallait calmer Cora :

— Probablement quelque chose de l'ordre de trois ou quatre mille livres par an.

— Merveilleux ! sourit-elle. Je vais pouvoir aller à Capri.

Helen Abernethie intervint d'une voix douce :

— Comme c'est gentil et généreux de la part de Richard. J'apprécie l'affection qu'il avait pour moi.

— Il vous aimait beaucoup, confirma l'avoué. Leo était son frère préféré, et il s'est toujours réjoui de vos visites après la mort de votre mari.

— Oui. Mais je regrette de n'avoir pas compris à quel point il était malade... J'étais allée le voir peu avant son décès. Mais même si je *savais* qu'il avait été souffrant, je ne pensais pas que c'était grave.

— Oh ! si, sa maladie avait toujours été sérieuse. Mais Richard ne voulait pas en parler, et je ne crois pas que personne se soit attendu à une fin aussi rapide. Son médecin en a été fort étonné, je le sais.

— *Brutalement, à son domicile,* disaient les journaux, remarqua Cora, hochant la tête. Je me suis posé des questions.

— Cela a été un choc pour nous tous, renchérit Maude. Le pauvre Timothy en a été terriblement bouleversé. « C'est si soudain, répétait-il sans cesse. Si *soudain*. »

— De toute façon, on a très bien étouffé l'affaire, non ? lâcha Cora.

Chacun la fixa, les yeux écarquillés, et elle en parut un peu démontée.

— J'estime que vous avez après tout raison, ajouta-t-elle en hâte. *Bien* raison. Je veux dire par là que... que ça ne ferait aucun bien de... de rendre tout ça public. Ce serait très déplaisant pour tout le monde. Il faut que ça reste strictement dans la famille.

Les visages qui se tournaient vers elle affichaient de plus en plus de perplexité.

Mr Entwhistle se pencha en avant :

— Ma chère Cora, je crains de ne pas bien comprendre ce que vous entendez par là.

Cora Lansquenet promena sur la famille un regard plein de surprise. Elle inclina la tête sur le côté, avec un mouvement vif comme celui d'un oiseau.

— Mais il a bien été *assassiné*, non ? demanda-t-elle.

3

Regagnant Londres dans le coin d'un compartiment de première classe, Mr Entwhistle s'abandonna, non sans quelque malaise, à une réflexion sur la remarque ahurissante proférée par Cora Lansquenet. Bien entendu, Cora était une femme parfaitement stupide et assez déséquilibrée, qui, petite fille déjà, avait attiré l'attention sur sa façon gênante de laisser échapper des vérités dérangeantes. Enfin, des *vérités*... c'était bien là tout *sauf* le mot juste. Des déclarations bizarres, voilà le terme qui correspondait mieux.

Mentalement, l'avoué revit les suites immédiates de ce propos malencontreux. Sous le feu combiné de tant de regards stupéfaits et désapprobateurs, Cora avait tout à coup perçu l'énormité de sa question.

Maude s'était exclamée : « Enfin, Cora ! » George avait soufflé : « Ma chère tante Cora... » Et quelqu'un s'était enquis : « Que voulez-vous dire au juste ? »

Aussitôt, Cora Lansquenet, ahurie et convaincue de sa propre balourdise, avait débité une série de phrases incohérentes :

— Oh ! je suis désolée... Je ne voulais pas... Oh ! bien sûr, c'était parfaitement idiot de ma part, mais je pensais, d'après ce qu'il m'avait dit... Oh ! évidemment, je sais qu'il n'y a pas de problème, mais sa mort a été si *subite*... S'il vous plaît, oubliez tout ce que j'ai pu dire... Je n'avais pas l'intention de me montrer aussi sotte... Je sais bien que je dis toujours ce qu'il ne faut pas...

Et puis la gêne momentanée que l'on avait ressentie s'était évanouie et l'on était passé à une discussion pratique sur le sort des effets personnels de Richard Abernethie. La maison et tout son mobilier devraient être mis en vente, avait indiqué Mr Entwhistle.

On avait oublié la malheureuse gaffe de Cora. Après tout, elle avait toujours été, sinon anormale, du moins d'une naïveté embarrassante. La cadette des Abernethie n'avait jamais eu la moindre idée de ce que l'on pouvait dire et de ce qu'il fallait taire. Quand elle avait dix-neuf ans, cela n'avait guère eu d'importance, puisque l'on pouvait encore tolérer son comportement d'enfant terrible. Mais une enfant terrible de près de cinquante ans, c'est franchement déconcertant. Lâcher comme cela des vérités malvenues...

Le flot des pensées du vieil avoué se tarit tout net. C'était la seconde fois que ce mot gênant lui venait à l'esprit. Des *vérités*. Et pourquoi le gênait-il tant, ce mot ? Parce que — Mr Entwhistle devait bien l'admettre —, il avait toujours été sous-jacent à l'embarras que pouvaient provoquer les propos sans retenue de Cora. C'est justement parce qu'ils étaient vrais, ou qu'ils recélaient au moins une once de vérité, qu'ils avaient été aussi embarrassants !

Bien qu'il ait eu peine à trouver quelque ressemblance entre la femme rebondie de quarante-neuf ans et la gauche adolescente d'autrefois, Cora, notait-il, avait conservé certaines de ses attitudes : cette manière d'incliner la tête comme un oiseau lorsqu'elle se livrait à un commentaire particulièrement incongru, cet air de jubilatoire expectative. C'était ainsi qu'elle avait un jour commenté la silhouette de l'aide-cuisinière : « Mollie ne peut quasiment plus s'approcher de la table de la cuisine, tellement son ventre pointe en avant. Et ça n'a commencé que depuis un mois ou deux. Je me demande bien *pourquoi* elle devient aussi monumentale. »

On avait vite réduit Cora au silence : chez les Abernethie, on avait conservé les usages victoriens. Mais, le lendemain, Mollie avait disparu de la cuisine et, renseignements dûment pris, le second jardinier avait reçu l'ordre de faire d'elle une honnête femme. On lui avait aussi offert un cottage pour y procéder.

Des souvenirs lointains... Mais significatifs...

Mr Entwhistle s'interrogea plus profondément sur les raisons de son malaise. Qu'y avait-il, dans les propos ridicules de Cora, qui puisse, à ce point, exciter son subconscient ? En fin de compte, il isola deux phrases : « Mais je pensais, d'après ce qu'il m'avait dit... » et « Sa mort a été si subite... »

L'avoué s'arrêta d'abord sur la seconde. Oui, on pouvait, d'une certaine façon, considérer la mort de Richard comme subite. Mr Entwhistle avait discuté de la santé de Richard Abernethie tant avec l'intéressé lui-même qu'avec son médecin. Ce dernier avait indiqué sans ambages qu'il ne fallait pas espérer une longue survie. Si Mr Abernethie, avait-il dit, prenait raisonnablement soin de sa personne, peut-être pourrait-il vivre encore deux ou trois années. Ou un peu davantage... encore que cela parût improbable. Cependant, quoi qu'il en fût, le médecin n'avait pas envisagé un effondrement dans le proche avenir.

Eh bien, le médecin s'était trompé... mais les médecins, comme ils étaient les premiers à le reconnaître, ne pouvaient jamais avoir de certitude sur les réactions individuelles d'un patient face à la maladie. Des malades pour lesquels tout espoir était perdu recouvraient la santé. D'autres, sur la voie de la convalescence, subissaient une rechute et mouraient. Tout dépendait de leur vitalité. De leur besoin de vivre.

Et Richard Abernethie, malgré sa force et sa vigueur, n'avait plus grande raison de vivre.

Parce que, six mois auparavant, le seul de ses fils survivants, Mortimer, avait été frappé par la poliomyélite qui l'avait tué en l'espace d'une semaine. Sa mort avait causé un choc d'autant plus vif qu'il s'était agi d'un jeune homme d'une santé et d'une vitalité exceptionnelles. Sportif accompli, athlète reconnu, c'était l'un de ces êtres dont on dit qu'ils n'ont jamais connu la maladie un seul jour de leur existence. On allait annoncer ses fiançailles avec une jeune fille tout à fait charmante. Les espoirs d'avenir de son père s'étaient tous reportés sur ce fils chéri qui réjouissait son cœur.

Mais au lieu du bonheur, ç'avait été la tragédie. Et, outre la conscience de la perte qu'il avait subie, le futur n'avait plus rien eu à apporter à Richard Abernethie qui puisse fouetter son énergie. L'un de ses fils était mort durant sa petite enfance, et l'autre sans descendance. Il n'aurait pas de petits-enfants. Il n'y avait, en fait, plus personne du nom d'Abernethie pour lui succéder, alors qu'il était le détenteur d'une immense fortune, comprenant notamment des intérêts dans des affaires qu'il contrôlait encore de près lui-même dans une certaine mesure. Qui donc prendrait sa suite ?

Richard en avait éprouvé une vive inquiétude, Mr Entwhistle le savait. Le seul de ses frères survivants était hypocondriaque. Restait la jeune génération. Bien qu'il ne le lui eût pas dit explicitement, l'avoué croyait savoir que son ami avait eu l'intention de se choisir un légataire universel, sous réserve de libéralités mineures. En tout état de cause, au cours des derniers six mois, Richard Abernethie avait successivement invité à séjourner auprès de lui son neveu George, sa nièce Susan et son mari, sa nièce Rosamund et son époux, et sa belle-sœur, Mrs Leo Abernethie. C'était parmi les trois premiers, pensait le vieil homme de loi, que Richard avait recherché un successeur. A son avis, seule l'affection avait justifié l'invitation adressée à Helen Abernethie. Encore que, Richard, qui avait toujours tenu en haute estime son bon sens et le pragmatisme de son jugement, avait peut-être pu souhaiter avoir en elle quelqu'un à consulter. Mr Entwhistle se souvenait aussi qu'une fois, pendant ces six mois, Richard avait rendu une courte visite à son frère Timothy.

Le résultat de tout cela s'était traduit dans les clauses du testament qui se trouvait maintenant dans la serviette de l'avoué. Une répartition égale des biens. La conclusion qu'il fallait en tirer, par conséquent, c'était qu'il avait été déçu par son neveu et par ses nièces, ou — pourquoi pas ? — par les maris de ses nièces.

Pour autant que Mr Entwhistle le sache, Richard Abernethie n'avait pas invité sa sœur, Cora Lansquenet — ce qui le ramenait à la première des phrases dérangeantes qu'elle avait prononcées dans son incohérence : « Mais je pensais, d'après ce qu'il m'avait *dit...* »

Que lui avait donc dit Richard Abernethie ? Et quand le lui avait-il dit ? Si Cora n'était pas allée à Enderby, alors c'était Richard qui s'était rendu au village d'artistes du Berkshire où elle possédait un cottage. Ou bien s'agissait-il de quelque chose qu'il lui avait confié dans une lettre ?

Mr Entwhistle fronçait les sourcils. Cora, bien entendu, était une tête de linotte invétérée. Elle pouvait très bien avoir interprété un propos de travers, ou faussé sa signification. Mais il se demandait tout de même ce que le propos avait pu être...

Son malaise était suffisamment profond pour le pousser même à envisager l'éventualité d'interroger Mrs Lansquenet sur ce sujet. Pas trop tôt. Ne pas paraître lui donner trop d'importance. Mais il *saurait* ce que Richard Abernethie avait bien pu raconter à sa sœur pour qu'elle se croie autorisée à poser tout à trac une question aussi scandaleuse :

« Mais il a bien été assassiné, non ? »

*

Plus loin dans le train, dans une voiture de troisième classe, Gregory Banks disait à sa femme :

— Ta tante doit être complètement piquée.

— Tante Cora ? dit Susan, assez floue. Oh ! oui, je crois qu'elle a toujours été un peu simple d'esprit ou quelque chose d'approchant.

George Crossfield leur faisait face.

— Il faut vraiment l'empêcher de continuer à raconter des horreurs pareilles, lança-t-il aigrement. Ça pourrait mettre aux gens Dieu sait quelles idées en tête.

Rosamund Shane s'activait à souligner de rouge à lèvres les courbes cupides de sa bouche.

— Je n'imagine pas que qui que ce soit puisse s'intéresser à ce que débite un vieil épouvantail dans son genre, marmonna-t-elle, les yeux vagues. Elle est attifée n'importe comment, avec ses tonnes de jais et...

— Je pense quand même qu'il faut couper court à ça, l'interrompit George.

— Parfait, mon chéri, rit Rosamund en reposant

son bâton de rouge et en contemplant, satisfaite, son image dans son miroir. Coupes-y court.

Son mari intervint de manière inattendue :

— Je pense que George a raison. C'est si facile de susciter les ragots.

— Et après ? Quelle importance ? s'interrogea Rosamund à haute voix, les coins des lèvres relevés dans un sourire. Ça pourrait être franchement tordant.

— Tordant ? crachèrent quatre voix.

— Oui, d'avoir un meurtre dans la famille, confirma Rosamund. Ce serait follement excitant, si vous préférez.

Le jeune homme nerveux et malheureux qu'était Gregory Banks en vint à penser que la cousine de Susan, apparences mises à part, pourrait bien présenter certains points de ressemblance avec sa tante Cora. Ce qu'elle ajouta ne fit que confirmer son impression.

— S'il a été assassiné, reprit Rosamund pensive, le regard errant, par qui croyez-vous que ce soit ? La mort d'oncle Richard est tombée à pic pour nous tous. Michael et moi, nous sommes absolument à la côte. Mick s'était vu proposer un rôle vraiment formidable dans le spectacle de Sandbourne, à condition qu'il puisse attendre. Maintenant, nous allons vivre comme des coqs en pâte. Nous aurons la possibilité de coproduire nos spectacles si nous en avons envie. Et justement, il y a une pièce avec un rôle tout bonnement merveilleux qui...

Nul n'écouta la digression extasiée de Rosamund. L'attention s'était portée sur l'avenir immédiat.

« C'était moins une, se disait George en lui-même. Maintenant, je peux remettre cet argent dans la caisse et personne n'en saura jamais rien... Mais il s'en est fallu d'un poil. »

Gregory se laissa aller contre son dossier et ferma les yeux. Il échappait à l'esclavage.

Susan prit la parole de sa voix claire, un peu martelée :

— Je suis très triste, bien sûr, pour le pauvre oncle Richard. Mais, enfin, il était vieux comme Hérode. Et puis Mortimer était mort, il n'avait plus de raison de vivre et ç'aurait été affreux pour lui de devenir impotent année après année. Il vaut *beaucoup* mieux pour lui qu'il soit parti subitement comme ça, sans souffrances inutiles.

Ses jeunes yeux, confiants et durs, s'adoucirent en contemplant le visage préoccupé de son mari. Elle adorait Greg. Elle avait comme l'intuition qu'elle l'aimait davantage que lui ne l'aimait — mais cela ne faisait qu'attiser sa passion. Greg était à elle, et pour lui, elle ferait n'importe quoi. N'importe quoi...

*

Maude Abernethie, en train de se changer pour le dîner à Enderby — où elle allait passer la nuit —, se demandait si elle n'aurait pas dû suggérer de rester plus longtemps afin d'aider Helen à mettre de l'ordre dans la maison. Il y aurait toutes les affaires personnelles de Richard... Des lettres, peut-être... Elle supposait, certes, que tous les papiers importants se trouvaient déjà en possession de Mr Entwhistle. Il fallait vraiment qu'elle retourne auprès de Timothy aussi vite que possible. Il se tourmentait tant lorsqu'elle n'était pas là pour veiller sur lui. Elle espérait qu'il serait satisfait des dispositions du testament et non pas déçu et mécontent. Il avait espéré, elle le savait, que le gros de la fortune de Richard lui reviendrait. Après tout, il était le dernier survivant des Abernethie. Richard aurait certainement pu lui faire confiance, à lui, pour surveiller la jeune génération. Oui, elle avait bien peur que Timothy ne soit bel et bien mécontent... Et cela, c'était très mauvais pour sa digestion. De plus, quand il était mécontent, Timothy pouvait se conduire de la manière la plus déraisonnable. Parfois, il semblait perdre tout sens des proportions... Peut-être devrait-elle en dire un mot au Dr Barton... Ces somnifères.. Timothy en avait trop pris ces derniers temps... Il s'était mis tellement en colère quand elle avait voulu garder le flacon à sa place. Mais ça pouvait être dangereux... Le Dr Barton l'avait dit... On pouvait somnoler et oublier qu'on avait déjà pris sa dose... Et en prendre davantage. A ce moment-là, tout pouvait arriver !... Il ne restait certainement pas dans le flacon autant de comprimés qu'il y aurait dû s'en trouver... Timothy se conduisait vraiment comme un enfant avec les médicaments. Il ne l'écoutait pas... Parfois, il était vraiment difficile.

Elle soupira — et puis son visage s'éclaira. Les choses seraient bien plus faciles, maintenant. Le jardin, par exemple...

*

Assise près du feu dans le salon vert, Helen Abernethie attendait que Maude descende pour dîner.

Elle regardait autour d'elle et se souvenait des jours d'autrefois, dans cette maison, avec Leo et les autres. Ç'avait été une maison heureuse. Mais une maison comme celle-là avait besoin de *monde*. Il lui fallait des enfants, et des domestiques, et de grands repas, et des flambées rugissant dans les cheminées, l'hiver. C'était devenu une triste demeure lorsqu'elle n'avait plus été habitée que par un homme seul, et qui avait perdu son fils...

Qui s'en porterait acquéreur ? se demandait-elle. La transformerait-on en hôtel, en institut, en auberge de jeunesse ? C'était le sort commun de ces vastes bâtisses, aujourd'hui. Personne ne l'achèterait pour y vivre. Elle serait démolie, peut-être, et la propriété transformée en lotissement. Y penser l'emplissait de tristesse, mais, résolument, elle refusa de se laisser aller. Il ne servait à rien de s'attarder sur le passé. Cette maison, les jours heureux, et Richard, et Leo, tout cela avait été bon, mais c'était fini. Elle avait ses propres intérêts... Et maintenant, avec le revenu que lui avait légué Richard, elle pourrait conserver la villa de Chypre et accomplir tout ce qu'elle avait projeté.

Elle s'était tellement inquiétée pour l'argent ces derniers temps... Les impôts... Les placements qui avaient mal tourné... Grâce à Richard, c'en était enfin terminé...

Pauvre Richard... Cette mort paisible, pendant son sommeil, quelle bénédiction... *Brutalement, le 22...* Elle supposait que c'était cela qui avait mis de drôles d'idées dans la tête de Cora. Vraiment incroyable, cette Cora !... Elle l'avait toujours été. Helen se souvenait de l'avoir rencontrée une fois à l'étranger, peu après son mariage avec Pierre Lansquenet. Ce jour-là, elle avait fait preuve d'une stupidité et d'une fatuité particulières, rejetant la tête sur le côté, prononçant ses oukases sur la peinture, et particulièrement sur les toiles de son mari, ce qui lui avait sans doute été très désagréable. Aucun homme ne peut aimer que sa femme affiche une telle bêtise. Et Cora était d'un bête !... Enfin, la pauvre créature, elle n'y pouvait rien. Et son mari ne l'avait pas trop bien traitée.

Helen, l'air absent, regardait le bouquet de fleurs de cire posé sur le guéridon de malachite. Cora s'était assise à côté quand ils s'étaient tous rassemblés là, en rond, en attendant de partir pour l'église. Elle était pleine de souvenirs, heureuse de reconnaître tant de choses, et si visiblement enchantée d'être de retour dans la maison de son enfance qu'elle avait perdu de vue le motif de leur réunion.

« Mais peut-être, songea Helen, Cora se montrait-elle simplement moins hypocrite que le reste d'entre nous... »

Cora n'avait jamais été réputée pour son respect des conventions. Il suffisait de penser à la façon dont elle avait lâché sa question : « Mais il a bien été assassiné, non ? »

Les visages stupéfaits, scandalisés, qui la fixaient ! Quelle variété d'expressions avait-il dû y avoir sur ces visages...

Et, tout à coup, revoyant la scène clairement dans sa mémoire, Helen plissa le front... Quelque chose ne collait pas...

Quelque chose ?...

Quelqu'un ?...

Etait-ce une expression sur les traits de quelqu'un ? Qu'était-ce donc ? Quelque chose qui — comment le formuler ? — qui n'aurait pas dû se trouver là ?...

Elle ne savait pas... Elle ne parvenait pas à le situer précisément... Mais il y avait eu quelque chose, quelque part, *qui ne collait pas.*

*

Cependant, au buffet de la gare de Swindon, une dame en vêtements de deuil voyants ornés de festons de jais dégustait des *buns* au sucre en buvant du thé et songeait à l'avenir. Aucun pressentiment ne l'avertissait d'un désastre. Elle était heureuse.

Les trajets empruntant des lignes secondaires la fatiguaient, à coup sûr. Il eût été bien plus facile de regagner Lytchett St Mary via Londres — et bien moins coûteux. Ah ! mais, maintenant, elle n'avait plus à regarder à la dépense... Il lui aurait tout de même fallu voyager avec la famille... Parler sans arrêt. Un effort bien trop pénible.

Non. Mieux valait rentrer chez soi par les correspondances. Ces *buns* étaient vraiment excellents. Incroyable de penser à quel point un enterrement peut vous ouvrir l'appétit. A Enderby, le consommé avait été délicieux — tout comme le soufflé froid.

Comme tous ces gens étaient imbus d'eux-mêmes... et quels hypocrites ! Leurs têtes... quand elle avait parlé d'assassinat ! La manière qu'ils avaient tous eue de la regarder !

Eh bien, ç'avait été exactement ce qu'il fallait

dire. Elle hochait la tête, satisfaite d'elle-même et s'approuvant. Oui, elle avait eu bien raison.

Elle regarda la pendule. Encore cinq minutes avant son train. Elle termina son thé. Un thé pas très bon. Elle fit la grimace.

Elle demeura encore quelques instants assise, rêveuse. Elle rêvait à l'avenir qui s'ouvrait devant elle... Elle sourit, comme une enfant heureuse.

Enfin, elle allait pouvoir profiter de l'existence... Elle se dirigea vers le petit omnibus, tout occupée à échafauder des projets...

4

Mr Entwhistle passa une fort mauvaise nuit. Au matin, il se sentait tellement fatigué et si nauséeux qu'il décida de ne pas se lever.

Sa sœur, qui tenait sa maison, lui apporta son petit déjeuner sur un plateau et lui reprocha, en termes sévères, la folie qu'il avait eue d'aller, à son âge et malgré sa santé fragile, baguenauder dans le nord de l'Angleterre.

Mr Entwhistle se contenta de répondre que Richard Abernethie avait été un très vieil ami.

— Les enterrements ! le réprimanda sa sœur. Pour un homme de votre âge, un enterrement peut être fatal ! Si vous ne prenez pas davantage soin de vous, vous partirez aussi brutalement que votre cher Mr Abernethie.

Le mot « brutalement » fit sursauter le vieil avoué et le réduisit également au silence. Il ne poursuivit pas la polémique.

Il était parfaitement conscient de ce qui avait provoqué son haut-le-corps en entendant sa sœur prononcer le mot « brutalement ».

Cora Lansquenet !... L'hypothèse qu'elle avait suggérée relevait, définitivement, du domaine de l'impossibilité. Mais, tout de même, il aurait bien aimé savoir au juste pourquoi elle l'avait avancée. Oui, il irait la voir à Lytchett St Mary. Il pourrait toujours prétendre qu'il avait besoin de sa signature pour l'homologation du testament. Nul besoin de la laisser deviner que son propos avait retenu son attention. Mais il irait bel et bien la voir — et vite.

Il acheva son petit déjeuner et s'abandonna sur ses oreillers pour lire le *Times*. Il jugeait la lecture du *Times* particulièrement apaisante.

En fin d'après-midi, à 6 heures moins le quart, le téléphone sonna.

Il décrocha. Au bout du fil, il entendit la voix de Mr James Parrott, deuxième associé du cabinet Bollard, Entwhistle, Entwhistle & Bollard :

— Dites-moi, Entwhistle, je viens d'avoir un appel de la police. D'un bled du nom de Lytchett St Mary.

— Lytchett St Mary ?

— Oui. Il semble que...

Mr Parrott marqua un temps. Il paraissait gêné :

— C'était à propos d'une Mrs Cora Lansquenet. N'était-elle pas l'une des héritières Abernethie ?

— Oui, bien sûr. Je l'ai vue hier, à l'enterrement.

— Oh !... Elle était à cet enterrement ?

— Oui. Qu'est-ce qui lui arrive ?

Mr Parrott semblait s'excuser :

— Eh bien, elle... C'est *absolument* incroyable... Elle a été... Oui, *assassinée*.

Mr Parrott avait proféré ces dernières syllabes avec le plus profond mépris. Son ton sous-entendait qu'il s'agissait là d'un mot qui aurait dû demeurer à jamais étranger au cabinet Bollard, Entwhistle, Entwhistle & Bollard.

— *Assassinée ?*

— Oui... Oui... Je le crains. Enfin, je veux dire par là qu'il n'y a aucun doute à ce sujet.

— Pourquoi la police s'est-elle adressée à nous ?

— Sa dame de compagnie, ou sa femme de

ménage, ou je ne sais pas trop qui... Une certaine miss Gilchrist. La police lui a demandé le nom de ses plus proches parents ou de ses avoués. Cette miss Gilchrist, apparemment, n'était pas très au courant des proches et de leurs adresses, mais elle avait entendu parler de nous. Alors, ils nous ont appelés tout de suite.

— Qu'est-ce qui leur fait croire qu'elle a été assassinée ? demanda Mr Entwhistle.

De nouveau, Mr Parrott parut confus :

— Eh bien, il semble qu'il ne puisse y avoir aucun doute *là-dessus*... Je veux dire que l'arme était une hachette ou je ne sais quel instrument du même genre... Un crime d'une grande violence.

— Le vol ?

— C'est ce qu'ils pensent. Une fenêtre avait été brisée, il manque quelques bibelots, tous les tiroirs avaient été ouverts et ainsi de suite. Mais la police a l'air d'estimer qu'il y a certains éléments... euh... pas très nets dans tout ça.

— Quand cela s'est-il produit ?

— A un moment quelconque, entre 14 heures et 16 h 30, cet après-midi.

— Où était la gouvernante pendant ce temps-là ?

— A Reading, où elle échangeait des livres à la bibliothèque municipale. Elle est revenue vers 17 heures, et elle a trouvé le cadavre de Mrs Lansquenet. La police voudrait savoir si nous avons la moindre idée sur qui aurait pu être susceptible de l'attaquer. Je leur ai répliqué... (le gosier de Mr Parrott tremblait encore sous l'outrage) que je pensais que c'était la chose la plus invraisemblable du monde.

— Oui, évidemment.

— Ce *doit* être un des rustres de l'endroit, pas très intelligent, qui a cru qu'il y avait quelque chose à dérober, et puis qui a perdu la tête et qui s'est jeté sur elle. Ça ne peut être que ça... Hein, Entwhistle, vous ne pensez pas ?

— Si, si, souffla Mr Entwhistle, absent.

Parrott a raison, se disait-il. C'est ce qui doit être arrivé...

Mais, comme une obsession, il entendait à nouveau la voix de Cora demander, pétulante :

— *Mais il a bien été assassiné, non ?*

Quelle folle, cette Cora. Débarquant avec ses gros sabots là où les anges eux-mêmes ne s'avancent que sur la pointe des pieds... Toujours prête à lâcher des vérités incongrues.

Des *vérités* !

Encore ce maudit mot...

*

Mr Entwhistle et l'inspecteur Morton se fixaient l'un l'autre, comme pour s'évaluer.

A sa manière, nette et précise, Mr Entwhistle avait informé l'inspecteur de l'essentiel des faits importants concernant feu Cora Lansquenet. Son éducation, son mariage, son veuvage, sa situation financière, sa parentèle :

— Mr Timothy Abernethie est le dernier de ses frères survivants et son plus proche parent, mais c'est un impotent, qui vit en reclus, et parfaitement hors d'état de sortir de chez lui. Il m'a donné pouvoir pour agir en ses lieux et place et pour procéder à tous les arrangements qui pourraient se révéler nécessaires.

L'inspecteur hocha la tête. C'était un soulagement que d'avoir à traiter avec ce vieil avoué à l'intelligence aiguë. Mais il espérait aussi que l'homme de loi pourrait, dans une certaine mesure, l'aider à résoudre ce qui commençait à ressembler à un problème assez troublant :

— Je crois comprendre, d'après ce que m'a dit miss Gilchrist, que Mrs Lansquenet, la veille de sa mort, s'était rendue dans le Nord pour assister à l'enterrement d'un frère aîné.

— C'est exact, inspecteur. J'y étais moi-même présent.

— Il n'y avait rien d'inhabituel dans son comportement ? Rien de bizarre ? Aucune appréhension ?

Mr Entwhistle, jouant admirablement la surprise, fronça les sourcils :

— Est-il de règle générale que l'on décèle quelque bizarrerie dans l'attitude d'une personne qui va être assassinée sous peu ?

L'inspecteur esquissa un sourire plutôt lugubre :

— Je ne faisais pas allusion à un pressentiment ou à je ne sais quel don de double vue. Non, je suis seulement en quête de quelque chose... Quelque chose qui sorte de l'ordinaire.

— Je crains de ne pas bien vous comprendre, inspecteur.

— Mais c'est cette affaire qui n'est pas facile à comprendre, Mr Entwhistle. Disons, si vous voulez, que quelqu'un a vu cette miss Gilchrist sortir de la maison vers 14 heures, et se diriger vers le village et l'arrêt du bus. Alors, délibérément, ce quelqu'un prend la hachette qui se trouvait près du bûcher, casse un carreau de la cuisine, pénètre dans la maison, monte à l'étage et se précipite sur Mrs Lansquenet, la hachette à la main... et la frappe sauvagement. Six ou huit coups ont été portés.

Mr Entwhistle eut un haut-le-corps.

— Oh ! oui, poursuivit l'inspecteur, un crime d'une grande brutalité. Et puis l'intrus ouvre quelques tiroirs, chaparde deux ou trois bibelots — ou une demi-douzaine... Le tout d'une valeur totale de dix livres, à tout casser... Et il prend ses cliques et ses claques.

— Elle était couchée ?

— Oui. Il semble qu'elle était revenue tard du Nord, la veille au soir, épuisée et très agitée. Elle bénéficiait d'un héritage, si j'ai bien compris ?

— Oui.

— Elle a très mal dormi. Elle s'est réveillée avec

une migraine terrible. Elle a bu plusieurs tasses de thé, avec je ne sais quel médicament pour son mal de tête, et elle a demandé à miss Gilchrist de ne pas la déranger avant l'heure du déjeuner. Mais elle ne se sentait pas mieux. Elle a avalé deux comprimés de somnifère. Elle a envoyé miss Gilchrist prendre l'autobus de Reading pour un échange de livres à la bibliothèque. Elle somnolait au moins, si elle ne dormait pas déjà, lorsque cet homme est entré par effraction. Il aurait pu prendre tout ce qu'il voulait en la menaçant. Ou bien il aurait pu la bâillonner. Cette hachette, prise dehors de façon délibérée, me paraît excessive.

— Peut-être voulait-il seulement s'en servir pour la menacer, avança Mr Entwhistle. Mais si elle a eu des velléités de résistance...

— S'il faut en croire le légiste, aucun signe ne donne à penser qu'elle ait tenté de résister. Tout semble prouver au contraire qu'elle sommeillait paisiblement, couchée sur le côté, quand elle a été attaquée.

L'avoué, mal à l'aise, changea de position dans son fauteuil.

— On connaît d'autres cas de meurtres brutaux et assez dénués de sens, fit-il valoir.

— Oh ! oui. Oui. C'est probablement la conclusion à laquelle on aboutira. Bien entendu, on a lancé une alerte générale, pour repérer tout personnage suspect. Ça ne concerne personne du village, nous en sommes quasiment certains. Tous les gens d'ici ont des alibis solides. A cette heure de la journée, la plupart d'entre eux étaient à leur travail. Bien sûr, son cottage se trouve sur une petite route, un peu en dehors de l'agglomération proprement dite. N'importe qui peut facilement y accéder sans être vu. Tout autour de la localité, il y a une toile d'araignée de voies d'accès. La matinée avait été superbe et il n'avait pas plu depuis plusieurs jours. Par conséquent, nous n'avons pas de traces de pneus pour nous guider... au cas où notre quelqu'un serait venu en voiture.

— Vous pensez donc que le quelqu'un aurait pu venir en voiture ? s'enquit vivement Mr Entwhistle.

L'inspecteur haussa les épaules :

— Je ne sais pas. Tout ce que je dis, c'est que cette affaire présente des particularités curieuses. Ceci, par exemple...

Le policier poussait en travers du bureau une broche en forme de trèfle ornée de perles, une autre broche portant des améthystes, une petite rangée de perles, ainsi qu'un bracelet serti de grenats.

— Ce sont, reprit-il, les objets qui ont été prélevés dans la cassette à bijoux. On les a retrouvés fourrés sous un buisson à proximité de la maison.

— Oui... Oui, c'est *tout à fait* curieux. Mais, peut-être, si l'agresseur a pris peur devant ce qu'il avait fait...

— Certes. Mais il les aurait probablement laissés en haut, dans la chambre... Bien entendu, il peut avoir été pris de panique entre la chambre à coucher et la barrière du jardin.

— Ou bien, constata Mr Entwhistle avec calme, ces bijoux pourraient, comme vous le sous-entendez, n'avoir été emportés qu'à titre de camouflage.

Oui. Il y a tant d'hypotheses... Evidemment, on peut supposer que c'est cette miss Gilchrist qui serait la meurtrière. Deux femmes vivant seules ensemble... On ne sait jamais quelles disputes, quelles rancunes ou quelles passions ont pu survenir. Oh ! oui, nous prenons aussi cette éventualité en considération. Mais elle manque de vraisemblance. Selon tous les témoignages, elles s'entendaient très bien.

L'inspecteur s'interrompit un instant. Puis :

— A votre avis, donc, personne n'a de bénéfice à retirer du décès de Mrs Lansquenet ?

A nouveau mal à l'aise, l'avoué changea encore une fois de position :

— Je n'ai pas dit cela exactement.

L'inspecteur Morton lui lança un regard acéré :

— Je croyais que vous aviez dit que la pension accordée par son frère constituait la seule source de revenus de Mrs Lansquenet et que, pour autant que vous le sachiez, elle ne possédait ni biens ni fortune propres.

— C'est cela. Son mari est mort sans le sou. Et avec tout ce que je savais d'elle, depuis son enfance et après, je serais bien étonné qu'elle ait jamais économisé, et moins encore thésaurisé.

— Le cottage lui-même ne lui appartenait pas. Elle le louait. Quant au mobilier et au reste, il n'y a pas de quoi se lever la nuit, même de nos jours. Du faux « rustique ancien » et des barbouillages prétendument artistiques. Pour quiconque en héritera, ce ne sera pas un gros cadeau... Si toutefois elle a laissé un testament, j'entends.

Mr Entwhistle eut un geste de dénégation :

— Je ne sais rien de ses dernières volontés. Vous devez comprendre que je ne l'avais pas vue depuis des années.

— Alors, que vouliez-vous dire, à l'instant ? Vous aviez quelque chose à l'esprit, je crois ?

— Oui. Oui, en effet. Je tenais à être strictement précis.

— S'agissait-il donc de l'héritage dont vous m'avez parlé ? Celui qui venait de lui échoir de son frère ? Avait-elle la possibilité d'en disposer librement par testament ?

— Non, pas dans le sens auquel vous pensez. Elle n'avait aucun droit sur le capital qui, maintenant qu'elle est morte, sera divisé entre les cinq autres héritiers désignés par Richard Abernethie. C'était cela que je voulais dire. Son décès leur profite automatiquement, à tous les cinq.

L'inspecteur paraissait déçu :

— Oh... Et moi qui pensais que nous tenions une piste. Eh bien, il n'existait certainement de ce côté-là aucun mobile pour que qui que ce soit vienne la mettre en bouillie avec une hachette. On dirait bien que l'assassin est un type quelconque, avec une case en moins... Un de ces délinquants juvéniles, peut-être... Ça ne manque pas, dans le coin. Et donc, il s'est affolé, il a balancé la quincaillerie et il s'est tiré... Oui, ça doit être ça. A moins qu'il ne s'agisse de la très respectable miss Gilchrist, et je dois admettre que cela nous semble bien improbable.

— Quand a-t-elle découvert le corps ?

— Pas avant 17 heures pile. Elle est rentrée de Reading par le bus qui arrive à 16 h 50. Revenue au cottage, elle est entrée par la porte de devant, elle est allée à la cuisine et elle a mis la bouilloire à chauffer pour le thé. Elle n'entendait aucun bruit dans la chambre de Mrs Lansquenet, mais elle a supposé qu'elle dormait encore. Et puis miss Gilchrist a remarqué la fenêtre. Il y avait du verre partout sur le sol. Même alors, elle a d'abord pensé que c'était une bêtise de gamin qui jouait avec un ballon ou avec un lance-pierres. Elle est montée et elle s'est avancée tout doucement dans la chambre de Mrs Lansquenet pour savoir si elle était assoupie ou si elle voulait son thé. Bien sûr, elle a été terrifiée, elle a poussé des cris, et elle a couru sur la route jusqu'au voisin le plus proche. Son récit paraît parfaitement cohérent, et il n'y avait aucune tache de sang dans sa chambre à elle, ni dans la salle de bains, ni sur ses vêtements. Non, je ne pense pas que miss Gilchrist ait quoi que ce soit à voir dans tout ça. Le médecin est arrivé sur les lieux à 17 h 30. Il estime que la mort n'a pas pu intervenir plus tard que 16 h 30... et, probablement, beaucoup plus près de 14 heures. On dirait donc bien que notre inconnu, quel qu'il soit, rôdait dans les parages pour guetter le départ de miss Gilchrist.

Les traits de Mr Entwhistle se crispèrent. Mais l'inspecteur demandait :

— Vous allez voir miss Gilchrist, je suppose ?

— J'y songeais, oui.

— J'en serais heureux. Elle nous a dit, je pense, tout ce qu'elle pouvait nous dire. Mais on ne sait jamais. Quelquefois, dans le cours de la conversation, il peut surgir un point ou un autre. Elle est assez du genre vieille fille — mais c'est une femme sensée, d'esprit pratique —, et elle a été très coopérative et efficace... Le cadavre est à la morgue. Si vous vouliez y faire un saut...

Sans enthousiasme, Mr Entwhistle donna son accord.

Quelques minutes plus tard, le vieil avoué, très droit, examinait la dépouille de Cora Lansquenet. Elle avait été frappée avec sauvagerie. Sa frange teinte au henné était encore souillée de plaques de sang coagulé qui la raidissaient. Lèvres pincées, au bord de la nausée, Mr Entwhistle détourna le regard.

Pauvre petite Cora, songeait-il. Comme elle avait été anxieuse, l'avant-veille, de découvrir si son frère lui avait laissé quelque chose ! Quels espoirs dorés n'avait-elle pas dû nourrir pour l'avenir ! Que de bêtises elle aurait pu faire avec cet argent — et comme elle se serait réjouie de les faire !

Pauvre Cora... A quel point ses espérances avaient peu duré.

Nul n'avait gagné quoi que ce soit à sa mort — pas même le forcené qui s'était débarrassé des bijoux pendant sa fuite. Cinq personnes verraient leur capital s'accroître de quelques milliers de livres — mais celui dont elles venaient d'hériter, l'avant-veille même, leur suffisait sans doute bien assez. Non, ce n'était pas là qu'il fallait chercher le mobile.

Bizarre tout de même que l'idée d'un meurtre soit précisément venue à l'esprit de Cora la veille du jour où elle serait elle-même la victime d'un meurtrier.

« Mais il a bien été assassiné, non ? »

Ça, c'était bien le type même de la phrase ridicule. Ridicule ! Absolument ridicule !

Beaucoup trop ridicule pour qu'on en informe l'inspecteur Morton.

Evidemment, lorsqu'il aurait vu miss Gilchrist...

En supposant que miss Gilchrist, aussi peu probable que cela soit, puisse apporter quelque lumière sur ce que Richard avait dit à Cora.

« Mais je pensais, d'après ce qu'il m'avait dit... »

Que lui avait donc *dit* Richard ?

— Je dois rencontrer miss Gilchrist sans plus attendre, murmura Mr Entwhistle pour lui-même.

*

Miss Gilchrist était une personne fluette, d'aspect fané, aux courts cheveux gris-fer. Elle avait l'un de ces visages aux traits flous qui sont souvent l'apanage des femmes dans la cinquantaine.

Elle accueillit l'avoué avec chaleur :

— Je suis *si* heureuse que vous soyez venu, Mr Entwhistle ! Vraiment, j'en savais si *peu* sur la famille de Mrs Lansquenet. Et puis, cela va de soi, je n'avais jamais, jamais, été mêlée à un *meurtre* auparavant. C'est tellement épouvantable !

Que miss Gilchrist n'ait jamais été auparavant mêlée à un meurtre, Mr Entwhistle en était tout à fait convaincu. Sa réaction devant la tragédie ressemblait de très près à celle de son associé.

— Bien sûr, continua miss Gilchrist repoussant la mort de Cora Lansquenet dans le domaine du fait divers, ce sont des choses que l'on *lit* dans les journaux. Mais, même *comme cela*, ça ne me plaît pas beaucoup. C'est tellement *sordide*, dans la plupart des cas.

En la suivant dans le salon, Mr Entwhistle regardait attentivement autour de lui. Il régnait une forte odeur de peinture. Le cottage était envahi, non tant par les meubles — conformes à la description qu'en avait donnée l'inspecteur Morton —, que par les tableaux. Les murs en étaient recouverts. La plupart étaient des toiles à l'huile, très sombres et empâtées.

Mais il y avait aussi des aquarelles représentant des paysages, et une ou deux natures mortes. Des œuvres de plus petites dimensions s'entassaient sur une banquette, sous la fenêtre.

— Mrs Lansquenet avait l'habitude de les acheter lors de ventes aux enchères, expliqua miss Gilchrist. Ça la passionnait, la pauvre chère femme. Elle faisait le tour des ventes de la région. Les peintures sont si bon marché, de nos jours. Une misère. Elle n'a jamais payé plus d'une livre pour aucune d'elles, parfois quelques shillings seulement, et elle disait toujours qu'il existait une chance de tomber sur une œuvre de valeur. Elle prétendait que celui-ci était un primitif italien qui pourrait valoir beaucoup d'argent.

Mr Entwhistle jeta un coup d'œil au primitif italien qu'on lui désignait d'un index dubitatif. Cora, songeait-il, n'avait en fait jamais rien compris à l'art. Il se sentait prêt à manger son chapeau si une seule de ces croûtes pouvait dépasser les cinq livres !

— Evidemment, reprit miss Gilchrist qui avait noté son expression et l'avait interprétée sur-le-champ, je n'y connais pas grand-chose moi-même, encore que mon père ait été peintre — sans grand succès, j'en ai peur. Mais, lorsque j'étais jeune fille, je faisais de l'aquarelle et j'ai beaucoup entendu parler peinture. C'était merveilleux pour Mrs Lansquenet d'avoir quelqu'un qui la comprenait et avec qui en discuter. La pauvre chère âme, elle avait une telle passion pour l'art.

— Vous l'aimiez beaucoup ?

Question stupide, jugea-t-il aussitôt. Comment miss Gilchrist aurait-elle pu répondre « non » ? Mais il devait avoir été lassant de vivre avec une femme comme Cora.

— Oh ! *oui*, affirma miss Gilchrist. Nous nous entendions *très* bien. Par bien des aspects, vous savez, Mrs Lansquenet n'était qu'une enfant. Elle racontait tout ce qui lui passait par la tête. Je ne sais pas si son jugement était toujours tout à fait sain, mais...

On ne dit pas : « Elle était complètement idiote. »

— Ce n'était, en aucune manière, une intellectuelle, confirma Mr Entwhistle.

— Non... Non... Peut-être que non. Mais elle était très maligne, Mr Entwhistle. Vraiment très maligne. Elle m'étonnait, parfois... Sa façon de mettre le doigt *là où le bât blessait.*

Mr Entwhistle accorda davantage d'intérêt à miss Gilchrist. Il pensa qu'elle n'était pas sotte, elle :

— Vous avez vécu plusieurs années avec Mrs Lansquenet, je crois ?

— Trois années et demie.

— Vous... euh... lui serviez de demoiselle de compagnie et vous... euh... teniez sa maison ?

A l'évidence, il avait abordé là un sujet délicat. Elle rougit un peu :

— Oh ! oui, certainement. Je faisais presque toute la cuisine... J'adore cuisiner... Et puis je passais le plumeau, et je veillais au petit ménage. Mais pas le *gros ménage.*

Le ton de miss Gilchrist exprimait qu'elle avait tenu bon sur les principes. Mr Entwhistle, qui ignorait totalement la signification de l'expression « gros ménage », émit un murmure apaisant.

— Mrs Panter, une femme du village, venait pour ça, deux fois par semaine régulièrement, continuait-elle. Voyez-vous, Mr Entwhistle, je n'aurais jamais pu envisager une seule seconde d'être considérée comme une *domestique*. Quand mon petit salon de thé a dû fermer... Quel désastre... C'était la guerre, vous savez. Un endroit délicieux. Je l'avais appelé *Le Saule*, et toute la vaisselle était bleu de Chine à motifs de saules... Vraiment ravissante... Et mes gâteaux étaient *très* bons... J'ai toujours été douée pour la pâtisserie et pour les *scones*. Oui, ça marchait très bien. Et puis la guerre est arrivée, il y a eu les restrictions, et j'ai fait faillite... Je suis une victime de guerre, c'est ce que j'ai toujours dit, et j'ai essayé de voir les choses ainsi. J'ai perdu le peu d'argent que mon père m'avait laissé et que j'y avais investi. Il a fallu, cela va de soi, que je me trouve quelque chose à faire. Je n'avais jamais appris aucun métier. Je suis d'abord allée chez une dame, mais je ne m'y suis pas plu... Elle était si désagréable et exigeante... Et puis j'ai fait du travail de bureau... Mais je n'aimais pas ça non plus. Alors, je suis venue chez Mrs Lansquenet et, dès le premier jour, les choses ont été parfaites... son mari avait été un artiste, et tout ce qui s'ensuit, comprenez-vous.

Miss Gilchrist, hors d'haleine, marqua une pause avant de conclure tristement :

— Ah ! comme je l'aimais, mon cher, mon très cher petit salon de thé. J'avais une clientèle tellement *délicieuse* !...

Scrutant son interlocutrice, Mr Entwhistle eut l'impression de la connaître depuis toujours — comme une photo composée des portraits de centaines de silhouettes féminines qui l'avaient, un jour ou l'autre, accueilli dans d'innombrables *Au Laurier, Le Chat roux, Au Perroquet bleu, Le Saule* et autres *Chez soi*. Toutes portant chastement tablier bleu, ou rose, ou orange, et prenant commande de pots de thé de Chine et de gâteaux. Miss Gilchrist possédait une demeure spirituelle — un salon de thé très féminin, à l'ancienne, avec des clients convenables et polis. Le vieil avoué songeait qu'à travers tout le royaume, il devait y avoir des foules de miss Gilchrist, toutes semblables avec leur doux visage patient, leur bouche têtue, leurs cheveux gris parfois ébouriffés.

Elle reprenait :

— Mais, franchement, je ne devrais pas parler de moi. Les policiers ont été très gentils et courtois. Très gentils, je vous assure. Un certain inspecteur Morton est venu du commissariat central. Il s'est montré très aimable. Il s'était même débrouillé pour que je puisse aller passer la nuit chez Mrs Lake, un peu plus bas sur la route. Mais j'ai dit non. Je pensais que c'était mon devoir de rester ici, dans la maison, pour veiller sur toutes les jolies choses de Mrs Lansquenet. On avait emporté le...

Elle avala sa salive :

— On avait emporté le corps, évidemment, et fermé la porte à clef. L'inspecteur m'avait dit qu'un policier monterait la garde dans la cuisine toute la nuit — à cause du carreau cassé. Le vitrier est passé ce matin, je suis heureuse de le dire... Où en étais-je ? Ah ! oui. Alors j'ai expliqué que je serais *très* bien dans ma chambre, encore que je doive confesser que j'ai tiré la commode en travers de la porte et que j'ai placé un grand broc d'eau sur le rebord de la fenêtre. On ne sait jamais... Si c'était un fou, par hasard... On entend de telles choses...

A ce point, miss Gilchrist parut à bout de course. Mr Entwhistle intervint vivement :

— Je connais les faits principaux, que m'a confiés l'inspecteur Morton. Mais, si ça ne devait pas trop vous bouleverser de me donner votre propre version...

— Bien sûr, Mr Entwhistle. Je sais *exactement* ce que vous ressentez. Les policiers sont si froids, non ? A juste titre, évidemment.

— Mrs Lansquenet est donc rentrée de l'enterrement avant-hier soir.

— Oui. Mais son train n'est arrivé qu'assez tard. Comme elle me l'avait demandé, j'avais commandé un taxi. Elle était très fatiguée, la pauvre chère... C'était bien naturel... Mais, l'un dans l'autre, je l'ai trouvée d'excellente humeur.

— Oui, oui... A-t-elle fait quelque allusion aux funérailles ?

— A peine. Je lui ai donné une tasse de lait chaud — elle ne voulait rien d'autre —, et elle m'a raconté que l'église était quasiment pleine et qu'il y avait eu des masses de fleurs... Oh ! Et puis elle m'a dit qu'elle avait été navrée de ne pas avoir vu son autre frère... Timothy... C'est bien cela, n'est-ce pas ?

— Oui. Timothy.

— Elle m'a dit qu'il y avait plus de vingt ans qu'elle ne l'avait pas revu et qu'elle avait espéré qu'il serait là. Elle comprenait très bien qu'il ait préféré ne pas venir dans de telles circonstances. Elle a ajouté que sa femme, elle, était là, et qu'elle n'avait jamais pu supporter Maude... Oh ! Seigneur, je vous demande *bien* pardon, Mr Entwhistle... Ça m'a échappé... Je n'avais pas l'intention de...

— Je vous en prie, je vous en prie, l'encouragea l'avoué. Je ne fais pas partie de la famille, vous savez. Et je crois savoir en effet que Cora et sa belle-sœur n'ont jamais entretenu de très bons rapports.

— En fait, elle l'a pratiquement reconnu en toutes lettres. « J'ai toujours su qu'en vieillissant, Maude deviendrait une “madame J'ordonne” qui met son nez partout. » Voilà ce qu'elle a dit... Et puis elle était épuisée et elle m'a dit qu'elle allait se coucher tout de suite... Je lui avais tenu une bouillotte toute prête... Et elle est montée.

— Elle n'a rien dit dont vous vous souveniez plus particulièrement ?

— Elle n'avait aucun *pressentiment*, Mr Entwhistle, si c'est à cela que vous pensez. J'en suis convaincue. Réellement, vous savez, elle était de très bonne humeur — la fatigue mise à part et... et la tristesse de l'événement. Elle m'a demandé si j'aimerais aller à Capri. A Capri ! Evidemment, je lui ai répondu que ce serait merveilleux — c'est une chose dont je n'avais même pas osé rêver — et elle a dit seulement : « Nous irons ! » Comme ça. J'en ai conclu — parce que, bien sûr, elle ne m'en a pas *parlé* — que son frère lui avait laissé une rente ou je ne sais quoi du même genre.

Mr Entwhistle approuva de la tête.

— La pauvre. Tout de même, je suis contente

qu'elle ait eu la dernière joie de faire des projets... quoi qu'ait pu lui réserver la suite.

Et miss Gilchrist de soupirer, songeuse :

— Je suppose que je n'irai pas à Capri, maintenant...

— Et le matin suivant ? enchaîna t'avoué, indifférent à la déception de la dame de compagnie.

— Le matin suivant, Mrs Lansquenet n'allait pas bien du tout. Très franchement, elle avait une mine affreuse. Elle m'a dit qu'elle n'avait pratiquement pas dormi. Des cauchemars. « C'est parce que vous vous êtes surmenée hier », je lui ai dit, et elle a convenu que c'était peut-être vrai. Elle a pris son petit déjeuner au lit. Elle ne s'est pas levée de la matinée. A l'heure du déjeuner, elle n'avait toujours pas réussi à dormir. Elle s'est plainte : « Je me sens si angoissée. Je n'arrête pas de remuer des pensées et de me poser des questions. » Et puis elle a décidé de prendre des comprimés de somnifère et d'essayer de faire un bon somme dans l'après-midi. Elle a voulu que je prenne le bus de Reading pour aller lui échanger deux livres à la bibliothèque, parce qu'elle les avait finis tous les deux dans le train et qu'elle n'avait plus rien à lire. En général, deux livres lui faisaient la semaine. Donc je suis partie, juste après 2 heures, et ç'a été... ç'a été... la dernière fois que...

Miss Gilchrist commença de renifler :

— Elle était sûrement endormie, vous savez. L'inspecteur m'a donné l'assurance qu'elle n'avait pas souffert... Il pense qu'elle a été tuée dès le premier coup. Oh ! Seigneur, ça me rend malade, rien que d'y penser !

— Allons, allons... Je ne souhaite pas vous entraîner plus loin sur ce terrain. Ce que je voulais seulement, c'était vous entendre me parler du comportement de Mrs Lansquenet avant cette tragédie.

— Parfaitement naturel, je vous assure. Vous pouvez dire à sa famille qu'à part cette mauvaise nuit, elle était vraiment très heureuse et pleine d'espoir pour l'avenir.

Mr Entwhistle prit soin d'observer un temps d'arrêt avant de poser la question suivante. Il ne souhaitait pas influencer son témoin :

— Elle n'a fait allusion à aucun de ses parents en particulier ?

— Non. Non, je ne crois pas, fit-elle en réfléchissant. Sauf quand elle a dit qu'elle regrettait de ne pas avoir vu son frère Timothy.

— Elle n'a pas parlé du tout du décès de son frère ? De... de sa cause ? Rien de cet ordre ?

— Non.

Les traits de miss Gilchrist ne reflétaient pas la moindre alarme. Mr Entwhistle était persuadé que ç'aurait été le cas si Cora lui avait fait part de son verdict d'assassinat.

— Il était malade depuis un certain temps déjà, reprit vaguement la demoiselle de compagnie, mais je dois dire que j'ai été étonnée quand j'ai appris sa mort. Il paraissait si vigoureux.

L'avoué sauta sur l'occasion :

— Vous l'aviez vu ? Quand cela ?

— Quand il est venu ici rendre visite à Mrs Lansquenet. Laissez-moi me souvenir... Il y a trois semaines à peu près.

— Et il a séjourné ici ?

— Oh ! non... Il n'est resté que le temps du déjeuner. Nous avions été prises au dépourvu. Mrs Lansquenet ne l'attendait pas. J'ai cru comprendre qu'il y avait eu quelque désaccord dans la famille. Elle ne l'avait pas vu depuis des années, m'a-t-elle dit.

— Oui, c'est exact.

— Elle a été très bouleversée... de le revoir... et, sans doute, de comprendre à quel point il était malade.

— Elle savait qu'il était malade ?

— Oh ! oui, je m'en souviens très bien. Parce que je me suis demandé — mais par-devers moi seulement, vous me comprenez — si peut-être Mr Abernethie ne souffrait pas de ramollissement cérébral. Une de mes tantes...

Mr Entwhistle se hâta de laisser la tante là où elle était :

— Quelque chose dans les propos de Mrs Lansquenet vous a fait penser à un ramollissement cérébral ?

— Oui. Elle a prononcé une phrase comme : « Pauvre Richard. La mort de Mortimer doit lui avoir donné vingt années de plus. Je l'ai trouvé assez sénile. Toutes ces idées de persécution... Croire qu'on l'empoisonne. Les personnes âgées finissent comme ça. » Et, moi, je savais bien que ce n'est que trop *vrai*. Cette tante dont je vous parlais... eh bien, elle était persuadée que ses domestiques essayaient de mettre du poison dans ses aliments et, à la fin, elle ne voulait plus manger que des œufs à la coque — parce que, disait-elle, on ne peut rien introduire dans un œuf à la coque pour l'empoisonner. Nous nous moquions gentiment d'elle, mais si ç'avait été aujourd'hui, je ne sais pas ce que nous aurions *pu* faire. Avec les œufs si rares, et importés pour la plupart, de surcroît, même à la coque, ça peut être dangereux.

Mr Entwhistle n'avait prêté à la saga de la tante qu'une oreille distraite. Il était très perturbé.

Lorsque miss Gilchrist se fut résignée au silence, il demanda enfin :

— J'imagine que Mrs Lansquenet n'avait pas pris tout ça trop au sérieux ?

— Oh ! non, Mr Entwhistle, elle comprenait *très* bien.

L'avoué jugea cette réflexion inquiétante, elle aussi, mais pas du tout dans le sens auquel s'était référée miss Gilchrist.

Cora Lansquenet avait-elle vraiment *compris* ? Pas sur le moment, peut-être, mais plus tard. N'avait-elle pas trop bien compris ?

Mr Entwhistle savait que Richard Abernethie n'avait jamais rien eu de sénile. Il était demeuré en possession de toutes ses facultés. Il n'avait pas été homme à souffrir de quelque manie de la persécution que ce soit. C'était un homme d'affaires à la tête solide, comme il l'avait toujours été — et, de ce point de vue, sa maladie n'avait rien changé.

Il semblait extravagant qu'il ait pu s'exprimer en pareils termes auprès de sa sœur. Mais Cora, peut-être, douée de sa bizarre clairvoyance enfantine, avait-elle su lire entre les lignes les sous-entendus de son frère.

Sous bien des aspects, songeait-il, Cora avait été parfaitement stupide. Elle manquait autant d'équilibre que de jugement et portait sur tout le regard naïf d'une enfant. Mais parfois, elle avait aussi un génie enfantin pour mettre le doigt, d'une façon stupéfiante, sur ce qui faisait mal.

Mr Entwhistle décida d'en rester là. Miss Gilchrist, à son avis, n'en savait pas plus long que ce qu'elle lui avait raconté. Il lui demanda si, à sa connaissance, Cora Lansquenet avait laissé un testament. Le demoiselle de compagnie répondit sans attendre que les dernières volontés de la défunte avaient été confiées à sa banque.

Muni de ce renseignement, il prit congé après avoir pris certaines dispositions. Il insista pour que miss Gilchrist accepte une petite somme en espèces pour couvrir ses dépenses du moment. Il l'informa qu'il entrerait à nouveau en contact avec elle et qu'en attendant, il lui serait reconnaissant si elle voulait bien demeurer dans le cottage pendant qu'elle se cherchait un nouveau travail. Ce serait très commode, reconnut-elle, d'autant qu'elle ne se sentait pas le moins du monde nerveuse.

Il fut dans l'impossibilité de se retirer avant que miss Gilchrist ne lui ait fait faire le tour du propriétaire et ne lui ait montré diverses œuvres de feu Pierre Lansquenet, qui couvraient les murs de la petite salle à manger et qui le firent sursauter — il s'agissait surtout de nus, dont l'exécution démontrait un singulier manque de talent et un grand attachement au détail. Il dut aussi admirer nombre de tableautins à l'huile représentant de pittoresques petits ports de pêche brossés par Cora elle-même.

— Polperro, annonça miss Gilchrist avec orgueil. Nous y sommes allées l'an dernier. Mrs Lansquenet avait été séduite par son cachet.

Mr Entwhistle, contemplant Polperro du sud-ouest, du nord-ouest et, à n'en pas douter, de tous les autres points cardinaux, admit que l'endroit avait certainement dû enthousiasmer Mrs Lansquenet.

Miss Gilchrist arbora une moue songeuse :

— Mrs Lansquenet m'avait promis de me laisser ces petites toiles. Je les aime tant. Dans celle-là, on voit réellement les vagues déferler, non ? Même si elle avait oublié, croyez-vous que je pourrais en avoir juste *une*, en souvenir ?

— Je suis convaincu qu'on pourra arranger cela, sourit Mr Entwhistle.

Il régla encore quelques questions, puis la quitta, pour avoir un entretien avec le directeur de la banque et une nouvelle conversation avec l'inspecteur Morton.

5

— Ereinté, voilà ce que vous êtes, lança miss Entwhistle, du ton indigné et tyrannique qu'adoptent volontiers les sœurs dévouées avec les frères dont elles tiennent la maison. Vous ne devriez pas faire ça, à votre âge. Qu'est-ce que tout cela a à voir avec vous, je voudrais bien le savoir ? Vous êtes bien à la retraite, non ?

Mr Entwhistle, sans s'énerver, répliqua que Richard Abernethie avait été l'un de ses plus vieux amis.

— Sans doute. Mais Richard Abernethie est mort, n'est-ce pas ? Par conséquent, je ne vois aucune raison pour que vous vous mêliez de choses qui ne vous concernent plus, ni que vous alliez attraper la mort vous-même dans ces affreux trains pleins de courants d'air. Et pour un meurtre en plus ! Je ne comprends même pas pourquoi on est venu vous chercher.

— Ils sont entrés en contact avec moi, parce qu'ils ont trouvé dans le cottage une lettre que j'avais signée pour informer Cora des dispositions prises pour les funérailles.

— Les funérailles ! Un enterrement après l'autre, oui. Et d'ailleurs cela me rappelle... Un autre de vos Abernethie chéris vous a appelé au téléphone — Timothy, a-t-il dit, je crois. De quelque part dans le Yorkshire — et c'était encore pour vous parler d'un enterrement ! Il a dit qu'il rappellerait plus tard.

Dans la soirée, Mr Entwhistle reçut effectivement un appel personnel. Prenant le combiné, il entendit la voix de Maude Abernethie à l'autre bout du fil :

— Dieu soit loué, j'arrive enfin à vous joindre ! Timothy était dans tous ses états, croyez-moi. Ces nouvelles tragiques à propos de Cora l'ont terriblement bouleversé.

— C'est bien compréhensible.

— Que dites-vous ?

— Je dis que c'est bien compréhensible.

— Oui, j'imagine, laissa tomber Maude, plus que dubitative. Mais vous voulez dire qu'il s'agissait bien d'un assassinat ?

« Mais il a bien été assassiné, non ? », avait aussi demandé Cora. Seulement, cette fois, il n'y avait pas à hésiter sur la réponse.

— Oui, c'était un assassinat, confirma Mr Entwhistle.

— Avec une hachette, comme le disent les journaux ?

— Oui.

— Il me paraît *absolument* incroyable que la sœur de Timothy... sa *propre* sœur... ait pu être tuée avec une hachette.

Cela paraissait tout aussi incroyable à Mr Entwhistle. L'existence de Timothy était si éloignée de toute violence qu'on en venait à penser que ses proches eux-mêmes devaient en être exempts.

— Je crains que nous ne devions accepter les faits, dit doucement Mr Entwhistle.

— Je suis réellement *très* inquiète pour Timothy. C'est très mauvais pour lui, tout ça ! J'ai réussi à le persuader d'aller se coucher, mais il a insisté à toute force pour que j'essaie de vous convaincre de venir ici. Il veut savoir un millier de choses — s'il y aura une enquête, et qui doit y assister, et quand l'enterrement pourra enfin avoir lieu, et où, et comment on le paiera, et si Cora avait souhaité être incinérée ou quoi, et si elle a laissé des dernières volontés et...

Le vieil avoué se hâta d'intervenir avant que le catalogue ne prenne trop d'ampleur :

— Il y a bien un testament, oui. Elle avait choisi Timothy comme exécuteur.

— Oh ! Seigneur, j'ai peur que Timothy ne soit pas en mesure de...

— Le cabinet s'occupera de toutes les formalités. Les dispositions sont très simples. Cora a légué ses propres dessins et une broche avec des améthystes à sa demoiselle de compagnie, miss Gilchrist, et tout le reste à Susan.

— A Susan ? Je me demande bien pourquoi Susan ? Je ne crois pas qu'elle l'ait jamais vue... En tout cas pas depuis qu'elle était bébé.

— J'imagine que c'est parce qu'elle avait entendu dire que Susan avait fait un mariage qui ne plaisait pas vraiment à la famille.

Maude renifla de dédain :

— Même un Gregory vaut cent fois mieux qu'un Pierre Lansquenet ! Evidemment, de mon temps, on n'aurait pas imaginé d'épouser un homme qui sert derrière le comptoir d'une boutique... encore que l'officine d'un pharmacien soit quand même préférable à une échoppe de mercerie. Et puis, au moins, Gregory a l'air tout ce qu'il y a de respectable.

Elle s'arrêta un instant, puis reprit :

— Cela signifie-t-il que Susan va recevoir les revenus que Richard avait laissés à Cora ?

— Oh ! non. Le capital correspondant sera partagé entre les héritiers survivants, conformément aux clauses du testament de Richard. Non, la pauvre Cora n'avait pour tous biens à léguer que quelques centaines de livres et le mobilier du cottage. Quand les dettes les plus criantes seront réglées et les meubles vendus, je doute fort que l'ensemble puisse, au mieux, dépasser les cinq cents livres... Il va y avoir une enquête judiciaire, cela va de soi. Elle a été fixée à jeudi prochain. Si Timothy est d'accord, nous enverrons là-bas le jeune Lloyd pour suivre la procédure au nom de la famille.

Il s'excusa presque :

— Je redoute que, vu les... euh... les circonstances, cela n'attire quelque publicité.

— Comme c'est fâcheux !... Ont-ils arrêté l'ignoble individu qui a fait ça ?

— Pas encore.

— Eh bien, tout cela me semble extraordinaire. Et c'est si mauvais pour Timothy. Dites-moi, Mr Entwhistle, vous ne pourriez vraiment pas venir jusqu'ici ? Je vous serais *des plus reconnaissantes* si vous le pouviez. Je pense que l'esprit de Timothy serait plus en repos si vous étiez ici pour le rassurer.

Mr Entwhistle conserva un instant le silence. L'invitation tombait assez bien.

— Il y a du vrai là-dedans, concéda-t-il. Et j'aurai besoin de la signature de Timothy, en tant qu'exécuteur, pour certains documents. Oui, je pense que ce pourrait être une bonne chose.

— Splendide. Je suis tellement soulagée. Demain ? Et vous passeriez la nuit ici ? Le meilleur train part de St Pancras à 11 h 20.

— Il faudra que je me trouve un train dans l'après-midi, hélas, dit Mr Entwhistle. J'ai sur les bras d'autres affaires qui m'occuperont pendant toute la matinée...

*

George Crossfield accueillit Mr Entwhistle avec cordialité mais non sans, peut-être, un zeste d'étonnement.

— Je reviens tout juste de Lytchett St Mary, déclara l'avoué comme pour donner une explication — qui n'expliquait rien du tout — à sa venue.

— Alors c'était *vraiment* tante Cora ? J'avais lu cette histoire dans les journaux mais je ne pouvais pas y croire. J'ai pensé que ce devait être une homonymie.

— Lansquenet n'est pas un nom très banal.

— Non, bien sûr que non. Je crois qu'on éprouve une réticence naturelle à admettre que quelqu'un de sa propre famille ait pu être assassiné. Cela me fait penser à l'affaire du mois dernier, à Dartmoor.

— Ah bon ?

— Oui. Des circonstances analogues. Un cottage isolé. Deux femmes qui vivaient seules. Et le montant du vol... disons... parfaitement insignifiant.

— La valeur de l'argent est toujours relative, pontifia Mr Entwhistle. C'est le besoin que l'on en a qui compte.

— Oui... Oui, je suppose que vous avez raison.

— S'il vous faut désespérément dix livres — alors quinze seront plus que suffisantes. Et vice versa. Mais s'il vous faut cent livres, quarante-cinq vous seront plus qu'inutiles. Et si vous êtes à la recherche de milliers de livres, des centaines ne vous suffiront pas.

Une certaine lueur s'alluma dans le regard de George :

— Je dirais volontiers que *n'importe quelle* somme est la bienvenue, ces temps-ci. Tout le monde est à court.

— Mais tout le monde n'est pas *désespéré*, souligna Mr Entwhistle. C'est cette notion de désespoir qui est importante.

— Vous pensez à quelque chose en particulier ?

— Oh ! non. Non, pas du tout.

Il se tut un instant. Puis :

— Il faudra un petit délai avant que la succession ne soit réglée. Vous conviendrait-il de toucher une avance ?

— En fait, j'allais *justement* soulever ce sujet. En tout état de cause, j'ai vu ma banque ce matin. Je leur ai demandé de s'adresser à votre cabinet et ils ont été assez obligeants pour me consentir un découvert.

De nouveau cette lueur dans le regard du jeune homme. Mr Entwhistle l'identifia, du plus profond de son expérience. George, il en avait la certitude, avait eu un besoin d'argent, sinon désespéré, du moins extrêmement pressant. Il prit conscience, en ce moment précis, de ce dont il n'avait cessé d'avoir inconsciemment l'intuition : en matière d'argent, on ne pouvait pas faire confiance à George. Il se demanda si son vieux Richard Abernethie, habitué lui aussi à juger les humains, avait pensé de même. Mr Entwhistle avait la conviction qu'après la mort de Mortimer, Richard avait eu la tentation de faire de George son héritier. Ce n'était pas un Abernethie, certes, mais c'était le seul homme de la jeune génération. On pouvait le considérer comme le successeur naturel de Mortimer. Richard Abernethie avait invité George, et l'avait gardé auprès de lui pendant plusieurs jours. Il paraissait probable qu'à la fin de ce séjour, Richard avait estimé que la personnalité de

George ne le satisfaisait pas. Avait-il senti d'instinct, comme le sentait Mr Entwhistle, que George n'était pas franc du collier ? En épousant le père de George, Laura — la famille, du moins, l'avait pensé — avait fait un choix malheureux. Un agent de change, mais qui exerçait aussi d'autres activités mystérieuses. George tenait plus de son père que des Abernethie.

Interprétant sans doute de travers le silence du vieil homme de loi, George eut un rire gêné :

— La vérité, c'est que je n'ai pas eu beaucoup de chance avec mes placements, ces derniers temps. J'avais tenté une spéculation un peu risquée et ça n'a pas marché. Je me suis fait plus ou moins racler. Mais je vais pouvoir me refaire, maintenant. Tout ce qu'il me faut, c'est un peu de capital. Les Ardens Consolidated se présentent bien, vous ne trouvez pas ?

Mr Entwhistle s'abstint de se prononcer. Il s'interrogeait : George aurait-il, par hasard, spéculé avec les fonds de ses clients et non avec les siens ? S'il s'était trouvé en danger d'être poursuivi par la justice...

Il lança, d'une voix nette :

— J'ai essayé de vous joindre le lendemain de l'enterrement, mais je suppose que vous n'étiez pas à votre bureau.

— Tiens donc ? Ils ne me disent jamais rien. En fait, j'avais décidé que je méritais bien un jour de congé après les bonnes nouvelles !

— Les bonnes nouvelles ?

George rougit :

— Oh ! écoutez, je ne pensais pas à la mort d'oncle Richard. Mais apprendre qu'on va toucher une petite fortune, ça vous met le cœur en trompette. On se dit qu'il faut fêter l'événement. Je vous avoue que j'ai fait un tour à Hurst Park. Et j'ai misé sur deux gagnants. Un bonheur ne vient jamais seul ! Quand vous êtes en veine, ça tombe dru ! Rien de plus que cinquante livres de gain, mais tout peut aider.

— Oh ! oui, reconnut Mr Entwhistle, tout peut aider. D'autant plus que, suite à la mort de votre tante Cora, vous allez bientôt recevoir une somme supplémentaire.

George parut peiné :

— La pauvre vieille. C'est vraiment un sacré manque de pot, non ? Probablement juste au moment ou elle s'apprêtait enfin à profiter de l'existence.

— Espérons que la police retrouvera le responsable de sa mort, murmura Mr Entwhistle.

— Je suis sûr qu'ils le coinceront. Ils sont bons, nos policiers. Ils font le tour des indésirables du voisinage, et ils les passent au peigne fin — et il faut qu'ils détaillent toutes leurs actions au moment où ça s'est passé.

— Ça n'est pas si facile lorsqu'un peu de temps s'est écoulé, observa l'avoué.

Il esquissa un sourire glacial pour indiquer qu'il allait faire une plaisanterie :

— Le jour en question, à 3 heures et demie, je me trouvais moi-même à la librairie Hatchard. Est-ce que je m'en souviendrais si j'étais interrogé par la police dans dix jours ? J'en doute fort. Et vous, George, vous étiez à Hurst Park. Vous souviendriez-vous du jour où vous êtes allé aux courses dans... mettons... un mois ?

— Je pourrais me repérer par rapport à l'enterrement : c'était le lendemain.

— C'est vrai... Bien vrai. Et puis vous avez misé sur une paire de vainqueurs. Ça facilite aussi le travail de la mémoire. On oublie rarement le nom d'un cheval qui vous a fait gagner de l'argent. Comment s'appelaient-ils donc, à propos ?

— Laissez-moi réfléchir. Gaymarck et Frogg II. Oui, je ne vais pas les oublier de sitôt.

Mr Entwhistle éclata de son petit rire sec et prit congé.

*

— C'est merveilleux de vous voir, naturellement, affirma Rosamund avez un manque d'enthousiasme évident. Mais il est encore affreusement tôt.

Elle bâilla à s'en décrocher la mâchoire.

— Il est 11 heures du matin, l'informa Mr Entwhistle.

Nouveau bâillement. Elle expliqua, en guise d'excuse :

— Nous avons eu une soirée à tout casser, hier. Beaucoup trop bu. Michael a une gueule de bois terrible.

Michael apparut au même instant, bâillant lui aussi. Une tasse de café à la main, il arborait une robe de chambre très élégante. Il était à la fois hagard et séduisant — et souriait avec son charme coutumier. Rosamund, elle, portait une jupe noire, un pull-over jaune assez sale. Et rien d'autre, pour autant que Mr Entwhistle puisse en juger.

L'avoué, précis et vieux jeu, n'appréciait pas du tout la manière de vivre des jeunes Shane. Leur appartement sens dessus dessous au premier étage d'une maison de Chelsea — les bouteilles, les verres et les mégots répandus à profusion —, l'atmosphère confinée, et l'apparence générale de saleté et de désordre.

Ce décor décourageant n'en mettait que mieux en valeur Rosamund et Michael, superbes tous les deux. Ils formaient certainement un beau couple et, pensa Mr Entwhistle, paraissaient très amoureux l'un de l'autre. A coup sûr, Rosamund adorait son mari.

— Chéri, suggéra-t-elle, que dirais-tu de prendre un doigt de champagne ? Seulement pour nous remettre, et pour trinquer à l'avenir. Oh ! Mr Entwhistle, nous avons réellement une chance merveilleuse qu'oncle Richard nous ait laissé cet argent juste maintenant...

Mr Entwhistle nota qu'une fraction de seconde, Michael avait froncé les sourcils.

— Parce que nous avons une formidable occasion pour une pièce, continuait Rosamund. Michael a pris une option dessus. Il y a là-dedans un rôle extraordinaire pour lui, et même un petit rôle pour moi aussi. C'est à propos de ces jeunes délinquants, vous savez, qui, en réalité, sont des saints — c'est plein des idées les plus avancées.

— C'est ce qu'il me semble, commenta l'avoué, très raide.

— Il vole, vous savez, et il tue. Et la police et la société le traquent — mais, à la fin, il accomplit un miracle.

Le vieil homme de loi conserva un silence scandalisé. Ces jeunes gens débitaient de bien pernicieuses calembredaines ! Et ils en écrivaient, *en plus* !

Non que Michael Shane parlât beaucoup. On discernait encore une ombre sur ses traits.

— Mr Entwhistle n'a pas envie d'écouter nos petites histoires, Rosamund, grinça-t-il. Ferme-la un peu et laissons-lui le temps de nous dire pourquoi il nous rend visite.

— Seulement deux ou trois petits points à mettre en ordre. Je reviens à peine de Lytchett St Mary.

— Alors c'était *bien* tante Cora qui a été assassinée ? Nous avons vu ça dans le journal. Et j'ai dit que ça devait être elle parce que ce n'était pas un nom très courant. Pauvre vieille tante Cora. Je la regardais, l'autre jour, pendant l'enterrement. Je pensais qu'elle ressemblait à un vieil épouvantail, et je me disais qu'il vaudrait mieux être mort que d'avoir une dégaine pareille — et puis, maintenant, elle est bel et bien morte. Hier soir, personne ne voulait me croire quand je leur ai dit que la victime du meurtre à la hachette était ma *tante* ! Ils n'ont fait que se tordre, hein, Michael ?

Michael Shane ne répondit pas. Rosamund poursuivait, visiblement très excitée :

— Deux assassinats l'un après l'autre. C'est presque trop, non ?

— Ne sois pas idiote, Rosamund. Ton oncle Richard n'a pas été assassiné.

— C'est pourtant ce que pensait tante Cora.

Mr Entwhistle intervint :

— Vous êtes rentrés à Londres après les funérailles, n'est-ce pas ?

— Oui. Par le même train que vous.

— Bien sûr... Bien sûr. Je vous le demande parce que (il désignait le téléphone du regard) j'ai essayé de vous joindre le lendemain... à plusieurs reprises, d'ailleurs. Et ça ne répondait jamais.

— Mon Dieu, je suis confuse. Qu'est-ce que nous faisions ce jour-là ? Nous sommes restés ici jusqu'à midi, à peu près. Toi, tu es parti pour essayer de mettre la main sur Rosenheim et pour déjeuner ensuite avec Oscar. Moi, je suis sortie pour voir si je ne pouvais pas trouver des bas nylon et faire du lèche-vitrines. Je devais retrouver Janet, mais nous nous sommes manquées. Oui, j'ai eu un bon après-midi de courses — et puis nous avons dîné au *Castille*. J'imagine que nous sommes rentrés ici aux environs de 10 heures du soir.

— Oui, dans ces eaux-là, confirma Michael. Mais pourquoi vouliez-vous donc nous contacter, monsieur ? s'enquit-il, pensif.

— Oh !... Deux ou trois broutilles concernant la succession de Richard Abernethie... Des papiers à signer... Des formalités.

— Nous allons avoir l'argent tout de suite, ou bien il va nous falloir attendre des siècles ? s'enquit Rosamund.

— J'ai peur, répliqua Mr Entwhistle, que la loi n'exige un certain délai.

Elle s'inquiéta :

— Mais nous pouvons obtenir une avance, n'est-ce pas ? Michael me disait que nous pourrions. Pour nous, c'est terriblement important. A cause de la pièce.

Michael sourit :

— Oh ! il n'y a pas le feu. Le problème consiste seulement à décider si je lève ou non mon option.

— Rien ne sera plus facile que de vous avancer des fonds, trancha l'avoué. Autant que vous voudrez.

— Alors, c'est parfait, conclut Rosamund avec un soupir de soulagement. Tante Cora laisse-t-elle un peu d'argent ? ajouta-t-elle après réflexion.

— Pas grand-chose. Elle a tout légué à votre cousine Susan.

— Pourquoi Susan ? Je voudrais bien le savoir ! Beaucoup ?

— Quelques centaines de livres, et des meubles.

— De beaux meubles ?

— Non, trancha Mr Entwhistle.

Le sujet n'intéressait plus Rosamund.

— C'est tout de même très bizarre, non ? médita-t-elle. Vous vous souvenez de Cora, après l'enterrement, lâchant tout à trac : « Mais il a bien été assassiné, non ? » Et voilà que le lendemain, c'est *elle* qui est assassinée. Je veux dire... c'est quand même bizarre, non ?

Il y eut un moment de silence gêné avant que Mr Entwhistle ne renchérisse, d'un ton posé :

— Oui, c'est bizarre, en effet...

*

Mr Entwhistle étudiait Susan Banks, penchée sur la table et s'exprimant, selon son habitude, avec animation.

Chez elle, rien du charme de Rosamund. Mais un visage attirant, dont la séduction résidait, décida l'avoué, dans sa vitalité. Une bouche aux lèvres pleines et sensuelles. La bouche d'une vraie femme, tout comme son corps — une femme féminine jusqu'au bout des ongles. Et pourtant, sous bien des aspects, Susan lui rappelait son oncle Richard Abernethie. La forme de sa tête, la ligne du menton, les yeux profonds et réfléchis. Comme Richard, elle possédait une personnalité dominatrice, une énergie inlassable, un don de clairvoyance et un jugement rarement pris en défaut. Des trois représentants de la jeune génération, elle seule semblait faite du métal qui avait permis aux Abernethie d'amasser une vaste fortune. Richard avait-il su reconnaître en Susan un esprit de la même race que le sien ? Mr Entwhistle pensait que oui. Son ami avait toujours eu une capacité aiguë pour évaluer les caractères. Chez Susan, il y avait certainement les qualités qu'il recherchait. Et, pourtant, dans ses dernières volontés, Richard ne lui avait réservé aucun traitement de faveur. N'accordant, comme le croyait Mr Entwhistle, nulle confiance à George, négligeant cette charmante écervelée qu'était Rosamund, n'aurait-il pas pu trouver en Susan l'être dont il était en quête : une héritière de sa trempe ?

Si ce n'avait pas été le cas, un raisonnement logique amenait à conclure que c'était à cause de son mari...

Par-dessus l'épaule de Susan, le regard de Mr Entwhistle se posa sur Gregory Banks, debout, jouant machinalement avec un crayon.

Un homme jeune, mince et sans trait saillant, aux cheveux blondasses tirant sur le roux. Tellement dans l'ombre de la personnalité de sa femme qu'il devenait difficile de saisir qui il était réellement. Rien n'accrochait, chez ce bonhomme — assez sympathique, toujours de votre avis. Un béni-oui-oui, dans tout le sens du terme. Et, cependant, ce qualificatif ne pouvait suffire à le décrire de façon satisfaisante. Il y avait quelque chose d'un tantinet troublant dans l'effacement de Gregory Banks. C'était un parti peu enviable — et pourtant Susan avait voulu l'épouser mordicus. Elle avait passé outre à toutes les oppositions. Pourquoi ? Qu'avait-elle vu en lui ?

Et maintenant, six mois après leur mariage...

« Elle est folle de ce garçon », se dit Mr Entwhistle. Il connaissait bien les symptômes de la passion. Au cours de sa carrière, d'innombrables femmes avaient passé la porte de Messrs Bollard, Entwhistle, Entwhistle & Bollard, pour conter leurs ennuis conjugaux. Des épouses en adoration béate devant des maris médiocres et, semblait-il souvent, sans la moindre séduction. Et des épouses lassées de maris, apparemment séduisants et sans défaut, qu'elles méprisaient. Ce que n'importe quelle femme pouvait trouver à un homme en particulier se situait bien au-delà des facultés de compréhension d'un être ordinaire de sexe masculin. C'était comme cela. Une femme capable d'intelligence dans tous les domaines de la terre pouvait se comporter comme la dernière des demeurées à propos d'un homme. Susan, estima Mr Entwhistle, appartenait à cette catégorie. Pour elle, l'univers tournait autour de son Greg. Et c'était une situation qui pouvait, de bien des façons, se révéler dangereuse.

Susan vitupérait, emphatique :

— ... Parce que c'est *scandaleux*. Vous vous souvenez de cette femme qui a été tuée dans le Yorkshire, l'année dernière ? On n'a jamais arrêté personne. Et cette vieille marchande de bonbons assassinée dans sa boutique à coups de pince-monseigneur ? Un individu a été retenu en garde à vue quelques jours. Et puis on l'a relâché.

— Il faut qu'il y ait des preuves, ma chère, observa Mr Entwhistle.

Mais Susan ne l'écoutait pas :

— Et cette autre affaire... Une infirmière à la retraite... Eh bien, c'était avec une hachette ou une hache... Exactement comme pour tante Cora.

— Dieu me pardonne, vous me paraissez avoir étudié tous ces crimes de très près, Susan.

— On se rappelle tout naturellement ces choses-là. Et quand on a dans sa famille la victime d'un meurtre — et tout à fait selon le même procédé —

eh bien, ça démontre qu'il doit y avoir tout un lot de ces types à rôder dans la campagne, entrant par effraction dans les maisons pour attaquer les femmes seules... Et la police *s'en contrefout* !

Mr Entwhistle branla du chef :

— Ne dites pas de mal de notre police, Susan. C'est un corps composé d'hommes intelligents et patients — et tenaces, aussi. Ce n'est pas parce que les journaux ne parlent plus d'une affaire que l'on a clos le dossier. Loin de là.

— Pourtant, chaque année, il y a des centaines de crimes dont l'auteur n'est jamais découvert.

— Des centaines ? s'étonna l'avoué, dubitatif. Un certain nombre, certes. Mais il y a bien des cas pour lesquels la police sait qui est l'auteur du crime, mais ne dispose pas de preuves suffisantes pour entamer des poursuites.

— Je n'y crois pas, répliqua Susan. Moi, je crois que si vous savez avec certitude *qui* a commis un crime, vous pouvez toujours réunir assez de preuves.

— Je n'en suis pas convaincu, souffla Mr Entwhistle, songeur. Pas convaincu du tout...

— Ont-ils la moindre idée — pour tante Cora — de qui ça pourrait être ?

— Je ne saurais le dire. Non, pour autant que je le sache. Mais ce n'est guère à moi qu'ils feraient des confidences... Et puis l'enquête démarre à peine. Le meurtre ne remonte qu'à avant-hier, rappelez-vous.

— Ce doit être, à coup sûr, un genre d'homme bien précis, réfléchit Susan à haute voix. Un type brutal, peut-être à moitié cinglé... Un ancien soldat, ou un ancien détenu. Je veux dire... pour se servir comme ça d'une hachette.

La mine un peu sardonique, Mr Entwhistle fronça les sourcils et murmura :

« Alors Lizzie Borden, à grands coups de sa hache,
Abattit son papa comme un chêne des bois.

Puis, pour parachever sa très horrible tâche,
Elle tua sa maman, en soixante-trois fois. »

Susan rougit de colère :

— Oh ! Aucun des proches de tante Cora ne vivait avec elle — à moins que vous ne fassiez allusion à sa demoiselle de compagnie. Et, de toute manière, Lizzie Borden a été acquittée. Personne n'a la certitude qu'elle ait tué son père et sa belle-mère.

— Ce quatrain est diffamatoire, j'en conviens, reconnut l'avoué.

— Vous pensiez que la demoiselle de compagnie aurait *pu* être l'auteur du meurtre ? Tante Cora lui a légué quelque chose ?

— Une broche avec des améthystes, quasiment sans valeur, et quelques aquarelles de villages de pêcheurs, qui n'ont, elles, qu'une valeur sentimentale.

— Il faut avoir un mobile pour tuer — à moins d'être à demi cinglé.

Mr Entwhistle émit un petit rire :

— Si je vois bien la situation, la seule personne qui avait un mobile, c'est *vous*, ma chère Susan.

— Ça veut dire quoi, ça ?

Greg, soudain, s'était avancé. On eût dit d'un dormeur qui s'éveille. Une lueur mauvaise brillait dans ses yeux. Il n'avait plus rien d'un élément du décor.

— Qu'est-ce que Sue a à voir là-dedans ? tonna-t-il. Vous sous-entendez quoi, là, à dire des choses comme ça ?

— Tais-toi, Greg, le calma Susan. Mr Entwhistle ne sous-entendait rien et...

— Une petite plaisanterie, s'excusa le vieil homme. Et pas du meilleur goût, j'en ai peur. Oui, Cora vous a laissé ses quelques biens, Susan. Mais, pour une jeune femme qui vient d'hériter de plusieurs centaines de milliers de livres, une succession qui n'en représente même pas cinq cents peut difficilement être considérée comme le mobile d'un assassinat.

— Elle m'a laissé son argent ?

Susan sembla prise au dépourvu :

— C'est extravagant. Elle ne me connaissait même pas ! Pourquoi a-t-elle fait ça, à votre avis ?

— Je pense qu'elle avait eu connaissance de rumeurs selon lesquelles votre mariage avait soulevé des... euh... disons des problèmes...

Greg, revenu à son crayon, plissa le front.

— Et je crois, poursuivit l'avoué, que cela lui a inspiré un certain sentiment de connivence à votre égard.

La jeune femme manifesta un soudain intérêt :

— Elle avait épousé un artiste, n'est-ce pas ? Quelqu'un que personne n'aimait dans la famille ? Un artiste de qualité ?

Mr Entwhistle secoua vigoureusement la tête en signe de dénégation.

— Certaines de ses œuvres sont au cottage ? demanda encore Susan.

— Oui.

— Alors, j'en jugerai par moi-même.

Devant son menton décidé, l'avoué sourit :

— Vous verrez bien. Je suis, sans aucun doute, un vieux gâteux, définitivement conservateur en matière d'art. Mais j'ai la quasi-certitude que vous ne contesterez pas mon appréciation.

— J'imagine que je devrai aller là-bas, de toute façon ? Et faire un inventaire ? Y a-t-il encore quelqu'un dans la maison ?

— Je me suis arrangé avec miss Gilchrist pour qu'elle y habite jusqu'à nouvel ordre.

— Elle doit avoir les nerfs sacrément solides, observa Greg. Rester dans un cottage où un meurtre a été commis...

— Miss Gilchrist est une femme pleine de bon sens, à mon avis, rétorqua sèchement le vieil homme. En plus, je ne pense pas qu'elle ait un autre endroit où s'installer tant qu'elle n'aura pas retrouvé une nouvelle situation.

— Donc la mort de tante Cora la laisse sur le sable ? Est-ce qu'elle... Est-ce que tante Cora et elle... Enfin, étaient-elles très... très intimes ?

Mr Entwhistle lança à Susan un regard curieux, se demandant où elle voulait en venir :

— Elles étaient assez liées, me semble-t-il. Cora n'a jamais traité miss Gilchrist comme une domestique.

— Elle a dû la traiter bien pire que cela. Aujourd'hui, on pressure au dernier degré ces malheureuses prétendues « dames de compagnie ». Eh bien, j'essaierai de lui trouver quelque part un travail décent. Ce ne sera pas difficile. Une femme disposée à faire un peu de ménage et de cuisine vaut son pesant d'or... Elle fait la cuisine, n'est-ce pas ?

— Certainement. J'ai cru comprendre qu'elle se refuse à faire ce qu'elle appelle « le gros ménage ». J'ai bien peur de ne pas savoir ce que cela signifie.

Susan parut beaucoup s'amuser.

Mr Entwhistle regarda sa montre :

— Votre tante avait choisi Timothy comme exécuteur testamentaire.

— Timothy ! ricana-t-elle. Mais l'oncle Timothy, c'est quasiment un mythe. Personne ne le voit jamais.

— Pas tout à fait. Je prends justement le train cet après-midi pour aller chez lui. Je l'informerai de votre décision de vous rendre, de votre personne, au cottage.

— Mon séjour à Lytchett St Mary ne me prendra qu'un jour ou deux, j'imagine. Je ne veux pas m'éloigner de Londres trop longtemps. J'ai pas mal de travail sur les bras. Je vais entrer dans les affaires.

L'avoué regarda autour de lui le salon encombré du petit appartement. Susan et Greg connaissaient à l'évidence des temps difficiles. Son père, il ne l'ignorait pas, avait perdu l'essentiel de son capital et l'avait laissée pratiquement sans le sou.

— Quels sont vos projets pour l'avenir, si vous me pardonnez de vous poser cette question ?

— J'ai vu des locaux intéressants, sur Cardigan Street. Je suppose qu'en cas de nécessité, vous pourriez m'avancer de l'argent ? Il se pourrait que j'aie à verser un dépôt.

— On peut arranger cela, convint Mr Entwhistle. Je vous ai téléphoné plusieurs fois après l'enterrement — mais sans succès. Je pensais justement que, peut-être, vous souhaiteriez une avance. Mais je me suis dit que vous étiez sans doute à la campagne.

— Oh ! non, rétorqua Susan avec vivacité. Nous étions là toute la journée. Nous ne sommes pas sortis du tout.

— Tu sais, Susan, dit Greg avec calme, je crois que notre téléphone a été en dérangement ce jour-là. Tu te rappelles que je n'ai pas réussi à joindre Hard & Co dans l'après-midi. Je pensais signaler la panne, mais le lendemain matin, ça marchait de nouveau.

— Les téléphones sont si fantasques, quelquefois, commenta Mr Entwhistle.

— Mais comment tante Cora avait-elle pu apprendre notre mariage ? interrogea brusquement Susan. C'était une cérémonie purement civile et nous n'en avons parlé à quiconque que bien après.

— Je suppose que Richard avait dû le lui annoncer. Elle a refait son testament il y a environ trois semaines — à l'origine, il était en faveur de la Société théosophique. C'était à peu près au moment où il est allé lui rendre visite.

Susan eut l'air de tomber des nues :

— Oncle Richard était allé la voir ? Je ne le savais pas le moins du monde.

— Moi-même, je ne le savais pas non plus, précisa Mr Entwhistle.

— Alors, c'était quand...

— Quand quoi ?

— Rien, trancha-t-elle.

6

— C'est bien bon à vous d'être venu, grommela Maude, bourrue, en accueillant Mr Entwhistle sur le quai de la gare de Bayham Compton. Je vous assure que Timothy et moi apprécions votre geste. Vous comprenez, la vérité, c'est que la mort de Richard a été la pire chose qui pouvait arriver à Timothy.

Mr Entwhistle n'avait pas encore envisagé le décès de son ami sous cet angle. Mais il comprit instantanément que c'était probablement le seul auquel s'attachait Mrs Timothy Abernethie.

Pendant qu'ils se dirigeaient vers la sortie, Maude développa son thème :

— Pour commencer, çà a été un *choc*. Timothy avait un grand attachement pour Richard. Et puis ça lui a fourré dans la tête l'idée de la mort. Souffrant comme il l'est, ça lui a donné des inquiétudes à son propre sujet. Il a saisi brusquement qu'il était le dernier survivant des quatre frères... et il a commencé de dire qu'il serait le prochain à partir... et puis qu'il ne lui restait plus longtemps à vivre. Rien que des propos morbides, je le lui ai dit.

Ils sortirent de la gare. Maude le guida vers une automobile délabrée, d'un modèle quasiment antédiluvien.

— Navrée pour cette vieille guimbarde, s'excusa-t-elle. Il y a des années que nous voulions acheter une nouvelle voiture, mais nous ne pouvions pas nous l'offrir. Le moteur a déjà été refait deux fois — et puis ces vieux tacots supportent tous les mauvais traitements. J'espère qu'elle va partir. Quelquefois, il y faut la manivelle.

Elle mit le starter et tenta à plusieurs reprises de faire démarrer la machine, sans rien obtenir de plus que des éternuements poussifs. Mr Entwhistle, qui jamais de sa vie n'avait eu à faire démarrer un véhicule, ressentit une certaine inquiétude. Mais Maude descendit sans hésiter, mit la manivelle en place et, après quelques poussées vigoureuses, ramena le moteur à la vie. Il était heureux, songea le vieil avoué, que Maude fût une femme d'une robuste constitution.

— Et voilà, dit-elle. Cette vieille bourrique m'a joué de sales tours, ces derniers temps. En rentrant de l'enterrement, justement. J'ai été obligée de faire plusieurs kilomètres à pied jusqu'au plus proche garage et je suis tombée sur des bons à pas grand-chose — à peine un atelier de village. J'ai dû descendre à l'auberge pendant qu'ils essayaient de la bricoler. Bien entendu, ça aussi, ça a mis Timothy dans tous ses états. Il a fallu que je lui téléphone pour lui dire que je ne reviendrais que le lendemain. Ça l'a agité terriblement. On a beau essayer de le tenir autant que possible à l'écart des problèmes, il arrive parfois qu'on n'y puisse rien. La mort de Cora, par exemple. Il a fallu que je fasse venir le Dr Barton pour qu'il lui administre un sédatif. Un événement de la dimension d'un meurtre, c'est trop pour un homme dans l'état de santé de Timothy. J'ai toujours pensé que Cora était folle.

Mr Entwhistle digéra cette remarque en silence. Il ne voyait pas très bien le rapport.

— Je ne crois pas avoir revu Cora depuis notre mariage, reprit Maude. A ce moment-là, je ne pouvais quand même pas dire sans ambages à Timothy : « Votre sœur est complètement toquée. » Mais c'était ce que je *pensais*. Elle disait les choses les plus extravagantes ! On ne savait jamais s'il fallait s'en fâcher ou en rire. Je suppose qu'à la vérité, elle vivait dans une sorte de monde imaginaire bien à elle — un monde plein de mélodrames et d'idées fantasmagoriques sur autrui. Eh bien, la pauvre créature, elle a payé pour ça, maintenant. Elle n'avait aucun protégé, n'est-ce pas ?

— Un protégé ? Qu'entendez-vous par là ?

— Je me demandais... Un jeune artiste pique-assiette, ou un musicien — ou Dieu sait quel olibrius de cet acabit. Quelqu'un qu'elle aurait laissé entrer ce jour-là et qui l'aurait tuée pour trois sous. Un adolescent, peut-être — ils sont si bizarres, à cet âge — en particulier s'ils sont du genre artiste et névrosé. Je veux dire... c'est quand même étrange de s'introduire dans une maison pour commettre un assassinat au beau milieu de l'après-midi. Ce serait plutôt quelque chose qu'on fait la nuit, non ?

— Il y aurait eu les deux femmes, à ce moment-là.

— Oh ! oui, la demoiselle de compagnie. Mais, franchement, je ne peux pas croire que quelqu'un ait attendu délibérément qu'elle se soit éloignée pour entrer et agresser Cora. Et pour quoi, je vous le demande ? Il ne pouvait quand même pas espérer qu'elle ait là des sommes importantes ou de beaux objets. En plus, il y a sûrement des heures où les deux femmes n'étaient pas là et où la maison était vide. Ç'aurait été beaucoup moins risqué. Et puis il me semble tellement stupide d'aller commettre un meurtre si ce n'est pas absolument nécessaire.

— Et, à votre avis, l'assassinat de Cora n'était pas indispensable ?

— Tout ça me paraît réellement stupide.

Est-ce qu'un meurtre peut avoir un sens ? Mr Entwhistle se posait la question. Sur un plan strictement philosophique, la réponse était oui. Mais on conservait le souvenir d'innombrables assassinats qu'aucune nécessité n'expliquait. Cela dépendait, estima-t-il, de la mentalité du meurtrier.

Mais que savait-il réellement des assassins et de leur processus mental ? Bien peu. Son cabinet s'était toujours tenu éloigné des affaires criminelles. Lui-même n'avait jamais étudié la criminologie. Les meurtriers, pour autant qu'il puisse en juger, appartenaient aux catégories les plus variées. Certains étaient d'une vanité sans bornes, d'autres avaient soif de puissance, d'autres encore, comme Seddon, se révélaient médiocres et cupides, et c'était l'incroyable fascination que les femmes exerçaient sur eux qui avait animé des hommes tels que Smith et Rowse. Il y en avait eu, Armstrong par exemple, qui étaient tout à fait sympathiques. Edith Thompson avait vécu dans un monde irréel et violent, tandis que miss Waddington, l'infirmière, avait écarté ses patients de son chemin avec une cordialité très professionnelle.

La voix de Maude mit fin à sa méditation :

— Si seulement je pouvais empêcher Timothy de lire les journaux ! Mais il veut à toute force les avoir — et, évidemment, ça le met sens dessus dessous. Vous comprenez bien, n'est-ce pas, Mr Entwhistle, qu'il est *hors de question* que Timothy assiste à l'enquête judiciaire ? S'il le faut, le Dr Barton lui établira un certificat ou je ne sais quoi.

— Sur ce point, vous ne devez avoir aucune inquiétude.

— Dieu soit loué !

Ils tournèrent pour franchir la barrière de Stansfield Grange et s'engagèrent sur une allée en mauvais état. Ç'avait été autrefois une charmante petite propriété — mais elle offrait maintenant un aspect triste et négligé.

Maude soupira :

— Pendant la guerre, nous avons dû laisser la nature reprendre ses droits. Les deux jardiniers avaient été mobilisés. Et maintenant, nous n'avons plus qu'un pauvre vieux — qui n'est pas très doué. Les salaires ont augmenté dans des proportions aberrantes. Je dois reconnaître que c'est une bénédiction que de savoir que nous allons maintenant pouvoir dépenser un peu d'argent pour arranger tout ça. Nous l'aimons tant, tous les deux. Franchement, j'en étais venue à redouter que nous ne devions vendre.... Remarquez bien que je n'en avais pas soufflé mot à Timothy. Ça l'aurait bouleversé — affreusement.

La voiture s'arrêta devant le portique d'une très ancienne demeure georgienne qui avait un besoin urgent d'une couche de chaux.

— Plus de domestiques, déplora Maude en guidant son visiteur. Deux femmes de ménage seulement. Nous avions une bonne à tout faire, il y a encore un mois — un peu bossue, qui parlait du nez et pas très douée dans bien des domaines, mais elle était *là*, et cela me réconfortait — et elle se débrouillait très bien pour la cuisine de tous les jours. Et puis, le croiriez-vous, elle a rendu son tablier pour aller chez une cinglée qui élève six pékinois — alors que la maison est plus grande que celle-ci, et qu'il y a davantage de travail —, sous prétexte qu'elle « adorait ces petites bêtes ». Des chiens, je vous demande un peu ! Tout le temps à vomir et à faire leurs saletés partout, j'en suis sûre ! Vraiment, toutes ces filles ont un grain ! Enfin, c'est comme ça. Et quand je dois sortir l'après-midi, Timothy reste seul à la maison, et si quoi que ce soit arrive, qui est-ce qui pourrait l'aider ? Remarquez que je laisse le téléphone près de son fauteuil pour qu'il puisse appeler immédiatement le Dr Barton s'il se sentait mal.

Maude conduisit Mr Entwhistle au salon, où le thé avait été préparé sur une table, devant la cheminée et, l'ayant installé confortablement, elle s'éclipsa, sans doute pour vaquer dans les communs. Elle revint quelques minutes plus tard, porteuse d'une théière et d'une bouilloire d'argent, et s'activa à satisfaire l'appétit de l'avoué. Le thé était bien servi, avec un gâteau confectionné à domicile et des *scones* frais.

— Et Timothy ? s'inquiéta Mr Entwhistle dans un murmure.

Maude expliqua vivement qu'elle avait monté un plateau à son mari avant de partir pour la gare :

— Je pense qu'il doit avoir achevé son petit somme et ce sera pour lui le meilleur moment pour vous rencontrer. Tâchez de ne pas le laisser trop s'exciter.

Mr Entwhistle lui promit de prendre toutes les précautions utiles.

Scrutant Maude à la lueur mouvante des flammes, il fut saisi d'un sentiment de compassion. Cette grande femme bien plantée, positive, si saine, si vigoureuse, si pleine de bon sens, était cependant, d'une manière étrange et presque pitoyable, vulnérable sur un point. L'amour qu'elle portait à son mari, décida Mr Entwhistle, était un amour maternel. Maude Abernethie n'avait pas eu d'enfant, mais c'était une femme bâtie pour la maternité. Son époux égrotant était devenu son enfant, celui qu'elle protégeait, qu'elle veillait, qu'elle surveillait. Et peut-être, dotée qu'elle était d'une personnalité plus forte que la sienne, lui avait-elle imposé, sans en avoir conscience, un degré d'invalidité plus important que ce n'eût dû être le cas.

« Pauvre Mrs Tim », pensa Mr Entwhistle pardevers lui.

*

— Bien bon à vous d'être venu, Entwhistle.

Timothy se souleva à peine dans son fauteuil pour lui serrer la main. C'était un homme assez corpulent, trapu, qui présentait une ressemblance marquée avec son frère Richard. Mais ce qui avait manifesté la force de Richard se dégradait chez lui en signes de faiblesse : les lèvres aux courbes un peu molles, le menton légèrement fuyant, les yeux plus proéminents. Des rides d'irritabilité pleurnicharde sillonnaient son front.

Son état de mal-portant était souligné par la couverture jetée sur ses genoux et par une véritable pharmacopée de flacons et de boîtes rangés sur une table, à sa droite.

— Je ne dois pas me fatiguer, prévint-il. Le médecin me l'interdit. Il n'arrête pas de me dire que je ne dois pas me faire de soucis ! Des soucis ! Si c'était lui qui avait eu un meurtre dans sa famille, je parie qu'il s'en *ferait*, lui, des soucis ! C'est trop pour un seul homme, voyez-vous : d'abord la mort de Richard, après ça il m'a fallu entendre parler de ses funérailles et de son testament — Et quel testament ! — et pour couronner le tout, voilà que la pauvre petite Cora se fait tuer à coups de hachette. Une hachette ! Brrr !... Ce pays est plein de gangsters, aujourd'hui... Des brigands... Des débris de la guerre !... A rôder pour tuer des femmes sans défense. Et personne n'a assez de cran pour y mettre bon ordre... Pour serrer la vis. Ah ! où va le royaume, je me le demande... Oui, où va-t-il ?

Mr Entwhistle avait l'habitude des récriminations de ce genre. Depuis vingt ans, ses clients, tôt ou tard, posaient la question, et il tenait à leur disposition une réponse préfabriquée. Les mots anodins qu'il lâcha dans un murmure auraient pu être classés sous la rubrique « musique de chambre ».

— Tout ça a commencé avec ce maudit gouvernement travailliste, poursuivait Timothy. Ils ont mis le pays à feu et à sang. Et celui que nous avons maintenant ne vaut pas plus cher. Rien que des hypocrites de crypto-socialistes ! Voyez un peu l'état dans lequel *nous* sommes ! On ne peut plus trouver un jardinier convenable, plus trouver de domestiques... La pauvre Maude devient maigre comme un clou à tourner en rond dans sa cuisine... Entre parenthèses, je pense qu'un pudding à la crème pâtissière serait tout indiqué pour conclure après la sole de ce soir — et peut-être un petit potage pour commencer ? Je dois garder mes forces — c'est ce que dit le Dr Barton... Voyons, où en étais-je ? Ah ! oui, *Cora*. Ça fait un choc, je peux vous le certifier, quand on apprend que sa sœur — sa propre sœur — a été *assassinée* ! J'en ai eu des palpitations pendant vingt minutes, c'est dire ! Il va falloir que vous me remplaciez pour tout, Entwhistle. Je ne *peux* pas assister à l'enquête judiciaire ou me laisser accaparer par quoi que ce soit en rapport avec la succession de Cora. Je veux oublier tout ça. A propos, dites-moi, qu'est-ce qu'il advient de la part que Cora avait eue de l'héritage de Richard ? Elle me revient, je suppose ?

Marmonnant quelque chose à propos de la vaisselle du thé à faire, Maude quitta la chambre.

Timothy se laissa aller contre son dossier :

— Excellent d'être débarrassés des femmes. Maintenant, nous allons pouvoir parler affaires sans être interrompus par des sornettes.

— Le capital qui avait été constitué en fidéicommis pour Cora sera divisé en parts égales entre vous et ses neveux et nièces, précisa Mr Entwhistle.

Le rouge de l'indignation monta aux joues de Timothy :

— Mais dites-moi, je suis certainement son plus proche parent, non ? Son seul frère survivant ?

Mr Entwhistle se donna la peine de détailler très exactement les clauses du testament de Richard Abernethie, rappelant au passage à son interlocuteur qu'il lui en avait envoyé une copie.

— Vous n'espérez tout de même pas que je vais comprendre votre galimatias juridique ? gronda Timothy avec ingratitude. Ah ! vous, les hommes de loi ! Croyez-moi, je n'en croyais pas mes oreilles quand Maude est revenue et qu'elle m'a dit ce qu'il y avait dedans. J'ai pensé qu'elle n'avait pas compris. Les femmes n'ont pas la tête claire. La meilleure femme du monde, Maude... Mais les femmes ne comprennent rien à l'argent. Je ne crois pas que Maude ait même réussi à saisir que si Richard n'était pas mort prématurément, nous aurions peut-être dû ficher le camp d'ici. C'est un fait !

— Mais, sûrement, si vous aviez demandé à Richard de...

Timothy éclata d'un rire aboyé :

— Ce n'est pas mon genre. Notre père nous avait laissé à tous une part tout à fait raisonnable de sa fortune — si nous ne souhaitions pas participer aux affaires de la famille, j'entends. Je n'en avais pas envie. Mon type d'intelligence s'élève un peu au-dessus des coricides, Entwhistle ! Richard a certainement pris ombrage de mon choix. Bon... Mais avec les impôts, la dépréciation des revenus, une chose et puis une autre... ça n'a pas été facile de continuer à faire turbiner la machine. Il a fallu que je réalise une partie importante de mon capital. C'est ce qu'il y a de mieux à faire, aujourd'hui. J'ai laissé entendre une fois à Richard qu'il devenait un peu difficile de faire tourner cette demeure. Il a préféré me répondre que nous serions beaucoup mieux dans une maison plus petite. Ce serait plus commode pour Maude, m'a-t-il dit, ça épargnerait du travail. Epargner du travail... Quelle expression ! Oh ! non, je n'aurais jamais demandé à Richard de m'aider. Mais je puis vous dire, Entwhistle, que ces préoccupations ont eu un effet désastreux sur ma santé. Un homme dans mon état ne doit pas avoir à se tourmenter. Et puis Richard est mort. Et si ça m'a profondément affecté — c'était mon frère, et ainsi de suite —, je n'ai pas pu m'empêcher de me sentir soulagé pour l'avenir. On va faire repeindre la maison... Trouver deux bonshommes vraiment qualifiés pour entretenir le jardin... En payant bien, on en trouve... Renouveler complètement la roseraie... Et... Où en étais-je ?

— Vous me parliez de vos projets.

— Oui, oui... Mais je ne dois pas vous ennuyer avec tout ça. Ce qui m'a blessé — et la blessure a été *cruelle*, ce sont les termes du testament de Richard.

— Ah bon ? s'étonna Mr Entwhistle. Ils n'étaient pas... Enfin, ils n'étaient pas ce que vous espériez ?

— Alors, là, je peux bien dire que non ! Tout naturellement, après la mort de Mortimer, j'avais supposé que Richard me laisserait tout, à *moi*.

— Et vous avait-il... Vous avait-il jamais indiqué que ?...

— Il ne l'avait jamais dit — pas explicitement.

C'était quelqu'un de réservé, Richard. Mais il est venu ici — pas longtemps après la mort de Mortimer. Il voulait parler des affaires de la famille, en général. Nous avons discuté du jeune George... et puis des petites et de leurs maris. Il a voulu connaître mon point de vue... Non que j'aurais pu l'éclairer beaucoup. Je suis un grand malade, je ne sors jamais, et Maudie et moi, nous ne vivons pas dans le siècle, pour ainsi dire. Mais ces deux jeunes personnes ont fait des mariages idiots, si vous voulez mon avis. Enfin, Entwhistle, réfléchissez. J'ai pensé tout naturellement qu'il me consultait comme celui qui serait le chef de la famille quand il nous aurait quittés et, tout aussi naturellement, que c'était à moi que reviendrait le contrôle de sa fortune. Richard pouvait certainement me faire confiance pour faire ce qu'il fallait avec la jeune génération. Et pour veiller sur ma pauvre vieille Cora. Sacré nom ! Entwhistle, je suis un Abernethie ! Le dernier des Abernethie. Et le plein contrôle aurait dû me revenir.

Dans son excitation, Timothy avait rejeté son plaid et s'était redressé dans son fauteuil. Rien ne signalait en lui faiblesse ou fragilité. Il offrait, pensa l'avoué, toutes les apparences d'un homme en parfaite santé, seulement un peu sur les nerfs peut-être. En outre, le vieil homme de loi comprit que Timothy Abernethie avait probablement toujours été jaloux, en secret, de son frère Richard. Ils avaient été suffisamment semblables pour que Timothy éprouve quelque ressentiment devant la force de caractère de son frère et sa maîtrise des affaires. A la mort de Richard, il avait exulté à la perspective de lui succéder, même à un âge aussi avancé, dans son pouvoir de contrôler la destinée des autres.

Richard Abernethie ne lui avait pas accordé ce pouvoir. Avait-il pensé le faire avant d'y renoncer ?

Des miaulements suraigus de chats dans le jardin firent jaillir Timothy de son siège. Se précipitant vers la fenêtre, il releva le châssis.

— Arrêtez ça, vous autres ! beugla-t-il.

Puis, s'emparant d'un gros livre, il le lança sur les intrus.

— Maudits chats ! grommela-t-il en revenant à son visiteur. Ils ravagent mes plates-bandes, et je ne supporte pas de les entendre miauler.

Il se rassit :

— Un verre, Entwhistle ?

— Pas si tôt. Maude vient tout juste de me servir un excellent thé.

— Une femme capable, grommela Timothy. Mais elle en fait trop. Elle se croit même obligée de mettre les mains dans les tripes de notre guimbarde — du talent pour la mécanique, à sa façon, vous savez.

— J'ai appris qu'elle avait eu une panne en revenant de l'enterrement.

— Oui. La bagnole était restée en carafe. Elle a eu la bonne idée de téléphoner pour me prévenir, au cas où je m'inquiéterais, mais notre espèce d'andouille de femme de journée a noté son message sous une forme incompréhensible. J'étais sorti pour prendre l'air — le médecin m'a conseillé un peu d'exercice chaque fois que je m'en sens capable. Quand je suis rentré de ma promenade, j'ai trouvé un gribouillis sur un bout de papier : « Madame désolée, voiture cassée. Doit passer la nuit. » Bien entendu, j'ai cru qu'elle était encore à Enderby. J'ai donné un coup de fil, et on m'a dit qu'elle était partie dans la matinée. Elle aurait pu avoir sa panne *n'importe où* ! Une vraie panade ! Et cette idiote de journalière qui ne m'avait laissé qu'un gratin saumâtre de macaronis au fromage pour mon dîner. J'ai dû descendre à la cuisine pour le réchauffer *moi-même* — et pour me faire une tasse de thé —, sans parler de remettre du charbon dans la chaudière. J'aurais pu avoir une attaque cardiaque. Mais croyez-vous que ça intéresse ce genre de bonne femme, hein ? Pas *elle* ! Si elle avait eu deux sous de décence, elle serait revenue en fin d'après-midi pour s'occuper de moi convenablement. Mais il n'y a plus aucune loyauté dans les classes laborieuses...

Il branlait du chef avec tristesse.

— Je ne sais évidemment pas ce que Maude vous a raconté au sujet de l'enterrement et de vos proches, glissa Mr Entwhistle. Cora nous a valu un moment un peu difficile. Elle a affirmé tout à trac que Richard avait été assassiné. Maude vous en a peut-être parlé.

Timothy émit un petit rire amusé :

— Oui, elle m'a conté la chose. Chacun a baissé le nez en faisant semblant d'être scandalisé. Du Cora tout craché ! Vous savez bien, Entwhistle, comment elle se débrouillait toujours pour gaffer quand elle était petite fille. Le jour de notre mariage, elle a dit quelque chose qui a mis la tête de Maude à l'envers. Je m'en souviens. Maude ne l'a jamais beaucoup aimée. Oui, Maude m'a téléphoné le soir, après l'enterrement, pour savoir si j'allais bien et si Mrs Jones était venue préparer mon dîner. Elle m'a dit que tout s'était très bien passé et je lui ai demandé : « Et pour le testament ? » Elle a un peu essayé de noyer le poisson, mais, naturellement, j'ai fini par lui extraire la vérité. Je n'en croyais pas mes oreilles. Je lui ai dit qu'elle avait dû se tromper, mais elle n'en démordait pas. Ça m'a blessé, Entwhistle — ça m'a réellement *fait mal*, si vous comprenez ce que je veux dire. Si vous voulez mon opinion, c'était du *mépris* de la part de Richard. Je sais bien qu'il ne faut pas médire des morts. Mais je vous donne ma parole que...

Timothy continua sur sa lancée, jusqu'au retour de Maude.

— Je pense, chéri, trancha-t-elle avec fermeté, que Mr Entwhistle est resté avec vous assez longtemps. Vous *devez* vraiment vous reposer. Si vous avez tout réglé...

— Oui, plusieurs choses. Je m'en remets entièrement à vous, Entwhistle. Prévenez-moi quand ils auront coincé le type — s'ils l'attrapent jamais. Je n'ai plus guère foi dans notre police... Nos braves *chiefs constables* ne font plus l'affaire. Vous vous occuperez de... euh... de l'inhumation de Cora, n'est-ce pas ? Nous ne pourrons pas venir, malheureusement. Mais commandez une très belle couronne... Et puis, en temps utile, il faudra faire ériger une stèle convenable... Elle sera enterrée sur place, je suppose ? Ça ne servirait à rien de la ramener dans le Nord, et je ne sais pas le moins du monde où se trouve la tombe de Lansquenet. Quelque part en France, je crois. Je ne sais pas quelle inscription il faut faire graver pour quelqu'un qui a été assassiné... On ne peut quand même pas mettre « elle a trouvé le repos » ou quoi que ce soit d'approchant. Non, il faudrait choisir un verset quelconque — un texte qui convienne. *Requiescat in pace ?* Non, ça, c'est uniquement pour les catholiques.

— « Tu as vu, Seigneur, le tort qui m'était fait. Rends-moi justice », murmura Mr Entwhistle.

Devant le regard stupéfait que Timothy posait sur lui, le vieil avoué esquissa un mince sourire.

— Les Lamentations, dit-il. Un peu mélo, peut-être, mais tout à fait approprié. En tout état de cause, il s'écoulera pas mal de temps avant que ne se pose la question de la pierre tombale. Il faut... euh... aplanir bien des difficultés. Nous nous occuperons de tout et nous vous tiendrons informé.

Le lendemain, Mr Entwhistle repartit pour Londres par un train assez matinal.

Revenu chez lui, après un peu d'hésitation, il appela un de ses amis au téléphone.

7

— Je ne saurais vous dire à quel point j'apprécie votre invitation.

Mr Entwhistle serrait avec chaleur la main de son hôte.

D'un geste hospitalier, Hercule Poirot lui désigna un fauteuil devant la cheminée.

Avec un soupir, Mr Entwhistle s'assit.

Dans un coin du salon, une table avait été dressée pour deux.

— Je suis rentré ce matin même de la campagne.

— Et vous avez un problème au sujet duquel vous souhaitez me consulter ?

— Oui. Je redoute que ce ne soit une histoire longue et décousue.

— Dans ce cas, nous n'y viendrons qu'après notre souper. Georges ?

Georges, toujours efficace, apparut, apportant du foie gras et des toasts dans une serviette pliée.

— Nous dégusterons notre hors-d'œuvre devant le feu, décida Poirot. Nous nous mettrons à table ensuite.

Une heure et demie plus tard, Mr Entwhistle s'étira confortablement dans son siège et soupira, mais de satisfaction cette fois :

— A l'évidence, Poirot, vous connaissez l'art et la manière de vous gâter vous-même. Je n'ignore pas que l'on peut faire confiance pour cela à un Français.

— Je suis belge. Mais le reste de votre remarque est juste. A mon âge, les plaisirs essentiels, presque les *seuls* plaisirs qui me restent encore, sont ceux de la gastronomie. Heureusement, je possède un excellent estomac.

— Ah ! murmura Mr Entwhistle.

Ils avaient soupé d'une sole véronique, suivie d'une escalope de veau milanaise, avant de conclure par une poire flambée à la glace, le tout arrosé d'un pouilly-fuissé et d'un corton.

A portée de main de Mr Entwhistle se trouvait maintenant un très vieux porto, tandis que Poirot, qui ne le prisait guère, buvait à petites gorgées une crème de cacao.

— Je ne sais pas, souffla l'avoué avec nostalgie, comment vous faites pour vous procurer pareilles escalopes ! Elles fondaient dans la bouche.

— L'un de mes amis est boucher. Il pratique la découpe continentale. Je suis venu à bout pour lui d'une petite anicroche domestique. Il m'en a été reconnaissant — et depuis lors, il manifeste beaucoup de sympathie pour mes facultés gustatives.

Mr Entwhistle soupira :

— Une anicroche domestique... Je voudrais que vous ne m'ayez pas rappelé que... Ce moment est d'une telle perfection...

— Prolongeons-le, mon tout bon. Nous allons prendre notre café, et puis une fine champagne. Et ce sera seulement lorsque notre digestion sera paisiblement entamée que vous me direz *enfin* pourquoi vous croyez avoir besoin de mon conseil.

La pendule sonna la demie de 9 heures. Mr Entwhistle s'agita dans son fauteuil. L'instant psychologique était arrivé. Il n'éprouvait plus aucune réticence à dévoiler ses perplexités — il était au contraire vivement désireux d'en faire part à Poirot.

— Je ne sais pas, commença-t-il, si je ne suis pas en train de franchir les bornes du ridicule. En tout cas, je ne vois pas ce qu'il serait possible de faire. Mais je souhaiterais vous présenter les faits, et j'aimerais savoir ce que vous en pensez.

Il médita quelques secondes puis à sa manière, sèche et méticuleuse, il fit le récit des récents événements. Son cerveau, modelé par des années de pratique du droit, lui permettait d'exposer clairement les événements, sans rien omettre mais sans ajouter de commentaire superflu. Il se livrait à un compte rendu précis et succinct, apprécié en tant que tel par le petit homme âgé au crâne en forme d'œuf qui l'écoutait.

Quand il en eut terminé, il y eut un moment de silence. Mr Entwhistle s'était préparé à devoir répondre à des questions, mais aucune question ne venait. Hercule Poirot, mentalement, passait en revue les données de l'équation.

Il se décida finalement à parler :

— Tout cela paraît très clair. Vous nourrissez le soupçon que votre ami, Richard Abernethie, a pu être assassiné. Ce soupçon — ou cette supposition — repose sur une base unique : *la phrase prononcée par Cora Lansquenet après les funérailles de son frère.* Supprimez-la, et il ne reste plus rien. Le fait qu'elle ait été elle-même assassinée peu après, peut n'être que pure coïncidence. Il est vrai que Richard Abernethie est décédé subitement, mais il était soigné par un médecin de bonne réputation qui le connaissait bien et qui, n'ayant nuls soupçons, en ce qui le concernait, a délivré le permis d'inhumer. Richard a-t-il été inhumé ou bien incinéré ?

— Incinéré... conformément à ses dernières volontés.

— Oui, la loi l'exige. Et cela signifie aussi qu'un second médecin a dû contresigner le permis d'inhumer — mais tout cela ne présente aucune complexité. Donc nous en revenons au point fondamental : *ce qu'avait dit Cora Lansquenet.* Vous étiez présent et vous l'avez entendue. Elle a dit : « Mais il a bien été assassiné, non ? »

— Oui.

— Et, pour aller plus loin encore, vous croyez qu'elle disait la vérité.

L'avoué hésita une seconde :

— Oui, absolument.

— Pourquoi ?

— Pourquoi ? répéta Mr Entwhistle, légèrement surpris.

— Mais oui, *pourquoi* ? Est-ce parce qu'au fond de vous-même, vous avez des doutes sur les véritables circonstances de la mort de Richard ?

L'homme de loi secoua la tête :

— Non, non, pas le moins du monde.

— Alors c'est à cause *d'elle*... De Cora elle-même. Vous la connaissiez bien ?

— Je ne l'avais pas revue depuis... je ne sais pas... plus de vingt ans.

— L'auriez-vous reconnue si vous l'aviez croisée dans la rue ?

Mr Entwhistle réfléchit :

— J'aurais effectivement pu la croiser dans la rue sans mettre un nom sur son visage. Elle n'était qu'un mince petit bout de jeune fille la dernière fois que je l'avais vue et elle était devenue une femme mûrissante, épaisse et assez pathétique. Mais je pense que je l'aurais reconnue dès que je lui aurais parlé en tête à tête. Elle avait conservé la même coiffure, avec cette frange qui lui mangeait le front, et elle avait le tic de vous regarder de travers comme un animal craintif. Son élocution était aussi très caractéristique, assez abrupte. Et puis il y avait son mouvement pour rejeter la tête sur le côté lorsqu'elle allait lâcher une énormité. Elle avait du caractère, voyez-vous, et le caractère, c'est toujours extrêmement personnel.

— Elle était donc restée la Cora que vous aviez connue vingt années auparavant. Et elle continuait de dire des énormités ! Mais ces énormités étaient-elles en général... mettons... justifiées ?

— C'est cela qu'il y a toujours eu d'étrange chez Cora. Si une vérité n'était pas bonne à dire, il fallait aussitôt qu'elle la dise.

— Et ce trait de caractère-là n'avait pas changé. Richard Abernethie avait été assassiné — donc il a fallu que Cora en parle.

Mr Entwhistle fut saisi d'un frisson :

— Vous pensez qu'il *a été* assassiné ?

— Oh ! non. Non, mon tout bon. N'allons pas si vite en besogne. Cora *pensait* qu'il avait été assassiné. Là-dessus, nous sommes d'accord. Elle était parfaitement convaincue de la matérialité de l'assassinat. Pour elle, c'était bien plus une certitude qu'une conjecture. Par conséquent — nous y arrivons —, elle devait avoir une bonne raison de le croire. Sur la foi de la connaissance que vous aviez d'elle, nous tombons également d'accord qu'il n'y avait pas de sa part uniquement une intention de nuire. Maintenant, dites-moi : quand elle a prononcé cette phrase, il y a eu, sur-le-champ, une sorte de tollé... C'est bien cela ?

— Tout à fait.

— Et, à ce moment-là, gênée, un peu incohérente, elle a battu en retraite, déclarant, si vos souvenirs sont exacts : « Mais je pensais... d'après ce qu'il m'avait dit... »?

L'avoué confirma :

— Je voudrais bien me rappeler du détail avec plus de précision. Mais j'en suis absolument certain. Elle a employé les mots « il avait dit » ou « il m'avait dit ».

— Puis tout s'est calmé et chacun s'est mis à parler d'autre chose. Avec le recul, pouvez-vous retrouver, dans votre mémoire, une expression particulière sur le visage de l'une des personnes présentes ? Quelque chose que vous auriez gardé à l'esprit parce que ç'aurait été... mettons... *inhabituel* ?

— Non.

— Et le lendemain même, Cora est tuée — et vous vous demandez : « Y a-t-il un rapport de cause à effet ? »

Mr Entwhistle s'agita un peu :

— J'imagine que tout cela vous semble fantasmagorique ?

— Pas du tout, affirma Poirot. Si l'hypothèse de base est juste, c'est très logique. Le crime parfait, c'est-à-dire le meurtre de Richard Abernethie, a été commis. Tout s'est passé en douceur... Et il apparaît soudain qu'une personne a connaissance de la vérité ! Bien évidemment, cette personne doit être réduite au silence le plus rapidement possible.

— Ainsi donc, vous pensez que... que c'était un meurtre ?

Poirot se fit grave :

— Tout comme vous, mon bon ami, je pense qu'il y a là matière à enquête. Avez-vous déjà pris des dispositions ? En avez-vous parlé à la police ?

— Non. Il ne me semblait pas qu'il puisse en sortir rien de bon. J'ai reçu mandat pour représenter la famille. Or, si Richard Abernethie a été assassiné, il me paraît que l'on ne peut envisager qu'une seule méthode.

— Le poison ?

— Exactement. *Or, le corps a été incinéré.* On ne peut donc plus procéder à une autopsie. Mais j'ai décidé qu'il me fallait, à moi, des certitudes. Et c'est pourquoi, Poirot, je me suis adressé à vous.

— Qui se trouvait dans la maison au moment de la mort de Richard ?

— Un très vieux maître d'hôtel qui le servait depuis des années, une cuisinière et une femme de chambre. On pourrait peut-être estimer que c'est nécessairement l'un des trois et...

— Ah, non ! coupa Poirot. N'essayez pas de m'embarquer dans une hypothèse de ce genre. Votre Cora, elle, sait que Richard Abernethie a été tué, et pourtant elle consent à l'étouffement de l'affaire. Elle dit : « J'estime que vous avez après tout raison. Bien raison. » Par conséquent, ça *doit* concerner un membre de la famille. Quelqu'un que la victime elle-même aurait préféré ne pas accuser ouvertement. Parce que autrement, puisque Cora aimait beaucoup son frère, elle n'aurait pas accepté de laisser le meurtrier impuni. Vous en êtes bien d'accord, non ?

— Si, c'est bien ainsi que j'ai raisonné, concéda Mr Entwhistle. Quoique je ne voie pas qui de la famille aurait pu...

— Lorsqu'il s'agit de poison, coupa Poirot, il existe toutes sortes de possibilités. Ce doit avoir été, je le présume, un quelconque narcotique puisqu'il est mort durant son sommeil sans que cela éveille la moindre suspicion. Peut-être prenait-il déjà régulièrement des somnifères.

— En tout état de cause, fit observer Mr Entwhistle, le « comment ? » importe peu. Nous ne pourrons jamais rien prouver.

— Dans le cas de Richard Abernethie, non. Mais, pour l'assassinat de Cora Lansquenet, c'est différent. Quand nous saurons « qui ? », il deviendra possible d'envisager de réunir des preuves.

Poirot lança à son visiteur un regard perçant :

— Mais peut-être avez-vous déjà entamé vous-même quelques réflexions ?

— Oh ! bien peu. Mon principal objectif, me semble-t-il, était de parvenir à des *éliminations*. Je répugne à seulement penser que l'un des membres de la famille Abernethie est un meurtrier. Je persiste à ne pas y croire. Et j'espérais qu'en posant quelques questions d'apparence anodine, je pourrais mettre sans contestation certains d'entre eux hors de cause. *Tous*, peut-être même. Qui sait ?... Dans cette éventualité, Cora se serait trompée dans ses suppositions et sa propre mort rentrerait dans la catégorie des crimes de rôdeur. Après tout, le problème est très simple. Que faisaient donc les autres membres de la famille Abernethie l'après-midi de la mort de Cora Lansquenet ?

— Eh bien, l'encouragea Poirot, que faisaient-ils donc ?

— George Crossfield était allé aux courses, à Hurst Park. Rosamund Shane faisait du lèche-vitrines à Londres. Son mari — car il faut aussi prendre les maris en considération...

— Assurément.

— Son mari, donc, réglait un contrat d'option sur une pièce. Susan et Gregory Banks ont passé la journée chez eux. Timothy Abernethie, qui est l'incarnation du malade imaginaire, se trouvait également chez lui, tandis que sa femme revenait d'Enderby en voiture.

Mr Entwhistle se tut.

Hercule Poirot le scruta et hocha la tête, compréhensif :

— Oui, c'est ce qu'ils *disent*. Mais ce qu'ils disent est-il vrai ?

— Je ne le sais pas, Poirot. Je n'en sais tout bonnement rien. Certaines de leurs affirmations sont susceptibles d'être vérifiées — mais il serait difficile de le faire sans sortir du bois. En fait, agir de la sorte équivaudrait, pour ainsi dire, à une inculpation. Je m'en vais simplement vous confier certaines conclusions auxquelles je suis parvenu. George *peut* avoir été aux courses à Hurst Park, mais je ne pense pas qu'il y était. Il a eu le culot de se vanter d'avoir misé sur une paire de gagnants. Mon expérience m'a démontré que bien des délinquants sabotent leur propre cause en parlant trop. Je lui ai demandé le nom de ces deux chevaux, et il me les a donnés sans hésitation apparente. Tous les deux, je l'ai appris, avaient été très joués lors de cette réunion et l'un d'eux était effectivement passé en tête au poteau. Mais, sans qu'on y comprenne rien, l'autre, favori des parieurs cependant, n'était même pas arrivé placé.

— Intéressant. George avait-il un besoin urgent d'argent au moment de la mort de son oncle ?

— Un besoin très urgent, j'ai l'impression. Je n'ai aucune preuve de ce que j'avance, mais je subodore fortement qu'il avait spéculé avec les fonds de ses clients et qu'il risquait d'encourir des poursuites. Ce n'est qu'une impression, je le répète, mais j'ai quelque expérience en ce domaine. Et je regrette de devoir reconnaître que les avoués indélicats ne sont pas d'une absolue rareté. Je puis vous dire, en tout cas, que je n'aurais pas voulu confier la gestion de mes propres fonds à George et que j'ai comme l'intuition que Richard Abernethie, toujours bon juge en la matière, n'a pas été satisfait de ce qu'il voyait chez son neveu et qu'il ne lui a pas fait confiance.

» Sa mère, jeune femme agréable à regarder mais oiseau sans cervelle, avait épousé ce que j'oserais appeler un personnage douteux. Ah ! les demoiselles Abernethie n'avaient pas été très heureuses dans leurs choix...

Le vieil homme de loi se tut un instant.

— Quant à Rosamund, reprit-il, c'est une ravissante idiote. Franchement, je ne peux pas l'imaginer en train de fracasser l'occiput de Cora à coups de hachette ! Son mari, Michael Shane, cache bien son jeu, lui... Je dirais que c'est un ambitieux, d'une vanité sans limites. Mais, à la vérité, j'en sais bien peu sur lui. Je n'ai aucun motif pour l'accuser d'un crime extrêmement violent ou d'un empoisonnement prémédité avec soin. Mais tant que je n'ai pas l'assurance qu'il faisait bien, ce jour-là, ce qu'il prétend, je ne peux le mettre hors de cause.

— Mais vous n'avez pas de doute en ce qui concerne sa femme ?

— Non, non... Il y a chez elle une dureté assez étonnante... Mais de là à prendre une hachette... Elle a l'air trop gracile.

— Et bien jolie ! sourit à peine Poirot, cynique. Et pour l'autre nièce ?

— Susan ? Tout à fait différente de Rosamund... Une jeune femme pleine de capacités, dirais-je. Son mari et elle étaient ensemble chez eux, ce fameux jour. J'ai prétendu que j'avais tenté de les joindre au téléphone l'après-midi en question. Greg a dit très vite que leur appareil avait été en dérangement toute la journée. Il avait essayé sans succès d'appeler je ne sais qui.

— Donc, là encore, rien de concluant... Vous ne pouvez pas les éliminer comme vous l'aviez espéré. A quoi ressemble le mari ?

— J'ai de la peine à m'en faire une idée claire. Il a une personnalité assez antipathique, bien qu'on ne puisse dire au juste ce qui produit cette impression. Pour Susan...

— Oui ?

— Susan me rappelle son oncle. Elle a la vigueur, l'énergie, les dons intellectuels de Richard Abernethie. Peut-être est-ce pure illusion de ma part si elle me paraît toutefois manquer notablement de la bienveillance et de la chaleur humaine de son oncle.

— Les femmes ne sont jamais bienveillantes, trancha Poirot. Elles peuvent être parfois tendres, cependant. Elle aime son mari ?

— Elle l'adore, à mon avis. Mais bien franchement, Poirot, je ne peux pas croire... Je ne *croirai* jamais une seconde que Susan...

— Vous préférez George ? C'est humain ! En ce qui me concerne, je ne sombre pas comme vous dans la sentimentalité devant de jolies jeunes femmes. Maintenant, parlez-moi de votre visite à la vieille génération.

Mr Entwhistle conta par le menu sa visite à Timothy et Maude. Poirot résuma les conclusions qu'il en fallait tirer :

— Donc Mrs Abernethie est un bon mécanicien. Elle connaît parfaitement ce qui se trouve sous le capot d'une voiture. Et Mr Abernethie n'est en rien l'invalide qu'il croit lui-même être. Il peut sortir pour de longues promenades et il est capable de gestes vigoureux. Il est aussi légèrement égocentrique et il avait pris ombrage du succès de son frère et de sa personnalité dominante.

— Il m'a parlé très affectueusement de Cora.

— Oui. Mais il a tourné en ridicule sa remarque stupide d'après l'enterrement. Et la sixième héritière, dites-moi ?

— Helen ? Mrs Leo ? Elle, je ne la soupçonne pas une minute. De toute façon, il sera facile de démontrer son innocence. Elle était à Enderby. Avec trois domestiques dans la maison.

— Eh bien, mon bon ami, conclut Hercule Poirot, venons-en aux aspects pratiques. Que voulez-vous donc que je fasse ?

— Je veux savoir la vérité, Poirot.

— Oui. Oui. A votre place, je penserais comme vous.

— Et vous êtes l'homme qui peut la trouver pour moi. Je sais bien que vous n'acceptez plus d'enquêtes désormais, mais je vous demande de vous charger de celle-là. Il s'agit d'une affaire professionnelle. C'est moi qui règlerai vos honoraires. Allons, l'argent ne fait de mal à personne.

Poirot sourit :

— Pas s'il s'envole en impôts ! Mais, je l'admets, votre problème m'intéresse. Parce qu'il n'est pas facile... Parce que tout y est tellement nébuleux... Il y a cependant quelque chose, mon bon ami, que vous ferez mieux vous-même. Après quoi, je m'occuperai de tout le reste. Mais je pense qu'il serait souhaitable que vous voyiez en personne le médecin qui a soigné Mr Richard Abernethie. Vous le connaissez ?

— Un peu.

— Comment est-il ?

— C'est un généraliste entre deux âges. Tout à fait compétent. En termes très amicaux avec Richard. Vraiment quelqu'un de très bien.

— Alors, allez le voir. Il vous parlera plus librement qu'à moi. Interrogez-le sur la maladie de Mr Abernethie. Découvrez quels médicaments lui avaient été prescrits au moment de sa mort et auparavant. Tâchez de savoir si Richard Abernethie avait touché un mot à son médecin de sa crainte d'être empoisonné. A propos, miss Gilchrist est sûre qu'il avait employé le terme *empoisonné* lorsqu'il avait discuté avec sa sœur ?

Mr Entwhistle se donna le temps de la réflexion :

— C'est le mot qu'elle m'a rapporté — mais elle

fait partie de ces témoins qui modifient les termes qu'ils ont réellement entendus ou lus, parce qu'ils sont convaincus qu'ils leur donnent plus de sens. Si Richard avait dit qu'il redoutait que quelqu'un n'essaie de le tuer, miss Gilchrist peut avoir compris qu'il s'agissait de poison puisque cela lui faisait penser à l'une de ses tantes qui croyait qu'on lui servait à ses repas des bouillons d'onze heures. Mais je pourrai reprendre ce point-là avec elle.

— Oui. Ou bien c'est moi qui le ferai.

Poirot marqua un temps. Son ton changea :

— Avez-vous songé, mon tout bon, que votre miss Gilchrist pourrait bien elle-même courir un certain danger ?

La surprise se peignit sur les traits de Mr Entwhistle :

— Je dois avouer que non.

— Eh bien, si, répliqua Poirot en se lançant dans une longue démonstration qui lui donna l'occasion de maltraiter allégrement, comme de coutume, la syntaxe anglaise et à un point tel qu'il serait malséant de le souligner ici. Cora a fait publiquement état de ses soupçons le jour de l'enterrement. La question qui sera venue à l'esprit du meurtrier est la suivante : en a-t-elle parlé à qui que ce soit dès qu'elle a appris la mort de son frère ? Or, la personne à laquelle il est le plus probable qu'elle l'ait fait, c'est bien évidemment miss Gilchrist. Je pense, mon bon ami, qu'il vaudrait mieux qu'elle ne reste pas seule dans le cottage.

— Je crois que Susan va y aller.

— Ah ! Mrs Banks y va ?

— Elle veut examiner le mobilier et les affaires de Cora.

— Je vois... Je vois... Eh bien, mon cher et excellent ami, faites ce que je vous ai demandé. Vous pourriez aussi prévenir Mrs Abernethie — Mrs Leo Abernethie — qu'il est possible que je débarque à

Enderby Hall. Nous verrons. A partir de maintenant, je prends tout en main.

Et Hercule Poirot tortilla ses formidables moustaches avec une énergie conquérante.

8

Mr Entwhistle considérait le Dr Larraby d'un air songeur.

L'expérience acquise tout au long de sa vie lui avait appris à évaluer ses semblables. Bien souvent, il avait été contraint de s'attaquer à une situation complexe ou à une matière délicate. Il en était devenu expert dans l'art d'aborder au mieux un point scabreux. Mais comment entamer de la meilleure manière avec le Dr Larraby une conversation à propos d'un sujet à coup sûr difficile : un sujet que le médecin pourrait fort bien — s'il se montrait maladroit — prendre pour une mise en cause indirecte de ses capacités professionnelles ?

La meilleure solution résiderait dans la franchise, décida *in fine* Mr Entwhistle — ou, plus précisément, une franchise partielle. Lâcher tout à trac qu'une hypothèse hasardeuse lancée par une femme stupide avait fait naître des soupçons aurait été malavisé. Le Dr Larraby n'avait pas connu Cora.

L'avoué s'éclaircit la voix et plongea bravement :

— Je souhaiterais vous consulter sur un problème très délicat. Vous pourrez vous en sentir offensé, mais j'espère sincèrement que non. Vous êtes homme de bon sens, docteur, et vous comprendrez, j'en suis persuadé, que l'on règle mieux son compte à une suggestion absurde en lui trouvant une réponse rationnelle plutôt qu'en la rejetant de but en blanc. Il s'agit de l'un de mes clients, feu Mr Abernethie. Je vais vous poser ma question sans ambages :

êtes-vous certain, *absolument certain*, que son décès a été ce que l'on appelle une mort naturelle ?

Le visage avenant et rubicond du Dr Larraby afficha une expression ahurie :

— Saperlipopette ! Mais bien entendu. J'ai signé le permis d'inhumer, non ? Si je n'avais pas été convaincu que...

— Naturellement, naturellement, coupa Mr Entwhistle avec adresse. Je vous garantis que je n'imagine pas une seconde le contraire. Mais je serais heureux d'obtenir de vous des certitudes positives... face à des... euh... des rumeurs qui circulent ici ou là.

— Des rumeurs ? Quelles rumeurs ?

— On ne peut jamais savoir d'où partent les on-dit, mentit avec sang-froid l'avoué. Mais j'ai la conviction qu'il faut leur tordre le cou. Et sans appel, si possible.

— Abernethie était un grand malade. Il souffrait d'une maladie qui aurait inéluctablement conduit à une issue fatale — dans les deux ans au plus tard, s'il vous faut une estimation. Mais la fin aurait pu intervenir bien plus tôt. La mort de son fils lui avait ôté toute envie de vivre et avait affaibli sa capacité de résistance. Je reconnais que je ne m'attendais pas à une mort aussi rapide, mais il y a des précédents — des masses de précédents. Tout médecin qui prétendrait pouvoir prédire avec exactitude quand un patient va mourir, ou combien de temps encore il survivra, a toutes chances de se ridiculiser. On ne peut jamais mettre en équation le facteur humain. Les faibles sont souvent capables de résister de manière inattendue, alors que les forts succombent parfois.

— Je comprends tout cela. Docteur, je ne mets pas en doute votre diagnostic. Mr Abernethie, dirons-nous sur un mode peut-être un peu mélodramatique, était sous le coup d'une sentence de mort. Tout ce que je voudrais savoir, c'est ceci : est-il vraisemblable qu'un homme, sachant ou comprenant qu'il était condamné, ait pu décider délibérément de raccourcir le sursis qui lui a été accordé ? Ou que quelqu'un d'autre l'ait raccourci à sa place ?

Le Dr Larraby fronça les sourcils :

— Un suicide, voulez-vous dire ? Abernethie n'était pas du genre à se suicider.

— Je vois. Vous m'assurez donc que, d'un point de vue médical, une telle hypothèse serait impossible.

Incertain, le médecin s'agita :

— Je n'emploierais pas le mot « impossible ». Après la mort de son fils, la vie n'avait plus pour Abernethie le même intérêt que naguère. Loin de moi l'idée que le suicide ait été vraisemblable — mais je ne le qualifierais pas d'*impossible*.

— Vous vous en tenez là à l'angle psychologique. Quand je parlais du point de vue médical, je voulais dire : est-ce que les circonstances de sa mort rendent cette hypothèse impossible ?

— Non. Oh ! non. Non, je ne peux pas dire cela. Il est mort pendant son sommeil, comme cela arrive souvent. Il n'existait, à mes yeux, aucun motif pour soupçonner un suicide, et rien dans son état d'esprit ne me poussait à y penser. S'il fallait exiger une autopsie chaque fois que quelqu'un meurt en dormant...

Le visage du médecin devenait de plus en plus rouge. Mr Entwhistle se hâta d'intervenir :

— Bien entendu, bien entendu... Mais s'il y *avait eu* des indices — des indices dont vous-même n'auriez pas eu connaissance ? Si, par exemple, il avait dit quelque chose à quelqu'un...

— Laissant entendre qu'il envisageait un suicide ? Il l'a fait ? Je dois avouer que cela me surprend.

— Mais s'il en *était* bien ainsi — nous restons dans le domaine de la pure hypothèse —, excluriez-vous cette possibilité ?

— Non... Pas du tout... Non, je ne pourrais pas, répondit le Dr Larraby avec lenteur. Mais, je vous le répète, j'en serais extrêmement surpris.

Mr Entwhistle ne fut pas long à pousser son avantage :

— Si, donc, nous supposons que sa mort n'était *pas* naturelle — tout cela, encore une fois, étant purement hypothétique —, qu'est-ce qui pourrait donc l'avoir provoquée ? Quel type de toxique, j'entends ?

— Oh ! plusieurs types. Il faudrait chercher du côté des narcotiques. Il n'y avait aucun signe de cyanose et l'attitude générale reflétait le calme.

— Il prenait une préparation ou des comprimés somnifères ? Ou un équivalent ?

— Oui. Je lui avais prescrit du Slumberyl. Un sédatif très sûr, de tout repos. Il n'en prenait pas tous les soirs. Et il n'en avait qu'un seul petit flacon à la fois. Trois fois, ou même quatre fois, la dose que je lui avais ordonnée n'aurait pu provoquer le décès. En fait, je me souviens d'avoir vu ce flacon sur son lavabo, juste après sa mort. Il était encore presque plein.

— Et quoi d'autre lui aviez-vous prescrit ?

— Diverses choses — un produit contenant une petite dose de morphine, à prendre lorsqu'il souffrait d'une crise douloureuse. Des cachets de vitamines. Une potion pour la digestion.

— Des cachets de vitamines ? coupa Mr Entwhistle. On m'en a une fois ordonné une cure. De petites capsules de gélatine, rondes.

— Oui. Renfermant de l'adexoline.

— Pourrait-on avoir introduit quelque chose dans... mettons dans l'une des capsules ?

L'étonnement envahissait sans cesse davantage les traits du médecin :

— Une substance mortelle, vous voulez dire ? Mais, enfin, jamais personne ne... Dites-moi, Entwhistle, où voulez-vous en venir ? Mon Dieu, mon vieux, vous pensez à un *meurtre* ?

— Je ne sais pas trop à quoi je pense... Je veux seulement savoir si ce serait possible ?

— De quels indices disposez-vous pour chercher en ce sens ?

— Je n'ai aucun indice, concéda l'avoué d'une voix lasse. Richard Abernethie est mort — et la personne avec laquelle il a parlé est morte, elle aussi. Tout ne repose que sur une rumeur — une rumeur vague et déplaisante, à laquelle je veux mettre fin si je le peux. Si vous m'affirmez que personne, jamais, n'aurait pu empoisonner Abernethie, de quelque façon que ce soit, j'en serai ravi. Cela m'enlèvera un gros poids, je vous assure.

Le Dr Larraby se leva pour arpenter la pièce à grands pas.

— Je ne puis vous dire ce que vous voudriez que je vous dise, lâcha-t-il enfin. Je souhaiterais le pouvoir. Bien entendu, on pourrait l'avoir fait. N'importe qui pourrait avoir extrait l'huile d'une capsule pour la remplacer par... mettons... de la nicotine pure, ou une douzaine d'autres substances. Ou bien on aurait pu introduire je ne sais quoi dans ses aliments ou dans sa boisson... Serait-ce plus vraisemblable ?

— Possiblement. Mais, voyez-vous, il n'y avait dans la maison que les domestiques, lorsqu'il est mort — et je ne crois pas que ce soit l'un d'eux. J'en suis même absolument sûr. Autrement dit, je cherche quelque chose qui aurait un effet retardé. Mais il n'existe pas, je suppose, de substance que l'on puisse administrer à quelqu'un qui n'en mourrait que des semaines plus tard ?

— C'est une idée ingénieuse — mais insoutenable, j'en ai peur, trancha le médecin, très sec. Vous, je vous sais raisonnable, Entwhistle. Mais *qui* a donc lancé ces insinuations ? Moi, ça me paraît complètement tiré par les cheveux.

— Abernethie ne vous a jamais rien confié ? Il n'a jamais laissé entendre qu'un de ses proches pourrait vouloir lui faire dégager le terrain ?

Le Dr Larraby lança à l'avoué un regard plein de curiosité :

— Non, il ne m'a jamais rien confié de tel. Vous êtes sûr, Entwhistle, que personne n'a... que personne n'aurait poussé un peu trop loin le goût du sensationnel ? Vous savez, certains sujets hystériques présentent toutes les apparences de la raison et de la normalité.

— J'espère que ce n'était que cela. Mais notez bien que je ne l'exclus pas.

— Donnez-moi le temps de comprendre. Donc, quelqu'un prétend que Abernethie lui avait dit... Une femme, je suppose ?

— Oui, c'était une femme.

— Qu'il lui avait dit qu'une tierce personne était en train d'essayer de le tuer ?

Acculé, Mr Entwhistle raconta, de mauvaise grâce, l'histoire de la remarque lancée par Cora après l'enterrement. Les traits du Dr Larraby s'éclairèrent :

— Mon cher ami, à votre place, je n'y prêterais aucune attention ! L'explication est des plus simples. Avides de sensations désorientées, fantasques, les femmes, à une certaine période de leur existence, sont susceptibles de dire n'importe quoi. Et elles ne s'en privent pas, croyez-moi !

Mr Entwhistle accueillit avec mauvaise humeur la trop facile interprétation du médecin. N'avait-il pas été amené lui-même, dans l'exercice de sa profession, à affronter — et plus souvent qu'à son tour — nombre de femmes hystériques et avides de sensations ?

Il se leva :

— Vous avez peut-être bien raison. Malheureusement, nous ne pouvons plus aborder le sujet avec elle, parce qu'elle a été elle-même assassinée.

— Quoi ?... Assassinée ?

On aurait pu croire que le Dr Larraby en était venu à nourrir de graves inquiétudes sur la santé mentale du vieil avoué.

— Vous l'avez sans doute lu dans les journaux.

Une certaine Mrs Cora Lansquenet, à Lytchett St Mary.

— Evidemment... Je ne pouvais pas savoir que c'était l'une des proches de Richard Abernethie.

Le médecin paraissait très secoué.

Avec le sentiment qu'il avait pris sa revanche sur la supériorité professionnelle de son interlocuteur, mais conscient, pour son plus grand dépit, que cette visite n'avait en rien apaisé ses propres soupçons, Mr Entwhistle prit congé.

*

De retour à Enderby, Mr Entwhistle décida qu'il lui fallait maintenant s'entretenir avec Lanscombe.

Il commença par interroger le vieux maître d'hôtel sur ses projets.

— Mrs Leo m'a demandé de rester jusqu'à ce que la maison soit vendue, monsieur, et ce sera certainement avec plaisir que je l'obligerai. Nous aimons tous beaucoup Mrs Leo.

Il soupira :

— Je suis vraiment très peiné, si monsieur me pardonne d'en parler, que cette maison doive être vendue. Je la connais depuis tant d'années, et j'avais vu toutes nos jeunes demoiselles et tous nos jeunes messieurs y grandir. J'avais toujours pensé que Mr Mortimer s'installerait ici après son père et, peut-être, qu'il y fonderait une famille. Et puis il était prévu, monsieur, que j'irais habiter dans le petit pavillon du nord quand j'aurais pris ma retraite. Une charmante petite maison, ce pavillon du nord — et j'étais impatient de pouvoir la briquer comme un sou neuf. Mais je suppose qu'il ne faut plus y songer.

— J'en ai bien peur, Lanscombe. La propriété devra être vendue d'un seul tenant. Mais avec votre rente...

— Oh ! je ne me plains pas, monsieur, et je suis très touché de la générosité de Mr Abernethie. Je ne manquerai certainement de rien, mais ce n'est pas facile, de nos jours, de trouver un joli petit cottage. Et puis ma nièce mariée m'a proposé de venir m'installer chez eux. Ça ne sera quand même pas pareil que de finir mes jours sur le domaine.

— Je sais, reconnut Mr Entwhistle. Ce monde nouveau est dur pour nous autres, les vieux. J'aurais bien voulu voir davantage mon pauvre vieil ami avant qu'il ne trépasse. Comment vous avait-il semblé, ces derniers mois ?

— Eh bien, il n'était plus lui-même, monsieur. Plus depuis la mort de Mr Mortimer.

— Oui, ça l'avait brisé. Et puis il était malade... Et certains malades peuvent avoir une imagination étrange, quelquefois. Je crois comprendre que Mr Abernethie souffrait de ce genre de troubles à la toute fin de sa vie. Il ne parlait pas d'ennemis ou de quelqu'un qui lui voulait du mal ?... Non ?... Il peut même avoir cru qu'on essayait d'empoisonner sa nourriture...

Le vieux Lanscombe parut surpris — surpris et offensé :

— Je ne me souviens pas de quoi que ce soit de ce genre, monsieur.

L'avoué lui lança un regard acéré :

— Vous êtes un loyal serviteur, Lanscombe, je le sais. Mais de telles hallucinations de la part de Mr Abernethie n'auraient eu... euh... aucune importance. Elles constituent des... euh... des symptômes bien classiques de... euh... de certaines maladies.

— Ah bon ? Je peux seulement dire à monsieur que Mr Abernethie ne m'a jamais rien dit de ce genre, ni que je l'ai jamais entendu en parler.

Mr Entwhistle changea tranquillement de sujet :

— Il avait invité plusieurs membres de sa famille à venir séjourner ici avant sa mort, je crois. Son neveu, ainsi que ses deux nièces et leurs maris ?

— Oui, monsieur, c'est bien cela.

— Avait-il été content de ces visites ? Ou l'avaient-elles déçu ?

Les yeux de Lanscombe se firent lointains. Il redressa sa vieille échine :

— Réellement, je ne saurais le dire, monsieur.

— Je pense que vous le pourriez, vous savez, répliqua doucement Mr Entwhistle. Ce que vous essayez de m'expliquer, c'est que ce n'est pas *à vous* de dire des choses comme celles-là. Mais il est des moments, Lanscombe, où il faut savoir faire violence à son sens des convenances. J'étais l'un des plus vieux amis de votre maître. Et je l'aimais beaucoup. Vous aussi. C'est pourquoi je viens vous demander votre opinion, *en tant qu'homme*, pas comme maître d'hôtel.

Lanscombe resta un instant silencieux.

— Il y a quelque chose qui... qui ne va pas, monsieur ? finit-il par interroger d'une voix sans timbre.

Mr Entwhistle choisit la vérité :

— Je ne sais pas. J'espère que non. Je voudrais en être sûr. Vous avez eu vous-même le sentiment que quelque chose n'allait pas ?

— Seulement depuis l'enterrement, monsieur. Et je ne pourrais pas vous dire au juste ce que c'est. Mais Mrs Leo et Mrs Timothy, elles aussi, elles n'avaient pas l'air dans leur assiette, ce soir-là, après le départ des autres.

— Vous êtes au courant du contenu des dernières volontés ?

— Oui, monsieur. Mrs Leo a pensé que j'aimerais le connaître. Si j'ose me permettre de le dire à monsieur, il me paraît que c'est un testament très équitable.

— Oui. Tout à fait. La même part pour chacun. Mais cela ne reflète pas, je pense, la manière dont Mr Abernethie avait eu, au départ, l'intention de disposer de ses biens après la mort de son fils. Alors, voudriez-vous répondre maintenant à la question que je vous ai posée tout à l'heure ?

— Mais ce ne sera qu'une opinion personnelle.

— Oui, oui. C'est entendu.

— Le maître, monsieur, avait été très déçu après

le séjour de Mr George ici... Il avait espéré, je crois, que Mr George ressemblerait à Mr Mortimer. Mais Mr George, si j'ose dire, ne s'est pas montré à la hauteur. On n'avait jamais considéré que le mari de miss Laura faisait l'affaire, et je crains que Mr George ne tienne de lui.

Lanscombe marqua un temps :

— Et puis ces jeunes dames sont venues avec leurs époux. Miss Susan, elle, lui a plu tout de suite — c'est une belle jeune femme pleine d'allant. Mais, à mon avis, il n'a pas pu supporter son mari. Les jeunes personnes font de drôles de choix de nos jours, monsieur.

— Et l'autre couple ?

— Je ne pourrais pas en dire grand-chose. Un beau couple, très agréable à regarder. Je crois que le maître avait été très heureux de les avoir ici. Mais je ne pense pas que...

Il hésitait.

— Oui, Lanscombe ?

— Eh bien, le maître n'avait jamais été fou des acteurs. Il a dit une fois : « Je ne puis comprendre pourquoi tout le monde a la folie de la scène. C'est un genre de vie complètement stupide. Apparemment, ça prive les gens du peu de bon sens qu'ils ont. Je ne sais pas ce que ça peut faire au sens moral, mais ça fait certainement perdre le sens des proportions. » Evidemment, il ne visait pas directement...

— Non, non, je le comprends fort bien. Mais, après ces visites, Mr Abernethie lui-même s'est absenté. D'abord pour aller chez son frère, puis ensuite, chez sa sœur, Mrs Lansquenet.

— Ça, je ne le savais pas, monsieur. Il m'avait dit seulement qu'il partait pour chez Mr Timothy et, après, pour Quelque Chose St Mary.

— C'est bien cela... Pouvez-vous vous souvenir de ce qu'il aurait dit au retour de ces voyages ?

Lanscombe s'accorda un moment de réflexion :

— Je ne sais pas vraiment... Rien de direct. Il était

très heureux d'être rentré. Voyager et séjourner chez les autres le fatiguait beaucoup... Je me rappelle qu'il avait dit ça.

— Rien d'autre ? Rien sur chacun d'eux ?

Le vieux majordome fronça les sourcils :

— Le maître avait l'habitude de... eh bien, de *marmonner*, si vous me suivez... Il me parlait à moi, mais c'était plutôt à lui-même qu'il s'adressait... remarquant à peine que j'étais là... parce qu'il me connaissait tellement bien.

— Il vous connaissait et il vous faisait confiance, oui.

— Mais mes souvenirs de ce qu'il disait sont très vagues — quelque chose du genre qu'il ne pouvait pas imaginer ce qu'il avait bien pu faire de son argent — ça, c'était pour Mr Timothy, j'en jurerais. Et puis il a dit quelque chose du genre : « Les femmes peuvent être stupides de quatre-ving-dix-neuf manières différentes, mais sacrément malignes à la centième. » Oh ! oui, et puis il a dit aussi : « On ne peut vraiment dire ce qu'on pense qu'aux gens de sa propre génération. Ils ne s'imaginent pas, comme les plus jeunes, que l'on se fait des idées. » Et, plus tard, il a encore dit — mais je ne sais pas à quel sujet : « Ça n'est pas très joli d'avoir à tendre des pièges aux gens, mais je ne vois pas ce que je pourrais faire d'autre. » Mais là, monsieur, je pense qu'il s'agissait du second jardinier... Une histoire de pêches volées.

Mr Entwhistle, lui, ne pensait pas que cette phrase de Richard Abernethie avait visé le second jardinier. Après quelques autres questions, il renvoya Lanscombe à ses occupations et médita sur ce qu'il venait d'apprendre : rien, en réalité — ou, du moins, rien qu'il ne fût déjà parvenu à déduire de ce qu'il savait déjà. Et, cependant, certains points donnaient à réfléchir. Ce n'était pas à propos de sa belle-sœur Maude, mais de sa sœur Cora, qu'il avait lâché sa remarque sur les femmes qui pouvaient être stupides et cependant malignes. Et c'était à elle qu'il avait confié ses « idées ». Et il avait parlé de tendre un piège.

A qui ?

*

Mr Entwhistle avait longuement pensé à ce qu'il pouvait dire à Helen. Après mûre réflexion, il décida de la mettre pleinement dans la confidence.

Il commença par la remercier d'avoir rangé et classé les affaires personnelles de Richard Abernethie et de s'être consacrée à divers arrangements pour la maison. Le domaine avait été mis officiellement en vente et plusieurs acheteurs éventuels viendraient, sous peu, visiter les lieux.

— Des acheteurs privés ? s'enquit Helen.

— Je crains que non, déplora l'avoué. La Y. M. C. A. s'y intéresse. Un autre club de jeunes aussi. Sans compter les curateurs de la fondation Jefferson, qui recherchent un endroit approprié pour y installer leur collection.

— Autrement dit, la maison ne sera plus habitée. Mais il est vrai qu'aujourd'hui, c'est sans doute la seule solution.

— En fait, je suis venu vous demander si vous accepteriez de rester ici jusqu'à ce que la propriété soit vendue. Ou bien cela vous poserait-il de gros problèmes ?

— Non... En réalité, ça me conviendrait très bien. Je n'ai pas l'intention de partir pour Chypre avant le début mai, et je préfère de beaucoup vivre ici plutôt qu'à Londres comme j'en avais eu l'intention. Je suis amoureuse de cette maison, vous le savez. Leo l'aimait. Nous avons toujours été heureux lorsque nous étions ici ensemble.

— Il est une autre raison pour laquelle je vous saurais gré de bien vouloir demeurer ici. Un de mes amis, du nom d'Hercule Poirot...

— Hercule Poirot ! coupa Helen, alarmée. Alors vous pensez que...

— Vous savez qui c'est ?

— Oui. Des amis m'ont... Mais j'étais persuadée qu'il était mort depuis des années.

— Poirot est tout ce qu'il y a de vivant. Plus très jeune, c'est vrai.

— Oui. Il aurait de la peine à rajeunir.

Elle s'était exprimée mécaniquement, livide, le visage tendu. Il lui fallut faire effort pour reprendre :

— Alors vous pensez... Vous pensez que Cora avait vu juste ? Que Richard... que Richard a été *assassiné* ?

Mr Entwhistle, sans barguigner, se délivra de son fardeau : c'était presque un plaisir que de pouvoir enfin se délester de tout auprès d'Helen, à l'intelligence si claire et si posée.

Lorsqu'il en eut fini, elle dit seulement :

— On devrait considérer qu'il n'y a là que des fantasmes... mais on ne peut pas. Maude et moi, pendant cette soirée, après l'enterrement... nous ne cessions toutes deux d'y réfléchir, j'en suis persuadée. De nous dire en nous-mêmes que Cora n'était qu'une détraquée... mais ça ne nous rassurait pas pour autant. Et puis... et puis Cora a été assassinée... et je me suis répété que ce n'était qu'une coïncidence... et il n'est après tout pas impossible que c'en soit une.... Mais... oh ! si seulement on pouvait avoir une certitude. Tout cela est tellement difficile...

— Oui, c'est difficile. Mais Hercule Poirot emploie des méthodes d'une extrême originalité, et son cerveau, parfois, touche au génie. Il comprend parfaitement ce qu'il nous faut : la certitude que tout cela n'est que billevesées.

— Et si ce ne l'était pas ?

— Qu'est-ce qui vous fait dire cela, je vous prie ?

L'avoué avait adopté un ton des plus froids.

— Je ne sais pas. Je me suis déjà posé une foule de questions... Et pas seulement à propos de ce que

Cora a dit ce jour-là... A propos de quelque chose d'autre. Quelque chose qui, sur le moment, ne collait pas...

— Qui ne collait pas ? Dans quel sens ?

— C'est comme ça. Je ne sais pas.

— Ça concernait les gens qui étaient présents ?

— Oui... Oui... Quelque chose de cet ordre. Mais je ne sais pas qui, ni quoi.... Oh ! tout cela paraît absurde..

— Pas du tout. C'est intéressant — très intéressant. Vous n'êtes pas sotte, Helen. Si quelque chose vous a frappée, ce quelque chose a de l'importance.

— Oui. Mais je ne peux pas me rappeler ce que *c'était*. Plus j'y pense..

— N'y pensez pas. C'est une mauvaise méthode pour ranimer un souvenir. Laissez-vous aller. Tôt ou tard, cela vous reviendra tout à coup à la mémoire. Et quand cela sera revenu... Prévenez-moi — immédiatement.

— Je n'y manquerai pas.

9

Miss Gilchrist enfonça fermement en place son chapeau noir, en s'arrangeant pour qu'il emprisonne les mèches de ses cheveux grisonnants. L'enquête judiciaire n'aurait lieu qu'à midi, et la pendule ne marquait pas encore 11 h 20. Sa veste et sa jupe grises lui allaient très bien, pensait-elle. Elle avait fait l'acquisition d'un chemisier noir. Elle aurait, certes, préféré pouvoir arborer une tenue de deuil complète, mais c'eût été bien au-dessus de ses moyens. Elle lança un coup d'œil circulaire à sa petite chambre bien rangée, aux murs recouverts d'aquarelles représentant Brixham Harbour, Cockington Forge, Anstey's Cove, Kyance Cove, Polflexan Harbour, Babbacombe Bay et autres lieux, toutes zébrées de la signature tarabiscotée de Cora Lansquenet. Ses yeux s'arrêtèrent avec affection sur une vue de Polflexan Harbour. Sur la commode trônait une photo, encadrée avec soin, du salon de thé *Le Saule*. Miss Gilchrist la regarda longuement, au comble de l'attendrissement, et elle soupira.

La sonnette de l'entrée coupa court à ses rêveries.

— Seigneur, murmura-t-elle, je me demande qui...

Elle sortit de la chambre et descendit quatre à quatre l'escalier assez branlant. La sonnette retentit encore, et l'on frappa.

Sans qu'elle sût pourquoi, miss Gilchrist se sentait nerveuse. Une seconde, son pas se ralentit. Mais elle se força à aller ouvrir la porte, en s'adjurant elle-même de n'être pas stupide.

Une jeune femme, entièrement vêtue de noir, une petite valise à la main, attendait sur le seuil. Elle remarqua l'air anxieux de miss Gilchrist et annonça rapidement :

— Miss Gilchrist ? Je suis la nièce de Mrs Lansquenet... Susan Banks.

— Oh ! mon Dieu, oui, bien sûr. Je ne *savais* pas. Entrez, Mrs Banks. Faites attention à la marche... Elle dépasse un peu. Oui, c'est par là. Je ne savais pas que vous deviez venir pour l'enquête. Sinon je vous aurais préparé quelque chose — du café ou je ne sais quoi.

— Je ne veux rien, merci, débita vivement Susan. Je suis désolée si je vous ai fait peur.

— Eh bien, *oui*, d'une certaine façon. C'est tout à fait bête de ma part. En général, je ne suis *pas* nerveuse. En fait, j'ai affirmé à l'avoué que je n'étais *pas* nerveuse, et que cela ne me faisait rien de demeurer ici. Et, c'est vrai, je ne le suis *pas*. Mais... peut-être qu'avec cette enquête et... et puis à tant réfléchir aux événements... Oui, j'ai été sur les nerfs toute la matinée. Il y a juste une demi-heure, on a sonné et j'ai à peine osé aller ouvrir la porte — ce qui était très sot de ma part. Il était parfaitement invraisemblable que le meurtrier *revienne*... revienne *pour quoi* d'ailleurs ? En fait, ce n'était qu'une religieuse qui quêtait pour un orphelinat... J'ai été si soulagée que je lui ai donné deux shillings, bien que je ne sois *pas* catholique et que je n'aie aucune sympathie pour l'Eglise romaine, avec tous ses moines et toutes ses nonnes, encore que je croie que les Petites Sœurs des Pauvres font réellement du bon travail. Mais asseyez-vous, je vous prie, Mrs... Mrs...

— Banks.

— Oui, Banks, bien entendu. Vous êtes venue par le train ?

— Non, en voiture. La route me semblait si étroite que je suis allée un peu plus loin et et que j'ai trouvé une sorte de carrière abandonnée où je me suis garée.

— La route est très étroite, certes, mais il n'y a pratiquement pas de circulation. C'est une route assez solitaire.

Miss Gilchrist n'avait pu retenir un frisson en prononçant ces derniers mots.

Susan Banks examinait la pièce :

— Pauvre vieille tante Cora... Elle m'a laissé tout ce qu'elle avait, vous savez.

— Oui, je sais. Mr Entwhistle me l'a dit. Je suis sûre que les meubles vous plairont. Vous vous êtes mariée récemment, si j'ai bien compris, et le mobilier est si cher de nos jours. Mrs Lansquenet avait quelques très jolies choses.

Ce n'était pas l'avis de Susan. Cora n'avait pas aimé les antiquités. Le contenu du salon se partageait entre le « moderne » et l' « artisanal ».

— Je ne veux pas du mobilier, dit-elle. J'ai déjà le mien, vous comprenez ? Je mettrai tout ça en vente. Sauf... sauf s'il y avait ici quelque chose que vous aimeriez ? Je serais absolument enchantée de...

Elle s'interrompit, embarrassée. Mais miss Gilchrist ne fut pas gênée le moins du monde. Elle sourit jusqu'aux oreilles :

— Alors là, vraiment, c'est *très* gentil à vous, Mrs Banks — oui, vraiment très gentil. J'apprécie beaucoup cette attention. Mais, en fait, vous savez, j'ai moi aussi mon propre mobilier. Je l'ai mis au garde-meuble pour le cas où, un jour peut-être, j'en aurais à nouveau besoin. J'ai conservé aussi quelques-unes des toiles que mon père m'a léguées. J'avais autrefois un petit salon de thé, vous comprenez... Et puis la guerre a éclaté... Ah ! quel malheur... Mais je n'ai pas tout vendu, parce que j'espérais qu'en des temps meilleurs, j'aurais de nouveau ma petite maison à moi. Alors j'ai gardé mes meilleurs meubles, ainsi que les œuvres de mon père et quelques souvenirs de notre ancien chez-nous. Mais j'aimerais *beaucoup* avoir, si vous n'y voyez pas d'*inconvénient*, la petite table à thé peinte de ma chère Mrs Lansquenet. Elle est si jolie et nous l'utilisions tous les jours.

Susan, avec un haussement d'épaules imperceptible, porta les yeux sur une petite table verte décorée d'une grande clématite écarlate et répondit sans attendre qu'elle serait ravie de la donner à miss Gilchrist.

— Merci *infiniment*, Mrs Banks. Je me sens un peu cupide. J'ai déjà eu toutes ses belles aquarelles, vous savez, et une ravissante broche avec des améthystes. Mais il me semble que, peut-être, je devrais vous rendre *tout ça*.

— Non, non, voyons.

— Vous désirez faire un inventaire ? Après l'enquête, sans doute ?

— Je pense que je vais rester ici quelques jours, pour tout mettre en ordre et organiser la vente.

— Vous avez l'intention de dormir ici, voulez-vous dire ?

— Oui. Cela pose un problème ?

— Oh ! non, Mrs Banks, bien sûr que non. Je mettrai des draps propres à mon lit, et je pourrai parfaitement coucher là, sur le canapé.

— Mais il y a la chambre de tante Cora, non ? Je peux m'y installer.

— Cela vous... cela vous serait égal ?

— Parce qu'elle y a été assassinée ? Oh ! oui, cela me serait égal. Je ne suis pas superstitieuse, miss Gilchrist. Est-ce que... je veux dire... est-ce que c'est en ordre ?

Miss Gilchrist comprit la vraie signification de la question :

— Oh ! *oui*, Mrs Banks. Toutes les couvertures ont été envoyées chez le teinturier et j'ai fait moi-même le ménage très à fond. Et il y a autant de couvertures en réserve qu'on peut le souhaiter. Mais montez voir par vous-même.

La chambre où Cora Lansquenet avait trouvé la mort était propre et fraîche, et, curieusement, dénuée de toute ambiance lugubre. Comme le salon, elle renfermait un mélange d'objets modernes et de meubles peints, très représentatifs de la personnalité chaleureuse de Cora et de son manque de goût. Au-dessus de la cheminée était suspendue une toile représentant une jeune femme bien en chair qui s'apprêtait à entrer dans sa baignoire.

Susan eut un léger haussement d'épaules en la voyant.

— Ce tableau avait été peint par le mari de Mrs Lansquenet, expliqua miss Gilchrist. Il y a un grand nombre de ses œuvres dans la salle à manger, au rez-de-chaussée.

— C'est hideux.

— Eh bien, je n'apprécie guère *moi-même* ce style de peinture — mais Mrs Lansquenet était très fière du talent de son mari et elle pensait que c'était grand dommage qu'il ait été méconnu.

— Et où sont les propres œuvres de tante Cora ?

— Dans ma chambre. Vous voudriez les voir ?

Miss Gilchrist fit étalage de ses trésors avec orgueil.

Susan fit observer que la tante Cora paraissait avoir nourri une prédilection pour les paysages de bord de mer.

— Oh ! oui. Vous voyez, elle avait longtemps vécu avec Mr Lansquenet dans un petit village de pêcheurs, en Bretagne. Et les bateaux de pêche sont toujours si pittoresques, n'est-ce pas ?

— A l'évidence, concéda Susan.

On aurait pu, songeait-elle, tirer toute une série de cartes postales des aquarelles de Cora Lansquenet, avec leurs teintes vives et leur souci du détail. On pouvait même en arriver à soupçonner qu'elles avaient été peintes justement d'après des cartes postales.

Mais lorsqu'elle avança cette hypothèse, miss Gilchrist ne cacha pas son indignation : Mrs Lansquenet avait *toujours* peint sur le motif ! Bien sûr, il lui arrivait parfois d'ajouter quelques rayons de soleil lorsqu'elle répugnait à abandonner son sujet alors que la lumière était bonne.

— Mrs Lansquenet était une artiste véritable, déclara-t-elle d'un ton chargé de reproches.

Elle regarda sa montre.

— Oui, il faut que nous partions pour l'enquête, convint Susan. Est-ce loin ? Je dois prendre la voiture ?

— Pas plus de cinq minutes à pied, indiqua miss Gilchrist.

Elles s'en furent donc de compagnie. Mr Entwhistle, venu par le train, les rejoignit et les guida dans la maison commune du village.

Apparemment, nombre d'inconnus se trouvaient présents. La procédure n'offrit rien d'extraordinaire. On établit l'identité de la défunte. Le légiste, dans sa déposition, indiqua la nature des lésions qui avaient provoqué la mort. Aucun signe ne montrait qu'elle s'était débattue. Feu Cora Lansquenet se trouvait probablement sous l'influence d'un somnifère au moment où elle avait été attaquée, et elle ne s'était sans doute rendu compte de rien. Il était peu vraisemblable que le décès soit intervenu après 16 h 30. La fourchette se situait entre 14 heures et 16 h 30. Miss Gilchrist témoigna à son tour des circonstances dans lesquelles elle avait découvert le corps. Enfin, un constable et l'inspecteur Morton déposèrent eux aussi. Le coroner résuma rapidement l'ensemble des débats. Le jury ne perdit pas de temps pour rendre son verdict : « *Meurtre commis par un ou plusieurs inconnus.* »

C'était terminé. Ils ressortirent au soleil. Une demi-douzaine d'appareils-photo cliquetèrent. Mr Entwhistle emmena Susan et miss Gilchrist au *King's Arms*, où il avait pris la précaution de retenir pour le déjeuner une table dans un salon privé, derrière le bar.

— Ce ne sera pas un très bon déjeuner, s'excusa-t-il.

Mais le repas ne fut pas médiocre du tout. Miss Gilchrist étouffa quelques sanglots et murmura que « tout cela était si épouvantable ». Mais elle retrouva son entrain et attaqua de bon appétit l'*irish stew*, après avoir bu un verre de xérès sur l'insistance de Mr Entwhistle.

— Je ne savais pas que vous viendriez aujourd'hui, Susan, s'étonna-t-il. Nous aurions pu faire le trajet ensemble.

— J'avais dit que je ne viendrais pas, je sais. Mais ce n'aurait vraiment pas été convenable que personne de la famille ne soit là. J'ai téléphoné à George, mais il m'a dit qu'il était très pris et qu'il ne pouvait pas se décommander. Rosamund devait passer une audition et, naturellement, oncle Timothy n'est plus qu'une loque. Alors, il fallait bien que ce soit moi.

— Votre mari ne vous a pas accompagnée ?

— Non. Greg devait régler ses problèmes avec sa fichue boutique.

Devant le regard surpris de miss Gilchrist, Susan précisa :

— Mon mari travaille dans une pharmacie.

Un époux vendeur de quoi que ce soit ne cadrait pas tout à fait avec l'impression d'élégance que lui avait donnée Susan, mais miss Gilchrist se crut obligée d'approuver :

— Oh ! oui, tout comme Keats.

— Greg n'est pas poète, sourit Susan. Mais nous avons de grands projets pour l'avenir... Un établissement double... Une parfumerie et un institut de beauté d'un côté, et un laboratoire pour les préparations spéciales de l'autre.

— Ce sera beaucoup mieux, approuva miss Gilchrist. Quelque chose comme Elizabeth Arden, qui est une comtesse authentique, à ce qu'on m'a dit — à moins que ce ne soit Helena Rubinstein ?... De toute façon, ajouta-t-elle aimablement, une pharmacie n'est en rien un magasin ordinaire — ce n'est pas comme une *mercerie*, par exemple, ou une *épicerie*.

— Vous teniez un salon de thé, disiez-vous ?

— Oui, bien sûr.

Le visage de miss Gilchrist s'éclaira. Que son cher *Saule* ait pu relever du « commerce » tout comme n'importe quelle autre boutique ne lui serait jamais venu à l'esprit. Pour elle, tenir un salon de thé constituait l'essence même de la distinction. Elle se mit à raconter par le menu à Susan la saga du *Saule*.

Mr Entwhistle, qui l'avait déjà entendue, se laissa aller à d'autres réflexions. Lorsque Susan lui eut, par deux fois, adressé la parole sans qu'il ne réponde, il se hâta de présenter des excuses :

— Pardonnez-moi, ma chère. J'avoue que je pensais à votre oncle Timothy. Je suis un peu inquiet.

— A propos d'oncle Timothy ? Je serais vous, je ne m'en ferais pas. Je ne crois franchement pas qu'il y ait de quoi s'inquiéter pour lui. Ce n'est qu'un hypocondriaque.

— Oui... oui, vous avez peut-être raison. Mais je confesse que ce n'était pas pour sa santé à lui que je me faisais du souci. C'est pour Mrs Timothy. Apparemment, elle a glissé dans l'escalier et elle s'est fait une entorse à la cheville. Elle a dû s'aliter et votre oncle est dans un état affreux.

— Parce qu'il lui faudrait veiller sur elle au lieu que ce soit l'inverse ? Cela lui fera le plus grand bien, trancha Susan.

— Oui. Oui, certainement. Mais qui s'occupera *vraiment* de votre pauvre tante alors qu'il n'y a pas de domestiques dans la maison ? C'est là la vraie question.

— La vie est réellement un enfer pour les personnes âgées. Ils vivent dans une espèce de manoir georgien, n'est-ce pas ?

Mr Entwhistle approuva de la tête.

Ils sortirent avec méfiance du *King's Arms*, mais la presse paraissait s'être dispersée. Deux ou trois reporters attendaient cependant à l'entrée du cottage. Chaperonnée par l'avoué, Susan prononça quelques phrases aussi indispensables qu'anodines. Après quoi, miss Gilchrist et elle rentrèrent à l'intérieur, cependant que Mr Entwhistle retournait à l'auberge où il avait retenu une chambre. L'enterrement de Cora Lansquenet était prévu pour le lendemain.

— Ma voiture est toujours dans cette carrière, fit observer Susan. Je l'avais oubliée. Je la conduirai au village tout à l'heure.

— Pas trop tard, souffla miss Gilchrist, anxieuse. Pas à la nuit tombée, j'espère.

Le jeune femme la dévisagea et éclata de rire :

— Vous ne croyez quand même pas qu'il y a encore un meurtrier qui rôde, j'espère ?

— Non... non, je ne crois pas, prétendit-elle, embarrassée.

« Mais c'est pourtant très exactement ce qu'elle pense, se dit Susan *in petto*. C'est incroyable ! »

Miss Gilchrist disparut dans la cuisine.

— Je suis sûre que vous voudrez votre thé

assez tôt, lança-t-elle. Disons dans une demi-heure, Mrs Banks ?

Susan pensa qu'il était peut-être un peu exagéré de servir le thé à 3 heures et demie, mais elle avait suffisamment le sens de la charité pour saisir qu'une « bonne tasse de thé » était le remède qu'envisageait miss Gilchrist pour se remettre les nerfs en place, et, comme elle avait ses propres raisons pour lui complaire, elle donna son accord :

— Quand vous voudrez, miss Gilchrist.

Le bruit joyeux d'instruments culinaires s'éleva aussitôt. Susan s'installa dans le salon. Mais, au bout de quelques minutes à peine, on sonna à la porte, puis on frappa, d'une manière extrêmement nette.

Susan retrouva dans le vestibule une miss Gilchrist revêtue d'un tablier auquel elle essuyait ses mains pleines de farine.

— Oh ! Seigneur, qui croyez-vous que ce soit ?

— D'autres journalistes, je suppose.

— Mon Dieu, comme c'est fâcheux pour vous, Mrs Banks.

— Oh ! il n'y a pas de quoi s'en faire. Je vais régler ça.

— J'allais juste nous faire des *scones* pour le thé.

Susan alla à la porte, suivie de loin par miss Gilchrist, pleine d'appréhension. Elle se demanda si elle pensait qu'un homme armé d'une hachette attendait sur le perron.

Mais le visiteur présentait toutes les apparences d'un monsieur âgé, qui leva courtoisement son chapeau lorsque Susan ouvrit la porte. Il sourit, dans un style assez paternel :

— Mrs Banks, je présume ?

— Oui.

— Je m'appelle Guthrie... Alexander Guthrie. J'étais un ami, un très vieil ami, de Mrs Lansquenet. Et vous, je crois, vous êtes sa nièce, née Susan Abernethie ?

— C'est bien cela.

— Maintenant que les présentations sont faites, puis-je entrer ?

— Je vous en prie.

Mr Guthrie essuya avec soin ses chaussures sur le paillasson, entra, ôta son manteau qu'il déposa avec son couvre-chef sur une petite console de chêne et suivit Susan au salon.

— Voilà une occasion bien mélancolique, déclara-t-il en homme plus porté par nature à la joie qu'à la mélancolie. Oui, bien mélancolique. Je me trouvais par hasard dans le coin et il m'a semblé que le moins que je puisse faire, c'était d'assister à l'enquête — et, cela va de soi, aux funérailles. Pauvre Cora... Pauvre écervelée de Cora. Je la connaissais, ma chère Mrs Banks, depuis le tout début de son mariage. Une jeune femme pleine d'allant — et qui prenait l'art très au sérieux. Elle prenait aussi Pierre Lansquenet au sérieux — comme artiste, j'entends. Tout bien considéré, il n'a pas été un trop mauvais mari. Il cavalait, si vous voyez ce que je veux dire. Oui, il cavalait — mais, heureusement, Cora prenait cela comme une conséquence normale de son tempérament d'artiste. C'était un artiste, donc il se devait d'être immoral ! En réalité, je ne suis pas sûr qu'elle n'ait pas poussé le raisonnement plus loin : il était immoral et, par conséquent, c'était forcément un artiste ! Elle n'avait pas le moindre sens artistique, notre pauvre Cora — alors que, dans d'autres domaines, remarquez bien, elle faisait preuve de beaucoup de bon sens... Oui, un bon sens surprenant.

— C'est ce que tout le monde a l'air de dire, admit Susan. Moi, je ne la connaissais pas vraiment.

— Oui, oui, elle avait rompu les ponts avec sa famille parce que ladite famille n'appréciait pas son Pierre chéri. Elle n'a jamais été jolie — mais elle avait *quelque chose*. On ne s'ennuyait jamais avec elle... On ne savait jamais ce qu'elle allait bien encore pouvoir dire, et impossible de savoir si sa naïveté était authentique ou si elle le faisait exprès. Elle nous a bien fait rire. Une éternelle enfant — c'est ce que nous avons toujours pensé d'elle. Et, franchement, la dernière fois que je l'ai vue — je lui rendais visite de temps en temps depuis la mort de Pierre —, j'ai été frappé de constater qu'elle continuait tout à fait à se conduire comme une enfant.

Susan offrit une cigarette à Mr Guthrie, mais le vieux monsieur eut un geste de refus :

— Non, merci, ma chère, je ne fume pas. Vous devez vous demander pourquoi je suis venu, non ? Pour vous confier la vérité, je me sentais assez mauvaise conscience. J'avais promis à Cora de venir la voir il y a plusieurs semaines. En règle générale, je venais une fois par an. Ces dernières années, elle s'était prise de passion pour l'achat de peintures lors de ventes locales, et elle voulait que j'examine certaines d'entre elles. Je suis critique d'art de profession, voyez-vous. La plupart des acquisitions de Cora, cela va de soi, n'étaient que d'horribles croûtes, mais, l'un dans l'autre, ce ne sont pas de si mauvaises spéculations. A ces enchères campagnardes, les peintures partent pour rien, ou presque, et les cadres, à eux seuls, valent davantage que le prix que l'on paie. Naturellement, les marchands sont présents à toutes les ventes importantes et on n'a guère de chances de dégoter un chef-d'œuvre. Mais l'autre jour, tenez, un petit Cuyp a été enlevé pour quelques livres lors de la vente d'une ferme. L'histoire de cette toile est très intéressante. Elle avait été donnée à une vieille nourrice par la famille qu'elle avait fidèlement servie pendant de longues années — des gens qui n'avaient aucune idée de sa valeur. La vieille nourrice, à son tour, l'avait donnée à son fermier de neveu, qui aimait bien le cheval que représentait le tableau, mais qui pensait que ce n'était globalement qu'une horreur ! Oui, oui, ce genre de chose se produit parfois, et Cora était persuadée qu'elle avait un sixième sens pour la peinture. Elle se trompait, bien sûr. L'an dernier, elle avait voulu que je vienne voir un Rembrandt qu'elle avait déniché. Un Rembrandt, je vous demande un peu ! Même pas une bonne copie ! Mais elle avait mis la main sur une belle eau-forte de Bartolozzi — avec des taches d'humidité, malheureusement. Je l'ai revendue pour trente livres et, vous pouvez l'imaginer, Cora en a été excitée comme une puce. Elle m'avait écrit une lettre pleine d'enthousiasme pour un primitif italien qu'elle venait d'acquérir à je ne sais quelle vente, et je lui avais promis de venir l'expertiser.

— Il doit être là, j'imagine, dit Susan, désignant du geste le mur situé derrière elle.

Mr Guthrie se leva, chaussa ses lunettes et s'avança pour étudier la toile.

— Pauvre chère Cora, trancha-t-il enfin.

— Il y en a beaucoup d'autres, précisa Susan.

Le critique se livra à une inspection soigneuse des trésors d'art acquis, dans l'espérance, par feu Mrs Lansquenet. Parfois, il se contentait d'émettre un « tstt, tstt », et, parfois, il soupirait.

Il finit par ôter ses bésicles.

— La crasse, pontifia-t-il, est quelque chose de merveilleux, Mrs Banks ! Elle donne une patine romantique au plus insoutenable des barbouillages. Je crains bien que le Bartolozzi n'ait été l'exemple même de la veine du débutant. Pauvre Cora... Mais ça lui donnait un centre d'intérêt dans l'existence. Franchement, je suis très heureux de n'avoir pas eu à l'arracher à ses illusions.

— Il y a d'autres tableaux dans la salle à manger, rappela Susan, mais je crois qu'il ne s'agit que d'œuvres de son mari.

Mr Guthrie haussa à peine les épaules et leva une main tranchante :

— Ne m'obligez pas à les revoir. A quelle responsabilité s'exposent les classes de nu ! J'ai toujours essayé de ménager les sentiments de Cora. Une épouse dévouée... oui, une épouse en adoration. Eh bien, chère Mrs Banks, je ne voudrais pas abuser de votre temps...

— Mais non. Restez pour le thé. Je pense que ce doit être presque prêt.

— C'est très aimable à vous, sourit Mr Guthrie en se rasseyant sans attendre.

— Je vais voir où ça en est.

Dans la cuisine, miss Gilchrist retirait du four son ultime fournée de *scones*. Le plateau du thé était déjà prêt et le couvercle de la bouilloire commençait de se soulever doucement.

— Nous avons un certain Mr Guthrie, et je lui ai demandé de rester pour le thé.

— Mr Guthrie ? Ah ! oui, c'était l'un des grands amis de Mrs Lansquenet. Un critique d'art très renommé. Mais ça tombe très bien. Je nous avais préparé une foule de *scones*, il y a de la confiture de fraises maison, et j'avais fait à toute vitesse des petits gâteaux. Au thé, maintenant. J'ai déjà ébouillanté la théière. Oh ! je vous en prie, Mrs Banks, ne prenez pas ce plateau. C'est trop lourd. Je peux m'occuper *de tout*.

Malgré tout, Susan s'empara du plateau. Miss Gilchrist la suivit avec la théière et le pot d'eau chaude. Elle salua Mr Guthrie, et chacun prit place.

— Des *scones* chauds, quel *festin* ! s'émerveilla le critique. Et cette confiture est délicieuse ! Parce que tout ce que l'on peut acheter maintenant...

Aux anges, miss Gilchrist déployait un large sourire. Mais les petits gâteaux se révélaient excellents, tout comme les *scones*, et on ne fut pas long à leur rendre justice. Le souvenir du *Saule* planait sur la compagnie. Ici, à n'en pas douter, miss Gilchrist se retrouvait dans son élément.

— Eh bien, oui, merci, concéda Mr Guthrie en acceptant le dernier gâteau qu'on insistait pour qu'il prenne. Je vais peut-être... Mais je ne peux me défendre d'une certaine culpabilité, voyez-vous. Être ici, à me régaler de votre thé, là même où la pauvre Cora a été assassinée si sauvagement...

Contre toute attente, miss Gilchrist fit preuve d'une tournure d'esprit toute victorienne :

— Oh !... Mrs Lansquenet aurait certainement voulu que vous preniez un bon thé. Vous vous devez de garder vos forces.

— Oui, oui... Vous avez sans doute raison. Mais le fait est, vous le comprenez, qu'on ne peut parvenir à admettre que quelqu'un que l'on connaissait — que l'on connaissait vraiment bien — puisse bel et bien avoir été tué !

— Je vous comprends, l'approuva Susan. Ça paraît tellement... tellement irréel.

— Et certainement pas par un vagabond de passage qui aurait forcé la porte pour l'agresser. Parce que je *peux* imaginer des tas de raisons pour lesquelles on aurait pu vouloir tuer Cora...

— Vraiment ? s'enquit vivement Susan. Quelles raisons ?

— Bah ! elle n'était pas très discrète, répliqua Mr Guthrie. Cora, vous savez, n'a jamais été un tombeau. Et elle adorait... comment dirais-je ?... elle adorait montrer à quel point elle pouvait être délurée. Comme une enfant qui a surpris le secret de quelqu'un d'autre. Quand Cora avait connaissance d'un secret, il fallait absolument qu'elle en parle. Même si elle avait promis de se taire, il lui fallait jacasser. Elle n'aurait jamais pu s'en empêcher.

Susan garda le silence. Tout comme miss Gilchrist qui semblait soucieuse. Mais Mr Guthrie poursuivait :

— Oui... Une petite dose d'arsenic dans sa tasse de thé... *Ça*, ça ne m'aurait pas étonné. Pas plus que dans des chocolats envoyés par la poste. Mais une agression et un vol sordides... Là, ce me semble tout à fait incongru. Je puis me tromper, mais j'aurais cru qu'elle possédait bien peu de choses susceptibles de retenir l'attention d'un malandrin. Elle ne conservait toujours par-devers elle que de faibles sommes en espèces, non ?

— Très faibles, confirma miss Gilchrist.

Mr Guthrie soupira et se dressa sur ses jambes :

— Eh oui... Depuis la guerre, bien des gens se conduisent comme des hors-la-loi. Ah ! les temps ont changé.

Remerciant les deux femmes, il prit courtoisement congé. Miss Gilchrist l'accompagna dans le vestibule et l'aida à passer son manteau. Par la fenêtre du salon, Susan l'observa, qui trottinait allégrement jusqu'à la barrière.

Miss Gilchrist revenait, un petit paquet à la main :

— Le facteur a dû passer pendant que nous assistions à l'enquête. Il a glissé ça dans la fente du courrier et c'était tombé dans le coin, derrière la porte. Mais je me demande... Mais, ma parole, ce doit être un gâteau de mariage !

Toute contente, elle déchira l'emballage, pour découvrir une petite boîte blanche nouée de rubans argentés.

— Oui, c'est ça ! s'écria-t-elle en défaisant les nœuds, ce qui mit au jour une tranche modeste d'un gâteau luxueux, riche de pâte d'amande et de sucre glace. Comme c'est gentil ! Mais qui ?...

Elle regardait la carte attachée au paquet :

— *John et Mary.* Qui cela peut-il bien être ? C'est idiot, de ne pas indiquer le nom de famille.

Susan s'arracha à ses réflexions.

— C'est toujours difficile, avec les gens qui ne mettent que leurs prénoms, commenta-t-elle, la tête un peu ailleurs. L'autre jour, j'ai reçu une carte postale signée Joan. J'ai fait le compte : je connais huit Joan. Et, aujourd'hui, où on téléphone tellement, on ne connaît souvent plus l'écriture des gens.

Miss Gilchrist, toujours sur son petit nuage, passait en revue les John et les Mary de sa connaissance :

— Ça pourrait être la fille de Dorothy — *elle*, elle

s'appelle Mary. Mais je ne me souviens pas d'avoir entendu dire qu'elle s'était fiancée. Et mariée, moins encore. Et puis il y avait le petit John Banfield — j'imagine qu'il a grandi et qu'il est assez vieux pour faire un mari... Ou bien la petite Enfield... Non, elle, c'était une Margaret... Pas d'adresse ni rien... Bon... Ça finira par me revenir...

Elle prit le plateau pour le rapporter à la cuisine.

Susan se redressa :

— Eh bien... Je pense qu'il vaudrait mieux que je trouve un bon endroit pour garer ma voiture.

10

Susan reprit sa voiture dans la carrière où elle l'avait laissée et se dirigea vers le village. Il y avait bien une pompe à essence, mais pas de garage, et on lui conseilla de la confier au *King's Arms* qui disposait d'un parking. Une Daimler qui s'y trouvait s'apprêtait à démarrer. Elle était conduite par un chauffeur, tandis que son passager, un monsieur âgé d'apparence étrangère, emmitouflé jusqu'aux oreilles, arborait une moustache superlative.

Le garçon auquel Susan expliqua les soins qu'elle attendait pour son véhicule la dévisageait avec une telle fascination qu'il semblait ne pas comprendre la moitié de ce qu'elle lui disait.

Il demanda finalement, d'une voix intimidée :

— Vous êtes d'la famille, hein ?

— Quoi ?

— Vous êtes d'la famille d'la victime ? répéta-t-il avec délectation.

— Oh ! oui... oui. Je suis sa nièce.

— Vous m'en direz tant ! J'me demandais aussi où c'que j'vous avais d'jà vue.

« Nécrophage, va ! » pensait Susan en regagnant à pied le cottage.

— Oh ! vous êtes heureusement bien rentrée, lui dit miss Gilchrist à son retour sur un ton qui l'agaça. Vous *aimez* les spaghettis, j'espère ? J'ai pensé que pour ce soir...

— Oh ! oui, n'importe quoi. Je n'ai pas très faim.

— Je me vante de faire un excellent gratin de spaghettis.

Ce n'était pas pure vantardise. Miss Gilchrist, constata Susan, possédait un réel talent de cuisinière. Elle lui proposa de l'aider pour la vaisselle, mais miss Gilchrist, quoique visiblement enchantée de l'offre, l'assura qu'il n'y avait presque rien à nettoyer.

Elle revint peu après, apportant un café qui manquait par trop de force pour être, lui, excellent. Elle offrit un morceau du gâteau de mariage, que Susan refusa.

— C'est réellement un très bon gâteau, insista miss Gilchrist après l'avoir goûté.

Elle avait fini par conclure, pour sa plus grande satisfaction, qu'il lui avait été envoyé par une personne qu'elle désignait comme « la fille de cette chère Ellen, que je savais fiancée, mais dont je ne me rappelais plus le prénom ».

Susan laissa miss Gilchrist mastiquer en silence avant de lancer la conversation sur le sujet qui lui tenait au cœur. Ce moment d'après souper, au coin du feu, s'y prêtait bien.

Elle interrogea enfin :

— Mon oncle Richard était venu ici avant sa mort, n'est-ce pas ?

— Oui, en effet.

— Quand était-ce, exactement ?

— Attendez que je réfléchisse... Ce doit avoir été... Une, deux... oui, presque trois semaines avant l'annonce de son décès.

— Vous avait-il paru... disons malade ?

— Eh bien non, je crois que je ne dirais pas tout à fait cela. Il avait l'allure pleine d'allant et de vigueur. Mrs Lansquenet a été absolument stupéfaite de le voir. Elle lui a dit : « Eh bien, réellement, Richard, après toutes ces années ! » et il lui a répondu : « Je suis venu pour voir par moi-même comment les choses vont pour vous. » « Moi, je vais très bien », a répondu Mrs Lansquenet. Je crois, voyez-vous, qu'elle était assez fâchée de l'avoir vu débarquer chez elle sans crier gare — après une aussi longue période de rupture. Quoi qu'il en soit, Mr Abernethie lui a dit encore : « Rien ne sert de remâcher nos vieilles querelles. Timothy, vous et moi, nous sommes les seuls survivants — et personne ne peut plus parler à Timothy d'autre chose que de sa santé. » Et puis il a ajouté : « Pierre paraît vous avoir rendue heureuse, ce qui tendrait à démontrer que j'avais eu tort. Voilà. Vous êtes satisfaite, maintenant ? » Il a dit cela très gentiment. Un bel homme, compte tenu de son âge, bien sûr.

— Combien de temps est-il resté ici ?

— Il a déjeuné avec nous. J'avais fait du bœuf aux olives. C'était, heureusement, le jour où le boucher passe.

Apparemment, la mémoire de miss Gilchrist portait surtout sur les détails culinaires.

— Ils vous ont paru bien s'entendre ?

— Oh ! oui.

Susan marqua un temps avant de demander :

— Et tante Cora a été étonnée lorsque... lorsqu'il est mort ?

— Certes oui. Ç'a été très brutal, non ?

— Oui, ç'a été brutal... Mais je veux dire... Elle a bel et bien été *étonnée*. Il ne lui avait donc donné aucune indication sur la gravité de sa maladie.

— Oh ! Je vois ce que vous avez en tête...

Miss Gilchrist observa une pause :

— Non, non, peut-être avez-vous raison. Elle avait

effectivement dit qu'il avait beaucoup vieilli. Je crois même qu'elle avait employé le mot *sénile*...

— Mais *vous*, vous n'estimiez pas qu'il était sénile ?

— A le *voir*, non. Mais je n'ai pas beaucoup parlé avec lui. Je les avais laissés seuls ensemble, naturellement.

Songeuse, Susan observait miss Gilchrist. Etait-elle femme à écouter aux portes ? Honnête, à n'en pas douter. Elle n'aurait pas chapardé, ni fait danser l'anse du panier, ni ouvert une lettre. Mais l'indiscrétion peut fort bien se draper dans le manteau de la vertu. Miss Gilchrist pouvait parfaitement avoir jugé nécessaire d'apporter ses soins à une plate-bande devant une fenêtre ouverte, ou de balayer dans le vestibule... Cela n'aurait pas dépassé les limites permises. Et, bien entendu, elle n'aurait pu s'empêcher de surprendre certains propos...

— Vous n'avez pas entendu leur entretien ? s'enquit Susan.

L'interrogation se révélait trop directe. Miss Gilchrist rougit de colère :

— Non, absolument pas, Mrs Banks. Je n'ai jamais eu l'habitude d'écouter aux portes !

Ce qui signifie qu'elle le fait, décida Susan. Sinon, elle se serait contentée de répondre seulement « non ».

— Je suis désolée, miss Gilchrist. Je n'avais pas l'intention de vous vexer. Mais parfois, dans ces cottages bâtis en matériaux un peu légers, on ne peut tout simplement s'interdire d'entendre tout ce qui se passe. Cependant, voyez-vous, maintenant qu'ils sont morts tous les deux, il est réellement important pour notre famille de savoir ce qu'ils se sont dit pendant leur rencontre.

En réalité, le cottage n'avait pas le moins du monde été édifié au rabais — il datait d'une époque où l'on construisait du solide. Mais miss Gilchrist mordit à l'hameçon et saisit la perche qui lui était tendue :

— Ah ! c'est bien vrai, ce que vous dites, Mrs Banks. Cette maison est très petite, et je comprends très bien que vous vouliez savoir ce qu'ils ont pu se dire. Mais j'ai bien peur de ne pas pouvoir vous être d'un bien grand secours. Je pense qu'ils discutaient de la santé de Mr Abernethie et — ça, j'en suis certaine — eh bien... des *idées* qu'il se faisait. Il n'en avait pas l'air, mais devait déjà être très malade et, comme c'est souvent le cas, il attribuait ses maux à des *éléments extérieurs*. Symptôme bien banal, je crois. Ma tante...

Miss Gilchrist conta l'histoire de sa tante.

Susan, comme Mr Entwhistle avant elle, n'accorda aux divagations de la tante qu'une oreille distraite.

— Oui, lança-t-elle, c'est exactement ce que nous pensions. Les domestiques de mon oncle lui étaient très attachés et, bien naturellement, ils sont bouleversés à l'idée que...

— Oh ! bien sûr ! Les domestiques sont *très* susceptibles sur ce genre de choses. Je me souviens que ma tante...

— C'étaient *ses domestiques* qu'il soupçonnait, je suppose ? coupa Susan. De l'empoisonner, veux-je dire.

— Je ne sais pas... Je... En réalité...

La jeune femme nota sa confusion :

— Ce n'étaient donc pas les domestiques. Une personne en particulier, alors ?

— Je ne sais pas, Mrs Banks. Franchement, je ne sais pas...

Mais son regard évitait Susan, qui estima, pardevers elle, que miss Gilchrist en savait plus long qu'elle ne voulait bien le reconnaître.

Il était même possible qu'elle en sût très long...

Décidant de ne pas insister pour l'instant, Susan passa à un autre point :

— Quels projets avez-vous pour l'avenir, miss Gilchrist ?

— J'allais justement aborder cela avec vous, Mrs Banks. J'ai dit à Mr Entwhistle que j'étais disposée à rester ici jusqu'à ce que tout soit réglé.

— Je le sais. Je vous en suis très reconnaissante.

— Mais je voulais vous demander combien de temps cela durera, à peu près, parce que, vous le comprendrez, il me faut rechercher un nouveau poste.

Susan réfléchit :

— A la vérité, il n'y a pas une foule de choses à faire ici. En quelques jours, je devrais avoir tout arrangé et prévenu le commissaire-priseur.

— Vous avez décidé de tout vendre, alors ?

— Oui. Je ne crois pas qu'il soit difficile de relouer le cottage ?

— *Oh ! non...* les gens vont se précipiter, j'en suis convaincue. Il y a si peu de cottages en location. On est presque toujours obligé d'acheter.

— Ainsi, ce sera très simple. Voyez-vous, je...

Elle hésita :

— Je voulais vous dire que... que j'espère que vous accepterez que je vous verse trois mois de salaire.

— C'est vraiment très généreux de votre part, Mrs Banks. J'apprécie énormement. Et vous seriez prête à... comment dire ?... Est-ce que je pourrais vous demander — si c'est nécessaire — de... de me recommander ? De dire que j'étais auprès d'une de vos parentes et que... qu'on a été satisfait de mes services ?

— Mais oui, cela va de soi.

— Je ne sais pas si je dois, mais...

Les mains de miss Gilchrist s'étaient mises à trembler et elle faisait effort pour raffermir sa voix :

— Mais serait-il envisageable de ne pas... de ne pas faire allusion aux circonstances — ni même de citer le *nom* ?

Susan ouvrit de grands yeux :

— Je ne vous suis pas.

— C'est parce que vous n'y avez pas réfléchi, Mrs Banks. Il s'agit d'un *meurtre*. Un meurtre dont les journaux ont parlé et dont tout le monde est au courant. Vous voyez ?... Les gens peuvent penser : « Deux femmes qui vivaient ensemble, et l'une d'elles a été tuée — *et c'est peut-être la demoiselle de compagnie qui est la coupable.* » Vous comprenez maintenant, Mrs Banks ? Moi, je sais que si je cherchais quelqu'un, je... eh bien, j'y regarderais à deux fois avant de m'engager moi-même, si vous voyez ce que je veux dire. Parce qu'on ne sait jamais ! Je m'en suis fait un sang d'encre, Mrs Banks. J'ai eu des insomnies à la pensée que je ne retrouverais peut-être jamais une autre place — une place de ce genre. Et que pourrais-je faire d'autre ?

Sans que miss Gilchrist en eût conscience, sa question véhiculait un certain tragique. Susan en fut soudain frappée. Elle comprit le désespoir de cette femme ordinaire mais avenante, dont l'existence dépendait des peurs ou des caprices des employeurs. Mais ce qu'elle avait dit recélait une bonne part de vérité : si on pouvait faire autrement, on se refuserait à engager, pour partager son intimité, une femme qui, si innocente soit-elle, avait été mêlée à une affaire d'assassinat.

Susan souffla :

— Mais si on retrouve l'assassin...

— Oh ! *dans ce cas*, évidemment, il n'y aura plus de problème. Mais est-ce qu'on le retrouvera ? Moi, je ne crois pas que la police en ait *la moindre idée*. Et s'ils ne l'attrapent pas... eh bien, c'est moi qui... c'est moi qui apparaîtrai, non pas peut-être comme la suspecte numéro un, mais comme une personne qui *pourrait* avoir tué.

Pensive, Susan hocha la tête. Il était avéré que miss Gilchrist n'avait tiré aucun bénéfice de la mort de Cora Lansquenet — mais qui pouvait le savoir ? Sans compter toutes les rumeurs — des rumeurs assez peu ragoûtantes — qui circulaient sur l'animosité qui pouvait naître entre deux femmes qui vivent ensemble — sur les étranges motifs pathologiques de soudaines violences. Quelqu'un qui ne les aurait pas personnellement connues pourrait penser que Cora Lansquenet et miss Gilchrist avaient vécu dans un état d'hostilité larvée...

Mais, comme de coutume, Susan trancha rapidement.

— Ne vous faites pas de soucis, miss Gilchrist, dit-elle avec entrain. J'ai la conviction que je peux vous trouver un poste parmi mes amis. Cela ne soulèvera pas la plus petite difficulté.

— J'ai bien peur, répliqua miss Gilchrist, regagnant un peu de son habituelle contenance, de ne pouvoir m'engager pour de gros travaux. De la cuisine, seulement, et un peu de ménage...

Le téléphone sonna. Miss Gilchrist sursauta :

— Seigneur ! je me demande ce que cela peut encore bien être.

Susan se leva d'un bond :

— Je suppose que c'est mon mari. Il m'avait dit qu'il m'appellerait ce soir.

Elle décrocha :

— Allô ! Oui ?... Oui, c'est elle-même...

Il y eut un silence, puis sa voix changea pour se charger de tonalités chaudes et douces :

— Bonsoir, chéri. Oui, c'est moi... Oh ! très bien... Meurtre commis par un ou plusieurs inconnus... Bah ! comme d'habitude... Non, rien que Mr Entwhistle... Comment ?... C'est difficile à dire, mais je pense que oui... Oui, tout à fait comme nous l'avions pensé... Rigoureusement comme prévu... Je vais tout vendre... Il n'y a rien dont toi ou moi pourrions avoir envie... Pas avant un jour ou deux... Absolument épouvantable... Ne t'inquiète pas. Je sais ce que je fais... Greg, tu n'as pas... Tu as fait bien attention de... Non, ce n'est rien. Rien du tout. Bonne nuit, chéri.

Susan raccrocha. Savoir miss Gilchrist à proximité l'avait un peu dérangée, car, de la cuisine, où elle s'était retirée avec tact, elle pouvait sans doute écouter tout ce qui se disait. Il y avait eu des choses qu'elle aurait voulu demander à Greg, mais elle y avait renoncé.

Elle demeurait debout près de l'appareil, fronçant les sourcils sans raison. Tout à coup, une idée lui vint :

— Mais bien sûr, murmura-t-elle. C'est précisément ce qu'il faut.

Soulevant le récepteur, elle demanda les renseignements interurbains.

— J'ai bien peur que cela ne réponde pas, annonça la standardiste, un quart d'heure plus tard environ.

— Renouvelez l'appel, s'il vous plaît.

Susan s'était exprimée avec autorité. Dans l'écouteur, elle entendait une tonalité lointaine. Puis, soudain, une voix d'homme, maussade et assez mécontente, marmonna :

— Oui, oui... Qu'est-ce que c'est ?

— Oncle Timothy ?

— Qu'est-ce que c'est ? Je ne vous entends pas.

— Oncle Timothy ? C'est Susan Banks.

— Susan qui ?

— Banks. Née Abernethie. Votre nièce Susan.

— Oh ! c'est Susan ? Qu'est-ce qui se passe ? Pourquoi téléphones-tu à une heure pareille ? En pleine nuit ?

— Il est encore tôt.

— Non. J'étais au lit.

— Vous devez aller vous coucher en même temps que les poules, mon oncle. Comment va tante Maude ?

— C'est pour me demander ça que tu me téléphones ? Elle souffre beaucoup et elle ne peut rien faire. Rien du tout. Elle est clouée à son lit. Ah ! nous sommes dans un joli pétrin, je te le garantis. Ce crétin de médecin dit qu'il ne peut même pas nous trouver une infirmière. Il voulait faire transporter Maude à l'hôpital. Je me suis opposé à *ça*. Il tente de nous trouver quelqu'un. *Moi*, je ne peux rien faire — je n'ai même pas le droit d'essayer. Nous avons une souillon du village qui couche ici cette nuit... Mais elle marmonne déjà qu'elle va retourner chez son mari. Je ne sais *pas* ce que nous allons devenir.

— C'est pour cela que je téléphonais. Vous voudriez de miss Gilchrist ?

— Qui est-ce ? Jamais entendu parler d'elle.

— La demoiselle de compagnie de tante Cora. Elle est très gentille et très capable.

— Elle fait la cuisine ?

— Oui, c'est un cordon bleu, et elle pourrait aussi s'occuper de tante Maude.

— Tout cela est bel et bon, mais elle viendrait quand ? Moi, je suis planté là, abandonné à moi-même, avec ces analphabètes qui entrent et qui sortent à n'importe quelle heure, et ça n'est pas bon pour moi. Mon cœur me joue des tours.

— Je vais me débrouiller pour qu'elle parte pour chez vous aussi vite que possible. Après-demain, peut-être.

— Eh bien, merci beaucoup, bougonna la voix. Tu es une bonne fille, Susan... euh... Merci.

Susan remit le combiné en place et alla à la cuisine :

— Accepteriez-vous de monter dans le Yorkshire pour veiller sur ma tante ? Elle est tombée et elle s'est démoli la cheville, et mon oncle est réduit à l'impuissance. Il est un peu casse-pieds, mais tante Maude est une bonne pâte. Ils ont un peu d'aide du village, mais vous pourriez faire la cuisine et soigner tante Maude.

D'excitation, miss Gilchrist laissa choir la cafetière :

— Oh ! merci, merci... C'est *si* gentil à vous. Je peux dire que je suis une bonne garde-malade, et je suis sûre que je pourrai amadouer votre oncle et lui préparer de bons petits repas. Vraiment, Mrs Banks, c'est adorable de votre part et j'apprécie *infiniment* votre geste.

11

Dans la chambre qui avait été celle de Cora Lansquenet, Susan attendait le sommeil. La journée avait été longue et elle se sentait épuisée. Elle avait cru qu'elle s'endormirait tout de suite. Dormir ne lui avait jamais posé de problème. Elle restait là, pourtant, étendue depuis des heures, pleinement éveillée, l'esprit en ébullition.

Elle avait, certes, dit qu'il lui était indifférent de s'installer dans cette pièce, de coucher dans ce lit. Ce lit où Cora Abernethie...

Non, non, il fallait qu'elle se chasse tout cela de l'esprit. Toujours, elle avait tiré un grand orgueil de son absence de nerfs. Pourquoi repenser à cet après-midi d'il y avait moins d'une semaine ? Il fallait désormais ne plus penser au passé — se tourner vers l'avenir. Le sien et celui de Greg. Ces locaux sur Cardigan Street — exactement ce qu'ils voulaient. Le magasin au rez-de-chaussée et, au-dessus, un appartement charmant. Un laboratoire pour Greg dans l'arrière-boutique. Un arrangement excellent du point de vue fiscal. Greg retrouverait son calme et son bien-être. C'en serait terminé de ses crises inquiétantes. De ces périodes où il la regardait sans même paraître savoir qui elle était. Une fois ou deux, elle avait éprouvé une peur affreuse... Et le vieux Mr Cole qui avait sifflé, menaçant : « Si jamais cela se reproduit... » Mais cela aurait pu se reproduire — cela se *serait* reproduit. Si oncle Richard n'était pas mort juste au bon moment...

Oncle Richard — mais pourquoi envisager les

choses de ce point de vue-là ? Il n'avait plus eu de raison de vivre. Vieux, las et malade... Son fils qui était mort. En réalité, c'était une bénédiction. Rencontrer la mort ainsi, paisiblement, durant son sommeil. Paisiblement... Durant son sommeil... Si seulement elle pouvait dormir. Quelle stupidité que de rester éveillée, heure après heure... A entendre les craquements du mobilier, le vacarme du vent dans les arbres et les bosquets et, parfois, un bizarre hululement lugubre — sans doute un hibou. Comme la campagne pouvait être sinistre, d'une certaine façon. Rien de commun avec la grande ville, bruyante et indifférente. On s'y sentait tellement en sécurité — entourée de gens... Jamais seule. Alors qu'ici...

Quelquefois, un fantôme venait hanter les maisons où un meurtre avait été commis. Peut-être le cottage deviendrait-il *le* cottage hanté. Habité par le spectre de Cora Lansquenet... Tante Cora. Etrange, vraiment, d'avoir eu comme le sentiment, depuis la minute précise de son arrivée, que tante Cora était très proche d'elle... A portée de main. De l'énervement, des fantasmes. Cora Lansquenet était morte. Elle serait enterrée le lendemain. Il n'y avait personne dans le cottage, sauf miss Gilchrist et elle-même. Alors pourquoi cette impression que quelqu'un se trouvait dans la chambre... quelqu'un, tout près d'elle ?

Tante Cora, elle aussi, avait reposé sur ce lit lorsque la hachette s'était abattue... Endormie, en pleine quiétude... Ignorante de tout jusqu'au premier coup... Mais, maintenant, elle ne permettait pas à Susan de dormir...

Nouveau craquement de meubles... Ou grincement d'une marche de l'escalier ? Susan ralluma sa lampe. Rien. Ses nerfs, ses nerfs uniquement. Du calme... Fermer les yeux...

Mais un gémissement, c'était certain — un gémissement ou une faible plainte... Quelqu'un qui souffrait — quelqu'un à l'agonie...

— Il ne faut pas que je m'imagine des choses, se murmura-t-elle. Il ne faut pas. Il ne faut pas.

La mort, c'était la fin — il n'y avait pas d'existence après la mort. Personne, jamais, ne revenait. Peut-être revivait-elle une scène de son passé — une femme en train de mourir, gémissante...

Ça recommençait... Plus fort... Quelqu'un gémissait de douleur...

Mais... Mais, là, c'était bien réel. Une nouvelle fois, Susan ralluma, s'assit dans son lit et écouta. Ces gémissements étaient de vrais gémissements, et ils lui parvenaient à travers la cloison. Ils provenaient de la chambre voisine.

Elle sauta de son lit, passa en hâte sa robe de chambre et franchit le seuil. Elle frappa longuement à la porte de miss Gilchrist et finit par entrer. La lumière était allumée. Miss Gilchrist s'était redressée. La souffrance lui tordait le visage.

— Miss Gilchrist, que se passe-t-il ? Vous êtes malade ?

— Oui. Je ne sais pas ce que... je...

Elle essaya de se lever, mais elle fut prise d'une crise de vomissements et s'effondra sur ses oreillers.

— S'il vous plaît, haleta-t-elle, appelez le médecin. Je dois avoir mangé quelque chose qui...

— Je vais vous apporter du bicarbonate. Nous ferons venir le docteur si vous n'allez pas mieux demain matin.

Miss Gilchrist secouait la tête :

— Non, téléphonez-lui tout de suite. Je... je ne me sens pas bien du tout.

— Vous connaissez son numéro ? Ou faut-il que je le cherche dans l'annuaire ?

Miss Gilchrist, interrompue par de nouveaux haut-le-cœur, parvint à donner le numéro.

La voix d'un homme ensommeillé répondit à l'appel de Susan :

— Qui ça ? Gilchrist ? Sur Mead's Lane ? Oui, je connais. J'arrive tout de suite.

Il tint parole. Dix minutes plus tard, Susan entendit sa voiture et descendit lui ouvrir la porte.

Elle lui expliqua le problème en deux mots et l'emmena en haut.

— Je pense, dit-elle, qu'elle a mangé quelque chose qui ne passe pas. Mais elle me paraît filer un bien mauvais coton.

Le médecin avait commencé par arborer l'air d'un homme qui retient avec peine sa mauvaise humeur et qui a déjà été, à plus d'une reprise, dérangé inutilement. Mais, dès qu'il eut examiné la femme qui geignait, son comportement changea. Il donna à Susan des ordres brefs puis alla au rez-de-chaussée pour téléphoner. Il la rejoignit ensuite au salon :

— J'ai commandé une ambulance. Il faut la conduire à l'hôpital.

— C'est si grave que ça ?

— Oui. Je lui ai administré une injection de morphine pour atténuer ses spasmes. Mais on dirait bien que... Qu'est-ce qu'elle avait mangé ?

— Nous avons eu pour le dîner un gratin de spaghettis et un pudding à la crème pâtissière. Et ensuite le café.

— Vous avez mangé les mêmes choses qu'elle ?

— Oui.

— Et vous vous sentez bien ? Pas de douleur, ni de malaise ?

— Non.

— Elle n'a absorbé rien d'autre ? Pas de poisson en conserve ? Pas de saucisses ?

— Non. Nous avons déjeuné ce matin au *King's Arms* — après l'enquête judiciaire.

— Ah ! oui, évidemment. Vous êtes la nièce de Mrs Lansquenet ?

— Oui.

— Une bien sale affaire. J'espère qu'ils attraperont l'homme qui a fait ça.

— Oui, moi aussi.

L'ambulance arrivait. On y chargea le brancard de

miss Gilchrist et le médecin partit en même temps. Il avait dit à Susan qu'il lui téléphonerait dans la matinée. Après son départ, elle regagna sa chambre.

Cette fois, elle s'endormit dès que sa tête eut touché le traversin.

*

Il y eut foule pour assister à l'enterrement. La plupart des habitants du village étaient venus. Susan et Mr Entwhistle étaient les seuls à mener le deuil, mais des couronnes variées avaient été envoyées par les autres membres de la famille. Mr Entwhistle s'étonna de l'absence de miss Gilchrist et la jeune femme, en un murmure hâtif, lui fit part des événements. Le vieil avoué fronça les sourcils :

— Voilà une coïncidence des plus curieuses.

— Oh ! elle va déjà mieux, ce matin. L'hôpital m'a téléphoné. Les gens souffrent parfois de ce genre de crises de vésicule biliaire. Mais certains sont plus atteints que d'autres.

Mr Entwhistle n'ajouta rien. Il repartit pour Londres immédiatement après les obsèques.

Susan s'en revint au cottage. Elle trouva quelques œufs et se prépara une omelette. Puis elle monta dans la chambre de Cora et se mit à trier les affaires de la défunte.

Elle fut interrompue par l'arrivée du médecin qui, à sa question, répondit que l'état de miss Gilchrist s'était notablement amélioré.

— Elle pourra sortir et gambader dans quelques jours, dit-il. Mais il est heureux que vous m'ayez appelé aussi vite. Sinon... Ç'aurait pu être très juste.

La jeune femme ouvrit de grands yeux :

— C'était réellement si grave ?

— Mrs Banks, voudriez-vous me redire, très précisément, ce que miss Gilchrist a mangé et bu hier ? Tout.

Susan réfléchit pour dresser un inventaire complet. Le médecin hochait la tête, mécontent :

— Il doit quand même bien y avoir eu quelque chose qu'elle a pris, elle, et pas vous ?

— Je ne crois pas... Des gâteaux, des *scones,* de la confiture, du thé... Et puis notre dîner. Non, vraiment, je ne vois pas.

Le médecin se frotta le nez et se mit à arpenter la pièce à grands pas.

— Vous êtes convaincu que c'est quelque chose qu'elle a mangé ? interrogea Susan. Que c'est bien un empoisonnement ?

Le praticien lança à la jeune femme un regard aigu. Puis il sembla soudain avoir fait son choix.

— C'était de l'arsenic, lâcha-t-il.

— De l'arsenic ?... Vous voulez dire que quelqu'un lui aurait fait prendre de l'arsenic ?

— Ça m'en a tout l'air.

— Pourrait-elle l'avoir pris elle-même ? Délibérément, j'entends ?

— Un suicide ?... Elle dit que non, et elle le sait forcément mieux que personne. En plus, si elle avait voulu se suicider, elle n'aurait sans doute pas choisi l'arsenic. Il y avait des somnifères, dans cette maison. Il lui aurait suffi de forcer la dose.

— L'arsenic aurait-il pu se trouver dans un plat par accident ?

— C'est la question que je me pose. Cela me semble on ne peut plus improbable, mais c'est déjà arrivé. Toutefois, si vous et elle avez mangé les mêmes choses...

Susan hocha la tête :

— Il me semble que...

Elle eut comme un sursaut :

— Ça, par exemple ! Le gâteau de mariage !

— Comment ? Quel gâteau de mariage ?

La jeune femme conta le récit du paquet mystérieux. Le médecin l'écouta avec une attention soutenue :

— Anormal, ça... Et vous me dites bien qu'elle ne

savait pas trop qui le lui avait expédié ? Il en reste, vous croyez ? Ou, si vous avez encore la boîte...

— Je ne sais pas. Je vais regarder.

Ils cherchèrent ensemble et, finalement, ils retrouvèrent la boîte de carton blanc, qui contenait encore quelques miettes, sur la desserte de la cuisine. Le médecin la prit et l'emballa, non sans précautions.

— Je me charge de ça. Vous savez où pourrait bien être le papier d'emballage ?

Là, ils eurent moins de succès. Susan conclut que le kraft avait sans doute été jeté dans la chaudière.

— Vous ne repartez pas tout de suite, Mrs Banks ?

Le ton du praticien se voulait cordial, mais la jeune femme n'en éprouva pas moins un certain trouble :

— Non. Je dois mettre de l'ordre dans les affaires de ma tante. Je resterai encore quelques jours.

— Parfait. Vous vous doutez bien que la police voudra vous poser quelques questions. Vous ne voyez personne qui... qui aurait pu en vouloir à miss Gilchrist ?

Susan fit non de la tête :

— En vérité, je ne sais presque rien d'elle. Elle tenait compagnie à ma tante depuis plusieurs années. Mon savoir s'arrête là.

— Bien sûr, bien sûr... Elle m'a toujours fait l'effet d'une charmante créature sans grand relief. Pas le genre, à mon avis, à s'être fait des ennemis ou quoi que ce soit de mélodramatique. Un gâteau de mariage envoyé par la poste... Pour moi, ça évoque une jalouse... Mais qui pourrait bien avoir été jalouse de miss Gilchrist ?... Ça, ça ne colle pas.

— Non.

— Bon, il faut que je m'en aille. Je me demande bien ce qui peut nous arriver, dans notre Lytchett St Mary si tranquille. D'abord, un meurtre sauvage, et, maintenant, un gâteau à l'arsenic expédié par la poste. Bizarre, tout de même, cette séquence de drames...

Il prit l'allée pour retrouver sa voiture. Le cottage

sentait le renfermé. Susan laissa la porte d'entrée ouverte alors qu'elle remontait reprendre sa tâche.

Cora Lansquenet n'avait pas été une femme ordonnée, ni méthodique. Les tiroirs de sa commode reflétaient le plus grand désordre. Dans l'un d'eux, des accessoires de toilette, des lettres, de vieux mouchoirs et des pinceaux se mélangeaient. Dans un autre, au milieu d'une masse de lingerie, on retrouvait une antique correspondance et des factures. Un autre encore, sous des chandails pliés plus que sommairement, contenait une boîte renfermant deux fausses franges. Quant au dernier, il était bourré de photographies et de carnets de croquis. Susan s'attarda sur le cliché d'un groupe, pris, à l'évidence, des années auparavant, quelque part en France : une Cora plus jeune et plus mince s'accrochait au bras d'un grand homme efflanqué, à la barbe en bataille, apparemment vêtu d'un veston de velours, qui devait avoir été Pierre Lansquenet.

Les photos intéressaient Susan, mais elle les mit de côté, empila tous les papiers sur lesquels elle avait pu mettre la main, et commença de les dépouiller systématiquement. Elle en avait déjà lu environ le quart lorsqu'elle s'arrêta sur une lettre. Elle la relut deux fois et n'était pas encore revenue de sa stupéfaction quand, derrière elle, le son d'une voix lui fit pousser un cri d'angoisse :

— Mais qu'est-ce que tu as bien pu dénicher là, Susan ?... Salut. Qu'est-ce qui se passe ?

Exaspérée, la jeune femme rougit. Honteuse de n'avoir pas pu retenir son exclamation, elle souhaitait se justifier :

— George ? Ce que tu m'as fait peur !

Son cousin esquissa un sourire langoureux :

— Oui, à ce qu'il paraît.

— Comment es-tu entré ?

— Eh bien, la porte d'en bas était ouverte, tout bonnement. Le rez-de-chaussée m'a paru désert, et j'ai décidé de monter. Maintenant, si tu veux savoir pourquoi je suis là, figure-toi que je suis parti ce matin pour venir à l'enterrement.

— Je ne t'y ai pas vu, non ?

— Ma vieille guimbarde a fait des siennes. C'était un gicleur bouché, apparemment. J'ai farfouillé dans le cambouis un bon moment et puis ça a fini par se dégager tout seul. Mais je ne serais arrivé ici qu'après *amen*. Je me suis quand même dit que je ferais aussi bien de venir jusqu'ici. Je savais que tu serais là.

Il se tut un instant :

— En fait, j'ai essayé de te joindre au téléphone, mais Greg m'a dit que tu étais partie prendre, en quelque sorte, possession de tes biens. Et il m'a semblé que je pouvais venir te donner un coup de main.

— Mais on peut se passer de toi, chez tes patrons ? s'inquiéta Susan. Ou bien tu peux te donner congé chaque fois que ça te chante ?

— Un enterrement a toujours constitué une excuse parfaitement admise pour s'absenter. Et, là, il s'agissait d'un enterrement tout ce qu'il y a d'authentique. En plus, un assassinat, ça fascine toujours. De toute manière, je n'irai plus guère au bureau — plus du tout, même, puisque je suis devenu un homme à son aise. J'aurai certes mieux à faire.

Il marqua un temps et sourit :

— Tout comme Greg.

Susan, dubitative, contemplait George. Elle n'avait pas très souvent rencontré son cousin. Et, lorsqu'elle le voyait, elle avait une peine infinie à le jauger.

— Franchement, pourquoi es-tu venu ici, George ? interrogea-t-elle.

— Je dois admettre que j'avais en vue un petit travail de détective. J'ai énormément repensé aux dernières funérailles auxquelles nous avons assisté ensemble. Ce jour-là, tante Cora a sans conteste balancé un pavé dans la mare. Je me demandais si ce n'avait été, de sa part, que l'effet d'une pure inconscience et de son exubérance, ou bien si elle faisait allusion à quelque chose de sérieux. Mais, dis-moi, qu'est-ce qu'il y a dans cette lettre que tu lisais si attentivement quand je suis arrivé ?

— C'est une lettre, répondit la jeune femme avec lenteur, qu'oncle Richard avait écrite à tante Cora après être venu la voir ici.

Comme les yeux de George étaient noirs... Elle les avait cru marron, mais, en fait, ils étaient d'un noir de jais et curieusement impénétrables. Un regard qui dissimulait totalement toutes les pensées...

Le cousin reprit, avec lenteur lui aussi :

— Quelque chose d'intéressant, là-dedans ?

— Non. Non, pas vraiment...

— Je peux voir ?

Elle hésita un instant, puis confia la lettre à sa main tendue.

Il la parcourut, dans un murmure marmonné :

— Heureux de vous avoir revue après toutes ces années... vous ai trouvée en très bonne forme... un bon voyage de retour et je ne suis pas rentré à la maison trop fatigué...

Soudain, la voix de George se fit plus âpre :

— Ne répétez à personne, je vous en supplie, ce que je vous ai dit. C'est peut-être une erreur... Votre frère affectionné... Richard.

Il fixa Susan :

— Qu'est-ce que ça signifie ?

— Tout, ou n'importe quoi... Il s'agissait peut-être de sa santé... Ou de ragots à propos d'un ami commun.

— Oh ! oui... Il peut s'agir de plein de choses. Rien de concluant — mais ça donne des idées... Qu'est-ce qu'il avait dit à Cora ? Quelqu'un sait-il ce qu'il lui avait dit ?

— Miss Gilchrist pourrait bien le savoir, indiqua la jeune femme, pensive. Je crois qu'elle avait écouté.

— Ah ! oui, la machine de compagnie... Et où est-elle, à ce propos ?

— A l'hôpital. Avec un empoisonnement à l'arsenic.

L'ébahissement se peignit sur les traits de George :

— Tu n'es pas sérieuse ?

— Oh ! si. Quelqu'un lui a envoyé un gâteau de mariage empoisonné.

George se laissa tomber sur une chaise :

— L'oncle Richard n'avait pas fait d'erreur, on dirait.

*

Le matin suivant, l'inspecteur Morton se présenta au cottage.

C'était un homme calme, d'âge moyen, doté d'un accent campagnard à peine grasseyant. Placide, il se mouvait posément. Mais son regard étincelait de vivacité.

— Vous comprenez bien de quoi il est question, Mrs Banks ? s'enquit-il. Le Dr Proctor vous a déjà parlé de ce dont il retourne au sujet de miss Gilchrist. A l'analyse, les quelques miettes du gâteau de mariage qu'il a retrouvées dans la boîte se sont révélé contenir de l'arsenic.

— Autrement dit, quelqu'un a voulu l'empoisonner ?

— Oui. A ne se fier qu'aux apparences, tout au moins. Miss Gilchrist elle-même ne semble guère en mesure de nous aider. Elle ne cesse de répéter que c'est impossible — que personne n'aurait jamais fait ça. Mais quelqu'un l'a bel et bien fait. *Vous*, vous ne pourriez pas nous apporter quelques lumières ?

Susan secoua la tête :

— Je demeure confondue. Le cachet de la poste ne peut vous apporter aucun indice ? Ou l'écriture ?

— Vous avez oublié : le papier d'emballage a été sans doute brûlé. Et on n'est pas tout à fait sûr que le paquet ait bien été transmis par la poste. Le jeune Andrews, qui conduit le fourgon postal, ne paraît pas se souvenir de l'avoir déposé. Il a une grosse tournée, et il n'a pas de certitude... Mais c'est comme ça... Il y a un doute.

— Mais... mais quelle serait l'autre hypothèse ?

— L'autre hypothèse, Mrs Banks, c'est qu'on s'est servi d'un morceau de papier d'emballage usagé sur lequel le nom de miss Gilchrist se trouvait déjà inscrit, et que le paquet a été poussé dans la fente du courrier ou déposé derrière la porte, pour donner l'impression qu'il avait été apporté par le facteur.

L'inspecteur conservait tout son flegme :

— C'est une idée très subtile, voyez-vous, que de choisir un gâteau de mariage. Ça fait appel à la sentimentalité des vieilles filles mûrissantes, ravies qu'on se souvienne d'elles. Une boîte de bonbons, ou quelque chose d'approchant, aurait pu éveiller des soupçons.

— Miss Gilchrist, confirma Susan avec lenteur, s'était longuement demandé qui pouvait le lui avoir envoyé, mais elle ne se méfiait pas : comme vous le disiez, elle était ravie et... oui... flattée... La dose de poison était-elle assez forte pour la tuer ?

— C'est difficile à dire tant que nous n'avons pas les résultats de l'analyse quantitative. Tout dépend, en fait, de savoir si miss Gilchrist a consommé la totalité de la tranche. Elle semble penser que non. Est-ce que vous vous en souvenez ?

— Non... non, je ne sais pas. Elle m'en a proposé un bout et j'ai refusé. Mais elle en a mangé un morceau et elle m'a dit que c'était un très bon gâteau. Cependant, je ne me souviens pas si elle l'a fini ou non.

— Je souhaiterais monter à l'étage avec vous, Mrs Banks, si cela ne vous ennuie pas.

— Mais bien sûr.

Elle le suivit jusqu'à la chambre de miss Gilchrist et s'excusa :

— J'ai bien peur que ce ne soit dans un état répugnant. Mais je n'ai vraiment pas eu le temps de faire quoi que ce soit sur le moment, à cause de l'enterrement de ma tante et tout. Et puis, après le passage du Dr Proctor, j'ai pensé qu'il valait peut-être mieux laisser les choses en l'état.

— Ça, c'était très intelligent de votre part, Mrs Banks. Tout le monde n'aurait pas fait preuve de la même intelligence.

L'inspecteur se dirigea vers le lit, glissa sa main sous l'oreiller, et le souleva doucement. Un sourire envahit progressivement ses traits :

— Nous y voici.

Un morceau du gâteau de mariage, quelque peu écrasé, reposait sur le drap.

— C'est incroyable, souffla Susan.

— Oh ! non. Pas du tout. Peut-être que votre génération ne fait plus ça. De nos jours, les jeunes personnes peuvent moins tenir à trouver un mari. Mais c'est une vieille coutume. Placez un morceau de gâteau de mariage sous votre oreiller, et vous verrez en rêve votre futur époux.

— Mais miss Gilchrist, certainement...

— Elle n'a pas voulu nous en parler, parce qu'elle se jugeait ridicule de faire encore ça à son âge. Mais je subodorais la chose.

Les traits de l'inspecteur se durcirent :

— Si elle n'avait pas eu ces naïvetés de rosière, miss Gilchrist ne serait plus en vie aujourd'hui.

— Mais, enfin, qui aurait bien pu vouloir la tuer ?

Le regard inquisiteur du policier croisa celui de Susan qui en éprouva un certain embarras.

— Vous n'en avez pas la plus petite idée ? s'enquit-il.

— Non... Bien sûr que non.

— Eh bien, j'ai comme l'impression qu'il va falloir que je le découvre, conclut l'inspecteur Morton.

12

Deux hommes âgés, assis dans des fauteuils cubiques, se faisaient face dans une pièce dont le mobilier et le décor appartenaient à l'espèce la plus moderne. Les courbes n'avaient pas ici droit de cité. Les lignes droites et les angles aigus s'imposaient partout, à la seule exception, ou presque, d'Hercule Poirot qui présentait de multiples rondeurs avec son ventre agréablement rebondi, son crâne en forme d'œuf et ses moustaches recourbées en proue de gondole dans un style flamboyant.

Il buvait à petites gorgées un verre de sirop et portait sur Mr Goby des yeux pensifs.

Mr Goby, quant à lui, était petit et chétif, voire même rabougri. Il avait de tout temps offert à ses commensaux un aspect quelconque des plus reposants — aspect qui était cependant devenu avec l'âge à ce point quelconque que sa présence en passait désormais quasiment inaperçue. Il ne regardait pas Poirot, parce que Mr Goby ne regardait jamais personne.

Les remarques qu'il émettait présentement semblaient s'adresser au coin gauche du garde-feu d'acier chromé.

Mr Goby se signalait surtout par des talents consacrés à la recherche d'informations. Bien peu de gens avaient entendu parler de lui, et bien peu faisaient appel à ses bons offices — mais ceux qui recouraient à lui étaient en général extrêmement riches. Il le fallait, car les notes d'honoraires de Mr Goby atteignaient des niveaux astronomiques. Sa spécialité résidait dans l'acquisition rapide de renseignements. Sur un simple claquement de ses doigts, des centaines d'hommes et de femmes laborieux et patients, jeunes ou vieux, appartenant, apparemment, à tous les milieux et à toutes les corporations, partaient pour poser des questions, pour vérifier les réponses, et pour obtenir des résultats.

Pratiquement retiré des affaires, Mr Goby n'en consentait pas moins, de temps en temps, à « rendre service » à quelques vieux clients. Hercule Poirot était de ceux-là.

— J'ai rassemblé pour vous tout ce que j'ai pu, affirma Mr Goby au garde-feu. J'ai mis mes garçons en chasse. Ils font ce qu'ils peuvent... de braves garçons... oui, de braves garçons, tous, mais rien à voir avec le personnel que j'avais autrefois. Ça ne marche plus comme ça, aujourd'hui. Ils ne veulent plus apprendre, voilà où le bât blesse. Ils croient tout savoir après avoir passé seulement quelques années à faire le travail. Et puis ils s'en tiennent à leurs horaires. Scandaleuse, la façon dont ils s'en tiennent à leurs horaires.

Il branla du chef avec tristesse et tourna son regard vers une prise de courant.

— C'est la faute au gouvernement, déclara-t-il à la prise. Et à tout ce fatras d'instruction. Ça leur donne des idées. Ils sortent de l'école et ils viennent nous dire ce qu'ils pensent. Ce qu'ils *pensent* ! Alors qu'ils ne sont même pas fichus d'ouvrir les yeux ! Tout ce qu'ils savent, ils l'ont découvert dans des livres. Dans notre métier, ce n'est pas comme ça qu'on s'en tire. Trouver les bonnes réponses — c'est ça qu'il faut faire — pas *penser.*

Mr Goby s'appuya au dossier de son fauteuil et cligna de l'œil à l'attention d'un abat-jour.

— Mais il ne faudrait quand même pas accabler le gouvernement ! Je ne sais vraiment pas ce qu'on ferait sans lui. Je peux vous dire que de nos jours, n'importe qui peut aller quasiment partout avec un bloc-notes et un crayon. Vous vous habillez correctement, vous parlez comme on parle à la BBC et vous pouvez interroger les gens sur les détails les plus intimes de leur vie quotidienne, ou sur ce qu'ils ont mangé pour le dîner du 23 novembre parce que c'était une journée-test d'évaluation des revenus des classes moyennes — ou de la classe à laquelle ils appartiennent (en les rangeant dans la catégorie supérieure pour les flatter !)... Posez-leur les questions les plus indiscrètes que vous pouvez. Et neuf fois sur dix, ils dégoiseront bien gentiment. Et même s'ils coupent court à la dixième, ils croiront dur comme fer que vous êtes bien ce que vous prétendez... et que le gouvernement veut vraiment savoir les choses — pour le motif le plus invraisemblable ! De vous à moi, monsieur Poirot (Mr Goby continuait de s'adresser à l'abat-jour), c'est le meilleur camouflage que nous ayons jamais eu. Bien meilleur que de se faire passer pour les employés qui relèvent les compteurs ou pour les techniciens qui essaient de réparer une panne de téléphone — oui, ou que de poser aux bonnes sœurs qui font la quête, ou aux boy-scouts ou aux guides qui vendent des calendriers — encore que la méthode ait encore ses adeptes. Oui, ce gouvernement qui fourre son nez partout, c'est un cadeau du Seigneur pour nous autres enquêteurs, et qu'il reste longtemps au pouvoir !

Poirot demeurait silencieux. Avec les années, Mr Goby avait certes développé une tendance au bavardage, mais il n'en finirait pas moins par entrer dans le vif du sujet.

— Ah ! ronchonna Mr Goby en se saisissant d'un petit carnet tout gribouillé qu'il feuilleta après s'être léché l'index. Nous y voici. Mr George Crossfield. Nous nous sommes occupés de lui d'abord. Rien que les faits. Vous ne me demanderez pas comment je les ai obtenus. Il y a un moment qu'il est sur la mauvaise pente. Les chevaux, surtout, et le jeu — il n'est pas très porté sur les femmes. Fait des sauts en France de temps en temps, et aussi à Monte-Carlo. Passe beaucoup d'heures au casino. Trop béjaune pour y encaisser des chèques, mais il dispose de bien plus d'argent que ne le lui permettrait son allocation de voyage. Je n'ai pas cherché plus loin, parce que ce n'était pas ce qui vous intéressait. Mais il n'a pas de scrupules à tourner la loi... et puisqu'il est lui-même homme de loi, il connaît la musique. Quelques raisons de penser qu'il a utilisé pour jouer des fonds qui lui étaient confiés pour des investissements et qu'il a pris de sacrées culottes ces derniers temps... à la Bourse *et* sur les dadas ! Mauvaises intuitions et évidente déveine. Broyait franchement du noir depuis trois mois. Soucieux, de mauvaise humeur et irritable au bureau. *Mais* tout a changé depuis la mort de son oncle. Le temps est maintenant au beau fixe. Et monsieur voit la vie en rose !

» Venons-en maintenant, aux renseignements précis demandés. Affirmation selon laquelle il était aux courses à Hurst Park le jour en question presque certainement fausse. Place presque toujours ses paris auprès des deux mêmes bookmakers. Ils ne l'ont pas vu ce jour-là. Possible qu'il soit parti de Paddington pour une destination inconnue. Le chauffeur de taxi qui l'aurait emmené à la gare a hésité sur l'identification de sa photo. Mais ça ne veut rien dire. Il est d'un type assez banal — rien d'extraordinaire dans son physique. Rien à espérer des porteurs, etc., à Paddington. N'est sûrement pas descendu du train à Cholsey — la gare la plus proche de Lytchett St Mary. Une petite gare, on y remarque les inconnus. Pourrait avoir débarqué à Reading pour prendre le bus. Des bus bondés, fréquents, qui passent à moins de deux kilomètres de Lytchett St Mary, et il y a aussi le service régulier qui s'arrête au cœur du village. Mais il n'aurait pas pris celui-là... pas s'il avait « des intentions ». L'un dans l'autre, un client à suivre. N'a pas été vu à Lytchett St Mary, mais on ne peut pas en tirer de conclusion. Plusieurs routes pour les environs du village. A fait partie de la troupe d'art dramatique quand il était à Oxford, à propos. S'il est allé au cottage ce jour-là, il peut très bien n'avoir pas ressemblé au George Crossfield de d'habitude. Je le garde à l'œil, non ? Il y a un côté marché noir que j'aimerais bien creuser.

— Vous pouvez le garder à l'œil, confirma Hercule Poirot.

Mr Goby humecta à nouveau son doigt et passa à une autre page de son carnet :

— Mr Michael Shane. Très bien vu dans sa profession. Pense encore plus de bien de sa personne que ne le font ses confrères. Veut devenir une vedette, et vite. Aime l'argent et ne se refuse rien. Plaît beaucoup aux femmes. Elles lui tombent dans les bras de partout. Elles l'intéressent aussi lui-même — mais le boulot d'abord, comme on dit. On l'a beaucoup vu avec Sorrel Dainton, qui était la vedette féminine de la dernière pièce dans laquelle il a joué. Il n'avait, lui, qu'un petit rôle, mais il en a fait un succès, et le mari de miss Dainton ne peut pas le voir en peinture. Sa femme n'est pas au courant. Ne semble d'ailleurs pas au courant de grand-chose. Pas très bonne actrice, si j'ai bien compris, mais agréable à regarder. Folle de son mari. Des rumeurs de bagarre entre eux, il y a quelque temps, mais ça paraît terminé. Terminé depuis la mort de Mr Richard Abernethie.

Mr Goby souligna l'importance de cette dernière phrase par un vigoureux hochement de tête en direction d'un des coussins du canapé.

— Le jour en question, il prétend qu'il rencontrait un Mr Rosenheim et un Mr Oscar Lewis pour régler des affaires de contrats. Il ne les a pas vus. Leur a envoyé un télégramme pour s'excuser de leur poser un lapin. Ce qu'il a fait en réalité, ç'a été de louer une voiture sans chauffeur chez Emeraldo Cars. Il a pris le véhicule vers midi et il l'a rendu vers 6 heures du soir à peu près. Selon le compteur, il a parcouru précisément le kilométrage qui nous intéresse. Pas de confirmation à Lytchett St Mary. Pas de voiture inconnue repérée ce jour-là. Mais plein d'endroits où il aurait pu la garer en toute discrétion à un kilomètre ou deux. Il y a même une carrière désaffectée à quelques centaines de mètres du cottage. Trois bourgades commerçantes à distance de marche, où vous pouvez garer une voiture dans les petites rues sans que la police vienne vous ennuyer. Bon, nous conservons Mr Shane sous surveillance ?

— Absolument, oui.

— Au tour de Mrs Shane, maintenant, annonça Mr Goby à sa manchette gauche en se frottant le nez. Elle affirme qu'elle faisait des courses. Seulement des courses... (Mr Goby levait les yeux au plafond.) Les femmes qui font des courses — des têtes de linotte, voilà tout ce qu'elles sont. Et puis, la veille, elle avait appris qu'elle héritait de beaucoup d'argent. Naturellement, on n'a rien à quoi s'accrocher. Elle s'est fait ouvrir des comptes permanents dans deux ou trois boutiques, mais ils étaient à découvert et ils avaient exigé qu'elle accélère ses paiements. Elle n'a rien ajouté à ses factures. Il y a gros à parier qu'elle est allée ici et là et ailleurs, essayer des vêtements, regarder des bijoux, examiner le prix de ci, de ça et d'autre chose — mais, à coup sûr, elle n'a rien acheté ! Elle est facile à approcher — ça, je dois bien le dire. J'ai envoyé une de mes jeunes personnes qui s'y connaît en scène et en coulisses pour une petite conversation. Elle s'est arrêtée près de sa table, dans un restaurant, et elle s'est écriée, comme elles le font toutes : « Chérie, je ne vous avais pas revue depuis *Way down under*. Vous y étiez *divine* ! Vous avez vu Hubert, récemment ? »... C'était le producteur et Mrs Shane n'avait pas vraiment fait un tabac dans la pièce, mais ça n'en a que mieux marché. Elles se sont mises aussitôt à bavarder théâtre, et ma mignonne a placé les noms qu'il fallait au bon moment. Et puis elle a dit : « Il me semble que je vous ai aperçue là, et là, et encore là », et ainsi de suite, en donnant des dates. La plupart des bonnes femmes entrent dans le jeu et disent : « Oh ! non. J'étais à... », où que ça puisse être. Mais pas Mrs Shane. Juste le regard dans le vague, à dire :

« Ah bon ?... » Qu'est-ce qu'on peut bien extraire d'une femme comme ça ?

Mr Goby dardait un œil sévère sur le radiateur.

— Rien, grinça Poirot. Et j'ai de bonnes raisons pour le savoir. Je n'oublierai jamais l'assassinat de Lord Edgware. J'ai failli être vaincu — oui, vaincu, moi, Hercule Poirot — par le fonctionnement simpliste d'un cerveau en fromage mou. Les intelligences les moins subtiles possèdent souvent une sorte de génie pour commettre les crimes les moins complexes et s'en laver les mains ensuite. Espérons que notre assassin — si c'est bien un assassin — est un individu d'une intelligence supérieure, très content de lui et incapable de résister au plaisir de se faire mousser. Enfin... Mais, je vous en prie, poursuivez.

De nouveau, Mr Goby se replongea dans son petit carnet :

— Mr et Mrs Banks... qui disent qu'ils ont passé cette journée chez eux. *Elle*, en tout cas, certainement pas !... Est descendue au garage, a pris sa voiture, et est partie vers 1 heure de l'après-midi. Destination inconnue. Retour à 5 heures environ. Je ne peux rien dire du kilométrage, parce qu'elle a conduit tous les jours depuis et que personne n'a eu l'occasion de le vérifier.

» Quant à Mr Banks, nous sommes tombés sur quelque chose de pas catholique. Pour commencer, je dois préciser que nous ne savons pas ce qu'il a fait, *lui*. Il n'est pas allé travailler. Apparemment, il avait demandé quelques jours de congé, en prétextant l'enterrement. Et, depuis lors, il a négligé son travail — sans aucune considération pour son employeur. Une très bonne pharmacie, d'excellente réputation. Le sieur Banks ne leur inspire pas grand enthousiasme. Nous nous sommes laissé dire qu'il lui arrivait de se trouver dans des états de grande agitation.

» Bon, comme je le disais, nous ne savons pas ce qu'il fabriquait le jour de la mort de Mrs Lansquenet. Il n'a pas accompagné sa femme. Il est *possible* qu'il soit bien resté toute la journée dans leur petit appartement. L'immeuble n'a pas de portier, et personne ne peut savoir si les locataires sont chez eux ou pas. Mais son passé ne manque pas d'intérêt. Il y a quatre mois encore — juste avant qu'il ne fasse la connaissance de son épouse —, il séjournait dans une clinique psychiatrique. Pas fou à lier, non... Seulement ce qu'on qualifie de nerveusement déprimé... D'après mes sources, il aurait commis une petite erreur dans une prescription — il était alors employé dans une officine de Mayfair. La malade s'est remise et il n'y a pas eu de poursuites. Après tout, des erreurs accidentelles se produisent parfois, et les gens les plus stricts plaignent le pauvre type qui les a faites — aussi longtemps, j'entends bien, que ça n'entraîne pas d'invalidité permanente. On ne l'a pas fichu à la porte, mais il a donné sa démission... A prétendu que ça lui avait mis les nerfs en capilotade. Mais après, me dit-on, il a sombré dans le trente-sixième dessous et il a confié à son médecin que sa culpabilité l'obsédait... que ç'avait été prémédité... que cette femme avait été insupportable et grossière à son égard, et qu'elle s'était plainte que sa dernière préparation avait été volontairement truquée... Et que, lui, il l'avait mal supporté et qu'il avait très consciemment ajouté une dose mortelle de je ne sais quelle substance toxique. Il a clamé : « Il fallait qu'elle soit punie pour avoir osé me parler sur ce ton ! » Et puis il a éclaté en sanglots, a décrété qu'il était trop malfaisant pour mériter de vivre encore, et je vous fais grâce de la suite. Les toubibs ont un très long mot pour ce genre de choses... Un complexe de culpabilité ou je ne sais trop quoi... Moi, je ne crois pas du tout que ç'ait été prémédité. De l'inattention, seulement. Mais il avait l'air de tenir à ce qu'on en fasse des montagnes.

— *Ça se peut,* concéda Hercule Poirot dans sa langue maternelle.

— Je vous demande pardon ?.. Quoi qu'il en soit, on l'a hospitalisé dans cette clinique, on l'a soigné, et on l'a laissé repartir comme guéri. C'est à ce moment-là qu'il a fait la connaissance de miss Abernethie. Et puis il a retrouvé un poste dans une pharmacie très convenable, mais plutôt anonyme. Il leur a raconté qu'il avait vécu à l'étranger pendant un an et demi. Il leur a donné des références qui remontaient à je ne sais quelle officine d'Eastbourne. Dans cette boutique, on n'a rien contre lui, mais un autre des préparateurs nous a raconté qu'il avait un caractère très difficile et, parfois, un comportement bizarre. Un de ses clients lui aurait dit : « Ah ! je voudrais bien que vous me donniez quelque chose pour empoisonner ma femme ! Ha, ha, ha ! » Et Banks lui aurait répondu, tranquille comme Baptiste : « Mais qu'à cela ne tienne... Ça vous coûterait dans les deux cents livres. » Le bonhomme a trouvé la plaisanterie exagérée et il a fait semblant d'en rire. Il est *possible* que ça n'ait été qu'une plaisanterie... encore que je ne croie personnellement pas que Banks soit du genre à plaisanter.

— Mon bon et excellent ami, s'exclama Poirot, la manière dont vous obtenez vos informations ne cesse de me surprendre ! Tout cela relève normalement du secret professionnel ou de la confidentialité !

Après avoir lancé un coup d'œil circulaire au salon du détective, Mr Goby confessa à la porte qu'à condition d'y mettre les moyens...

— Partons maintenant pour la campagne. Nos amis Mr et Mrs Timothy Abernethie... Ils se sont déniché un endroit délicieux, mais — et c'est bien dommage — ils ont peu d'argent à y consacrer. Ils tirent, semble-t-il, le diable par la queue. Ils tirent terriblement le diable par la queue. Les impôts et des placements hasardeux... Mr Abernethie bénéficie d'une mauvaise santé de fer et il en paraît enchanté. Il se plaint beaucoup, et il s'arrange pour que tout le monde soit aux petits soins pour lui et se mette en quatre dès qu'il lève le petit doigt. Mais il mange des repas copieux et, physiquement, il semble en très bonne forme dès qu'il décide de faire un effort. Il n'y a plus personne dans la maison après le départ de la femme de journée, et nul n'est autorisé à entrer dans la chambre de Mr Abernethie tant qu'il n'a pas sonné. Il était d'une humeur de dogue le lendemain de l'enterrement. Il a agoni Mrs Jones d'injures. Il a picoré son petit déjeuner et décrété qu'il ne voulait pas de son *grand* déjeuner... Qu'il avait eu une mauvaise nuit. Il a refusé ensuite son dîner qu'il qualifiait d'immangeable, et même pire que ça. Il est resté seul chez lui, depuis 9 heures et demie, ce matin-là, jusqu'au matin suivant.

— Et Mrs Abernethie ?

— Elle est bien partie d'Enderby en voiture à l'heure que vous m'aviez indiquée. Arrivée à pied dans le petit garage d'un bled du nom de Cathstone. A expliqué que sa voiture était tombée en panne à quelques kilomètres.

» Un mécanicien est allé jusque-là avec elle, a regardé ce qui ne marchait pas et a dit qu'il fallait prendre la voiture en remorque et que ce serait un long travail — qu'il n'était pas sûr que ce serait terminé dans la journée. La dame était toute dépitée, mais elle a pris une chambre dans une petite auberge et a demandé des sandwiches. Elle a dit qu'elle voulait voir un peu la campagne — c'est à la limite des *Moors*[1]. Elle n'est revenue à l'auberge qu'assez tard. Mon informateur dit que ça ne l'étonne pas. Cet établissement n'est qu'un boui-boui sordide !

— Et les heures ?

— Elle a eu ses sandwiches à 11 heures. Si elle a rejoint à pied la grand-route, à un peu plus d'un kilomètre et demi, elle peut avoir fait du stop jusqu'à Wallcaster où elle aurait pris l'express pour la côte

1. Vaste zone de landes désolées, dans le Yorkshire. (N. d. T.)

sud qui s'arrête à Reading ouest. Je n'entrerai pas dans le détail des horaires des bus et cætera. Ça *aurait pu* tenir dans les temps si la... euh... agression avait été commise vers le milieu de l'après-midi.

— J'ai cru comprendre que le médecin a fixé la limite extrême à 4 heures et demie.

— Remarquez bien, précisa Mr Goby, que je n'ai pas dit que c'était probable. Elle semble charmante, appréciée par tout le monde. Elle adore son mari, qu'elle traite comme un enfant.

— Oui, oui, un complexe maternel.

— Elle est solide, costaud, elle coupe elle-même son bois et trimballe souvent de gros paniers de bûches. Se débrouille aussi très bien avec la mécanique automobile.

— J'y venais. De quelle panne souffrait *exactement* la voiture ?

— Vous voulez les détails précis, monsieur Poirot ?

— Le Ciel m'en préserve ! Je ne connais rien à la mécanique.

— Une panne difficile à déceler. Difficile également à réparer. *Pourrait*, sans problèmes majeurs, avoir été délibérément provoquée par quelqu'un — par quelqu'un de familier avec les entrailles d'une auto, s'entend.

— C'est *magnifique* ! s'écria en français Poirot avec un entrain doublé d'amertume. Tout colle trop bien ! Tout est possible ! Bon Dieu, nous ne pouvons donc éliminer *personne* ? Et Mrs Leo Abernethie ?

— Une femme extrêmement charmante, elle aussi. Le défunt Mr Abernethie l'aimait beaucoup. Elle a séjourné chez lui pendant une quinzaine avant sa mort.

— Après qu'il avait été voir sa sœur à Lytchett St Mary ?

— Non, juste avant. Ses revenus ont été réduits dans une proportion notable depuis la guerre. Elle a abandonné sa maison d'Angleterre pour prendre un petit appartement à Londres. Elle possède une villa à Chypre, et elle y passe une partie de l'année. Elle a un jeune neveu, dont elle paie en partie l'éducation, et il semble que, de temps à autre, elle apporte une aide financière à un jeune artiste ou deux.

— Sainte Hélène de la vie irréprochable, ricana Poirot en fermant les yeux. Et il lui aurait été impossible de quitter Enderby ce jour-là sans que les domestiques s'en aperçoivent ? Dites-moi oui, je vous en conjure !...

Une expression de regret passa dans le regard de Mr Goby avant que le regard en question ne finisse par se poser sur les bottines vernies de Poirot :

— J'ai bien peur de ne pas être en mesure de vous donner cette satisfaction, monsieur Poirot. Mrs Abernethie est allée à Londres pour en rapporter des vêtements et diverses affaires, puisqu'elle s'était entendue avec Mr Entwhistle pour rester dans la maison et en assurer la fermeture.

— *Il ne nous manquait plus que ça !* martela Hercule Poirot, une fois de plus en français.

13

Lorsque son valet de chambre lui apporta la carte de l'inspecteur Morton, de la police du Berkshire, Hercule Poirot fronça les sourcils :

— Faites-le entrer, Georges, faites-le entrer. Et apportez... Vers quoi vont donc les préférences des policiers ?

— Je suggèrerais de la bière, monsieur.

— Quelle horreur ! Mais comme c'est britannique ! Apportez de la bière, Georges, puisqu'il en est ainsi.

L'inspecteur Morton alla droit au but :

— Il fallait que je vienne à Londres. Et j'ai trouvé

votre adresse, monsieur Poirot. Votre présence à l'enquête judiciaire, jeudi dernier, m'a... intéressé.

— Vous m'y avez donc vu ?

— Oui. J'en ai été surpris — et, comme je vous le disais, intéressé. Vous ne vous souvenez certainement pas de moi, mais, moi, je me souviens très bien de vous. Dans l'affaire de Pangbourne.

— Ah ! vous vous en étiez occupé ?

— Seulement au titre de stagiaire. C'était il y a longtemps. Mais je ne vous avais jamais oublié.

— Et vous m'avez reconnu tout de suite, l'autre jour ?

— Ce n'était pas difficile, monsieur, dit le policier en réprimant un sourire. Votre personnage est... comment dire ?... assez peu banal.

Son regard enveloppait l'élégance quelque peu recherchée du détective et s'arrêtait sur ses moustaches incurvées.

— A la campagne, tint-il à nuancer, vous ne passez pas inaperçu.

— C'est possible. C'est bien possible, concéda Poirot avec complaisance.

— Ce qui m'a intrigué, c'est *pourquoi* vous étiez venu. En général, ce genre de crime — un cambriolage suivi d'une agression — n'accroche pas votre intérêt.

— S'agit-il d'un banal crime crapuleux du genre qu'on voit trop souvent ?

— Ça, c'est bien la question que je me pose.

— Et, cette question, vous vous la posez depuis le début, n'est-ce pas ?

— Oui, monsieur Poirot. Il y avait quelques éléments inhabituels. Depuis, nous avons suivi la routine habituelle. Nous avons interpellé deux ou trois personnes pour les interroger, mais tout le monde a été en mesure de rendre compte de manière convaincante de son emploi du temps de cet après-midi-là. Oh ! non, ce n'est pas un banal crime crapuleux comme on en voit à la pelle, monsieur Poirot

— nous en sommes convaincus. Et l'inspecteur-chef en est bien d'accord, lui aussi. L'assassinat a été commis par quelqu'un qui a voulu lui donner toutes les *apparences* d'un crime crapuleux. Ç'aurait pu être le fait de cette miss Gilchrist, mais il ne semble pas qu'elle aurait eu le moindre mobile — ni qu'il y ait eu un arrière-plan d'ordre affectif. Mrs Lansquenet était peut-être un peu toquée, ou un peu simplette si vous préférez. Mais, dans la maison, il y avait une patronne et sa bonne à tout faire, sans aucune trace d'amitié féminine équivoque. Des miss Gilchrist, on en trouve treize à la douzaine, et, en règle générale, ce ne sont pas des meurtrières.

L'inspecteur se tut un instant, puis :

— Autrement dit, il apparaît qu'il nous faut chercher plus loin. Je suis venu vous demander si vous pourriez nous apporter un peu d'aide. *Quelque chose* doit bien vous avoir conduit là-bas, monsieur Poirot.

— Oui, oui, quelque chose, en effet. Une excellente Daimler. Mais pas seulement cela.

— Vous aviez... des informations ?

— Pas tout à fait dans le sens que vous donnez à ce mot. Rien qui puisse être considéré comme une preuve ou comme un indice.

— Mais ce quelque chose pourrait nous donner... une indication ?

— Oui.

— Voyez-vous, monsieur Poirot, il y a eu de nouveaux développements...

Méticuleusement, sans omettre aucun détail, l'inspecteur conta l'épisode de la tranche de gâteau de mariage empoisonnée.

Poirot respira à fond, dans une longue inspiration emphysémateuse :

— Ingénieux, oui... Très ingénieux... J'avais averti Mr Entwhistle d'avoir à veiller sur miss Gilchrist. J'ai toujours envisagé l'éventualité d'une agression contre elle. Mais je dois avouer que je n'avais *pas* songé au poison. Je prévoyais plutôt une répétition du *thème* de la hachette. Je pensais tout bonnement qu'il n'aurait pas été prudent de sa part de se promener seule dans des endroits déserts après la tombée de la nuit...

— Mais *pourquoi* aviez-vous prévu qu'on s'en prendrait à elle ? J'estime, monsieur Poirot, que vous pouvez me confier cela.

Poirot hocha la tête avec lenteur :

— Oui, je vais vous le confier. Mr Entwhistle n'en prendrait pas le risque parce que c'est un homme de loi, et que les hommes de loi n'aiment pas parler de suppositions, de déductions tirées de la personnalité d'une morte ou de quelques propos irréfléchis. Mais il ne serait pas opposé à ce que *moi*, je vous en parle... Non, il sera même soulagé d'apprendre que je l'ai fait. Ce qui l'ennuierait, c'est d'avoir l'air ridicule ou de passer pour un esprit chimérique, mais ce qu'il veut, c'est que vous, vous sachiez ce que pourraient — je dis bien *pourraient* — être les faits.

Il s'interrompit comme Georges entrait, porteur d'un verre de bière :

— Un petit rafraîchissement, inspecteur ? Si, si, j'insiste.

— Vous n'en prenez pas vous-même ?

— Je ne bois pas de bière. Mais je vais m'offrir un peu de sirop de cassis — les Anglais n'aiment pas cela, je l'ai remarqué.

L'inspecteur adressa à sa bière un regard plein de reconnaissance.

Poirot, tout en buvant délicatement de petites gorgées du liquide écarlate, préluda :

— Notre affaire débute lors d'un enterrement. Ou plutôt, pour être exact, sitôt *après* ledit enterrement.

Dans un style éminemment gestuel, il entreprit de répéter l'histoire que lui avait racontée Mr Entwhistle, non sans lui apporter les embellissements dictés par l'exubérance de son tempérament continental. On aurait juré qu'Hercule Poirot en personne avait été le témoin oculaire de la scène.

L'inspecteur Morton était doté d'une tête bien faite. Il repéra immédiatement les points les plus importants pour la suite de son enquête :

— Ce Mr Abernethie pourrait avoir été empoisonné ?

— C'est une possibilité.

— Mais le corps a été incinéré, et il n'y aura donc jamais de preuve ?

— Exactement.

L'inspecteur rumina la chose :

— Intéressant. Mais, pour *nous*, il n'y a rien à glaner là-dedans. Rien, j'entends, qui puisse justifier l'ouverture d'une enquête sur la mort de Richard Abernethie. Ce serait une perte de temps.

— Oui.

— En revanche il y a les *gens* — les gens qui étaient présents — les gens qui ont entendu Cora Lansquenet dire ce qu'elle a dit, et parmi lesquels quelqu'un peut avoir pensé qu'elle le dirait de nouveau, et avec davantage de précisions.

— Ce qu'elle aurait fait, à n'en pas douter. Comme vous le remarquiez fort justement, inspecteur, il y a les *gens*. Vous comprenez maintenant pourquoi j'ai assisté à l'enquête, et pourquoi je m'intéresse à cette affaire — parce que ce sont toujours les *gens* qui m'intéressent.

— Alors la tentative d'assassinat à l'encontre de miss Gilchrist...

— A toujours constitué une probabilité. Richard Abernethie était venu au cottage. Il avait parlé avec sa sœur Cora. Peut-être même lui avait-il révélé un *nom*. La seule personne qui puisse savoir — ou avoir surpris — quelque chose, c'était miss Gilchrist. Après avoir réduit Cora Lansquenet au silence, le meurtrier pouvait continuer de s'inquiéter. L'autre femme savait-elle quelque chose ? Tout ? Naturellement, si l'assassin avait été raisonnable, il n'aurait pas récidivé. Mais il est rare, inspecteur, que les assassins soient raisonnables. Heureusement pour nous. Ils remâchent leur problème, ils se sentent inquiets, et ils veulent être sûrs — sûrs à cent pour cent. Ils sont très satisfaits de leur propre intelligence. Et c'est ainsi qu'au bout du compte, ils se passent eux-mêmes la corde au cou.

L'inspecteur Morton esquissa un sourire.

— Cette tentative pour faire taire miss Gilchrist, poursuivit Hercule Poirot, est la première erreur de l'assassin. Parce que, maintenant, vous avez *deux* motifs d'enquêter. Et puis il y a aussi l'écriture de l'étiquette du gâteau qui peut vous donner un indice. Quel dommage que le papier d'emballage ait été brûlé !

— Oui. Il aurait pu me donner la certitude que le paquet avait été, ou non, envoyé par la poste.

— Vous avez des raisons de pencher pour la seconde hypothèse, dites-vous ?

— C'est seulement ce que croit le facteur... et il n'en mettrait pas sa tête sur le billot. Si le paquet était passé par un petit bureau de poste de campagne, on peut parier à dix contre un que la préposée l'aurait remarqué. Mais, aujourd'hui, tout est distribué par camionnette, à partir de Market Keynes, et, bien entendu, notre jeune préposé fait une longue tournée et distribue une foule de choses. Il pense n'avoir déposé au cottage que du courrier et pas de paquet — mais il n'en jurerait pas. A la vérité, il a en ce moment quelques difficultés avec une fille, et il est incapable de penser à quoi que ce soit d'autre. J'ai testé sa mémoire, et on ne peut en aucun cas lui faire confiance. Mais *si* il a bien apporté ce paquet, il me paraît curieux que ledit paquet n'ait été remarqué qu'après que ce Mr... je ne sais plus comment... Guthrie...

— Ah ! Mr Guthrie.

L'inspecteur Morton sourit :

— Oui, monsieur Poirot. Nous procédons à quelques vérifications sur lui aussi. Après tout, il aurait été facile, n'est-ce pas, de se présenter sous le prétexte plausible d'avoir été un vieil ami de Mrs Lansquenet. Mrs Banks n'aurait pas pu savoir si c'était vrai ou pas. Il pourrait avoir laissé tomber le petit paquet. Et c'est facile, également, de maquiller un emballage pour faire croire qu'il a été posté. Avec du noir de fumée, on imite très bien le cachet d'oblitération sur un timbre.

Il prit un temps, puis :

— Cela dit, nous avons d'autres suspects.

Poirot branlait du chef :

— Vous pensez à ?...

— Mr George Crossfield se trouvait dans le coin — mais seulement le lendemain. Il avait l'intention d'aller aux obsèques de sa tante, mais il a eu quelques problèmes de moteur en chemin. Vous savez des choses sur son compte, monsieur Poirot ?

— Quelques-unes. Mais pas autant que je le souhaiterais.

— Je vois. Il y a tout un petit monde intéressé par la succession de feu Mr Abernethie, d'après ce que j'ai pu comprendre. J'espère que cela ne signifie pas que nous aurons à les pister tous.

— J'ai engrangé quelques renseignements. Ils sont à votre disposition. Mais il va de soi que je n'ai personnellement aucune autorité pour poser des questions à ces gens. En fait, il serait peu sage de ma part de les interroger.

— Je vais moi-même y aller sur la pointe des pieds. Rien ne sert de lever les perdrix avant d'être prêt à les tirer. Mais quand on s'y risque, au moins que ce soit pour de bon.

— Voilà une bonne tactique. Eh bien, mon bon ami, à vous la routine — avec toute la machinerie dont vous disposez. Elle est lente, mais elle est sûre. En ce qui me concerne...

— Oui, monsieur Poirot ?

— En ce qui me concerne, je pars pour le Nord. Comme je vous l'ai dit, c'est aux *gens* que je m'intéresse. Oui... Un petit camouflage préalable... et je pars pour le Nord. J'ai l'intention d'acquérir une demeure à la campagne pour y héberger des réfugiés. Je représente le FNUCEREF.

— Qu'est-ce que c'est que le FNUCEREF ?

— Le Fonds des Nations unies pour les Centres de Réfugiés. Cela sonne bien, vous ne trouvez pas ?

Un large sourire se dessina sur le visage de l'inspecteur.

14

— Merci infiniment, dit Hercule Poirot à une Janet au visage revêche. Vous avez été très aimable.

Janet, les lèvres encore crispées par une moue hargneuse, quitta la pièce. Ah ! ces étrangers... Les questions qu'ils posaient ! Leur muflerie ! Bien beau de se présenter comme un spécialiste intéressé par les problèmes cardiaques non diagnostiqués, analogues à celui dont Mr Abernethie devait avoir souffert. D'accord, il devait y avoir du vrai dans ce qu'il racontait — parce qu'enfin, le maître, il avait été emporté tout soudain, même que le Dr Larraby, ça l'avait surpris. Mais qu'est-ce qu'un docteur étranger venait fabriquer dans le coin, à fourrer son nez partout ?

Bien beau à Mrs Leo de dire : « Répondez, je vous prie, aux questions de monsieur Pontarlier. Il a de bonnes raisons de les poser. »

Des questions. Toujours des questions. Des pages et des pages, des fois, à remplir du mieux qu'on pouvait — et pourquoi que le gouvernement ou n'importe qui d'autre voulait connaître vos affaires privées ? Oser vous demander votre âge au recensement — ça, c'était un sacré culot, et elle s'était d'ailleurs bien gardée de le leur donner ! Cinq ans de moins, qu'elle s'était mis. Et pourquoi qu'elle ne l'aurait pas fait ? Si elle ne se *sentait* que cinquante-quatre ans, elle pouvait bien décider qu'elle n'*avait* que cinquante-quatre ans, pas vrai ?

Au moins, monsieur Pontarlier, lui, il n'avait pas voulu connaître son âge. Il s'était montré *relativement* correct. Juste des questions sur les médicaments que le maître il prenait, et où ils étaient rangés, et si, peut-être, il ne forçait pas trop la dose les fois qu'il ne se sentait pas bien — ou s'il lui était déjà arrivé d'oublier qu'il les avait déjà pris. Comme si elle pouvait se rappeler toutes ces sornettes — le maître, il savait ce qu'il faisait ! Et demander si ces médicaments, ils étaient encore dans la maison. Naturellement qu'on les avait jetés. Le cœur... et puis un mot trop long qu'il avait employé. Toujours à trouver quelque chose de nouveau, ces docteurs. Fallait les voir dire au vieux Rogers qu'il avait un disque, ou un truc pareil, dans sa colonne vertébrale. Un bon lumbago, c'est tout ce qu'il avait. Son père à elle, un jardinier que c'était, et *lui*, le lumbago, il connaissait. Les docteurs ! Tous du pareil au même !

Le prétendu médecin soupira et descendit au rez-de-chaussée à la recherche de Lanscombe. Il n'avait pas tiré grand-chose de Janet, mais il ne s'y était pas non plus attendu. Tout ce qu'il avait souhaité, c'était de pouvoir comparer les informations qu'il lui aurait arrachées à son corps défendant avec celles que lui avait fournies Helen Abernethie et qui avaient d'ailleurs été obtenues de la même source — mais avec moins de difficulté, puisque Janet s'était montrée disposée à admettre que Mrs Leo avait parfaitement le droit de lui poser de telles questions, et qu'elle avait en outre pris un vif plaisir à détailler en long et en large les ultimes semaines de son maître. Pour elle, la maladie et la mort étaient des sujets de conversation essentiels.

Oui, songeait Poirot, il aurait pu se fier aux informations qu'Helen avait recueillies à son attention. Et, en fait, il s'y était fié. Mais par nature et par déformation professionnelle, il ne faisait confiance à personne tant qu'il n'avait pas personnellement vérifié et établi la véracité de ce qu'on lui rapportait.

De toute façon, les indices étaient ténus et peu satisfaisants. Ils se ramenaient fondamentalement au fait que des capsules d'huile vitaminée avaient été prescrites à Richard Abernethie et qu'elles avaient été contenues dans un grand flacon qui était presque terminé au moment de son décès. N'importe quel individu, s'il l'avait voulu, aurait pu opérer sur une ou plusieurs de ces capsules avec une seringue hypodermique, et les replacer dans le flacon de telle sorte que la dose fatale ne soit absorbée que plusieurs semaines après son départ du manoir. Ou bien quelqu'un pouvait s'être glissé dans la maison la veille de la mort de Richard Abernethie et avoir alors truqué une capsule... ou encore — ce qui paraissait plus probable — avoir remplacé par quelque chose d'autre un des comprimés de somnifère dans le petit flacon placé sur la table de chevet. Ou, tout bonnement, avoir empoisonné la nourriture ou la boisson.

Hercule Poirot s'était livré à quelques expériences. La grande porte d'entrée était verrouillée, mais il existait une petite porte latérale, qui donnait sur le jardin et dont le verrou n'était tiré que le soir. Vers 1 heure et quart, lorsque les jardiniers étaient partis pour déjeuner et que la compagnie s'était rassemblée dans la salle à manger, Poirot était passé par les pelouses, avait emprunté la petite porte et pris l'escalier pour gagner la chambre de Richard Abernethie sans rencontrer âme qui vive. A titre de variante, il avait poussé une porte capitonnée et avait pénétré dans l'office. Il avait entendu les voix des domestiques dans la cuisine, à l'autre bout du couloir, mais nul ne l'avait vu.

On aurait pu faire cela, oui. Mais l'avait-on fait ? Rien ne venait le démontrer. Non que Poirot fût en quête de preuves — il n'avait d'autre intention que de tester par lui-même les différentes possibilités. Le meurtre de Richard Abernethie pouvait fort bien demeurer du domaine de l'hypothèse. C'était pour l'assassinat de Cora Lansquenet qu'il fallait recueillir des éléments. Il voulait étudier les gens qui s'étaient réunis ce jour-là, pour l'enterrement, et tirer à leur sujet ses propres conclusions. Il avait déjà préparé son plan de bataille, mais il souhaitait d'abord échanger quelques mots avec Lanscombe.

Le vieux maître d'hôtel se montra courtois mais distant. Moins renfrogné que Janet, il n'en considérait pas moins ce nouveau riche inconnu comme un oiseau de mauvais augure. L'incarnation même d'un Destin maudit !

Il posa la peau de chamois avec laquelle il polissait avec amour une théière XVIIIe et se redressa.

— Oui, monsieur ? s'enquit-il poliment.

Poirot s'assit de guingois sur une chaise de cuisine :

— Mrs Abernethie me dit que vous espériez vous installer dans le petit pavillon de la porte nord lorsque vous prendriez votre retraite ?

— C'est bien cela, monsieur. Naturellement, il ne faut plus y compter, maintenant. Quand le domaine sera vendu...

Hercule Poirot coupa vivement :

— Ce pourrait encore être possible. Il y a déjà des cottages pour les jardiniers. On n'aura pas besoin du pavillon pour les pensionnaires ni pour le personnel. On peut sûrement parvenir à un arrangement quelconque.

— Eh bien, merci, monsieur, pour cette proposition. Mais j'ose à peine penser que... La majorité des... des pensionnaires seront des étrangers, je suppose ?

— Oui, ce seront des étrangers. Parmi ceux qui ont fui l'Europe pour venir dans ce pays, nombreux sont les vieux et les infirmes. Ces gens n'auraient pas d'avenir s'ils retournaient dans leur pays car, vous le comprenez, il s'agit de personnes dont les proches ont péri. Mais ils ne peuvent pas gagner leur vie ici comme un homme ou une femme valides. Des fonds ont été réunis, et ils sont gérés par l'organisation que je représente pour financer divers établissements à la campagne afin de les accueillir. Cet endroit, je le pense, nous conviendrait tout à fait. La question est pratiquement réglée.

Lanscombe soupira :

— Vous comprendrez bien, monsieur, que c'est triste pour moi de penser que, dorénavant, ce ne sera plus un domaine privé. Mais je n'en sais pas moins comment les choses ont évolué. Dans la famille, personne ne pourra plus jamais couvrir des frais pareils — et je ne crois pas que nos jeunes messieurs et nos jeunes dames en aient même envie. Aujourd'hui, il est bien difficile de trouver du service. Et même si on y parvient, c'est cher et on n'en est pas satisfait. Oui, je conçois que nos grandes maisons aient fait leur temps...

Lanscombe émit, à nouveau, un profond soupir :

— Si ça devait devenir... une institution du genre que vous dites, j'en serais bien content. Dans ce pays, monsieur, nous avons été épargnés. Et ce, grâce à notre Marine, à notre Air Force, et à tous nos braves jeunes gens. Et puis nous avons eu la chance de vivre sur une île. Si Hitler avait débarqué, nous nous serions tous dressés et nous lui aurions fait un brin de conduite. Je n'ai plus des yeux assez bons pour tirer, monsieur, mais j'aurais encore pu me servir d'une fourche et j'en avais bien l'intention, en cas de nécessité. Dans ce pays, monsieur, nous avons toujours bien accueilli les étrangers et ç'a été notre orgueil. Il nous faut poursuivre dans cette voie.

— Je vous remercie, Lanscombe. La mort de votre maître a dû être un coup très dur pour vous.

— Oh ! oui, monsieur. Je servais le maître depuis sa prime jeunesse. Dans ma vie, j'ai eu beaucoup de chance, monsieur. Personne n'aurait pu avoir un meilleur maître.

— Je me suis entretenu avec mon... euh... mon

ami et confrère, le Dr Larraby, et nous nous demandions si votre maître n'aurait pas eu, la veille de son décès, une préoccupation supplémentaire... une rencontre déplaisante, peut-être ?

— Je ne crois pas, monsieur. Je ne me rappelle rien de ce genre.

— Personne n'est venu ici à peu près à ce moment-là ?

— Si. Le vicaire, pour le thé, la veille. Sinon, des bonnes sœurs, pour une quête... Et puis un jeune homme qui s'est présenté à la porte de derrière et qui a essayé de vendre à Marjorie des brosses et des produits à vaisselle. Très insistant, cet individu. Personne d'autre.

Une expression soucieuse se peignit sur les traits de Lanscombe. Poirot préféra ne pas pousser plus avant. Le vieux maître d'hôtel s'était déjà épanché auprès de Mr Entwhistle. Avec lui, il serait moins ouvert.

Marjorie, par contre, avait constitué pour Poirot un succès immédiat. Dépourvue de la réserve que devrait observer une « domestique stylée », c'était un authentique cordon bleu et il suffisait de lui parler de son talent pour trouver le chemin de son cœur. Poirot s'était rendu dans sa cuisine, où il avait loué certains plats avec discernement. Et Marjorie, comprenant qu'elle avait affaire à un véritable gastronome, avait salué en lui un esprit apparenté au sien. Il n'eut aucune difficulté pour apprendre ce qui avait été servi à Richard Abernethie lors de son dernier dîner. Bien évidemment, Marjorie avait tendu à envisager le sujet sous un angle assez particulier : « C'est après le soir que je lui avais fait un soufflé au chocolat que Mr Abernethie est mort. Six œufs, qu'j'avais mis d'côté. Le laitier, c'est un ami. J'avais aussi trouvé d'la crème. Me d'mandez pas *comment*. Pour sûr que Mr Abernethie, il s'était régalé. » Le reste du repas avait fait l'objet d'un compte rendu tout aussi détaillé. Ce qui était revenu de la salle à manger avait été achevé à l'office. Si disposée à parler qu'eût été Marjorie, elle n'avait rien appris d'important à Poirot.

Il s'en alla revêtir son manteau, s'enveloppa de plusieurs écharpes et, ainsi paré contre les rigueurs du Nord, il marcha jusqu'à la terrasse où Helen Abernethie s'activait à cueillir des roses tardives.

— Avez-vous obtenu du nouveau ? demanda-t-elle.

— Rien. Mais je n'y comptais guère.

— Je sais. Depuis que Mr Entwhistle m'a annoncé votre venue, j'ai essayé moi-même de fureter un peu, mais sans aucun résultat.

Elle marqua une pause avant de murmurer :

— Peut-être tout cela n'est-il qu'une illusion...

— Le fait d'être abattue à coups de hachette ?

— Je ne songeais pas à Cora.

— Mais, moi, c'est à Cora que je pense. Pourquoi quelqu'un a-t-il jugé nécessaire de la tuer ? Mr Entwhistle m'a dit que ce jour-là, au moment où elle a lâché son pavé dans la mare, vous aviez eu vous-même le sentiment que quelque chose « ne collait pas ». C'est bien cela ?

— Eh bien... Oui, en effet, mais je ne sais pas si...

— De quelle manière cela ne collait-il pas ? la coupa Poirot. C'était incongru ? Surprenant ? Ou bien... comment dire ?... gênant ? Ou encore... macabre ?

— Oh ! non, ça n'avait rien de macabre. C'était seulement un détail qui... Oh ! je ne sais plus. Je ne m'en souviens pas, et ça n'était pas important.

— Mais, si vous ne vous en souvenez pas, ne serait-ce pas parce que quelque chose vous l'a fait sortir de la tête ? Quelque chose de plus important, justement ?

— Oui... oui, là, je pense que vous avez raison. C'était cette allusion au meurtre, je suppose. Ça a balayé tout le reste.

— Alors, peut-être était-ce la réaction d'une personne bien précise à la notion d'*assassinat* ?

— Peut-être... Mais je ne me souviens pas d'avoir regardé quelqu'un en particulier. Nous fixions tous Cora avec des yeux ronds.

— Ça pourrait être quelque chose que vous auriez entendu — le bruit d'un objet qu'on laissait tomber, peut-être, ou qu'on cassait...

Helen plissait le front dans ses efforts pour se souvenir :

— Non... Non, je ne pense pas.

— Eh bien, ça finira par vous revenir un jour. Et, effectivement, ça n'a peut-être aucune signification. Maintenant, dites-moi, madame, de tous ceux qui sont ici, qui est-ce qui connaissait le mieux Cora ?

Elle réfléchit :

— Lanscombe, j'imagine. Il l'avait connue tout enfant. Janet, la femme de chambre, n'a été engagée qu'après son mariage et son départ.

— Et à part Lanscombe ?

— Je dirais que... que c'est *moi*. Maude la connaissait à peine.

— Eh bien, en vous considérant comme la personne qui la connaissait le mieux, pourquoi, à votre avis, a-t-elle posé sa fameuse question ?

Helen sourit :

— C'était du Cora tout craché !

— Ce que je voulais savoir, c'est ceci : était-ce de la *bêtise* pure et simple ? A-t-elle seulement sorti sans réfléchir ce qui lui passait par la tête ? Ou bien y avait-il de sa part un peu de perversité — un certain plaisir à jeter le trouble dans l'esprit de chacun ?

Elle se donna le temps de la réflexion :

— On ne peut jamais avoir de certitude, avec les gens, non ? Moi, je n'ai jamais pu savoir si Cora était seulement naïve — ou bien si elle voulait, assez puérilement, se faire remarquer. C'est ce que vous voulez dire, n'est-ce pas ?

— Oui. L'idée que je poursuivais était la suivante : supposons que notre Mrs Cora ait pensé : « Comme ce serait drôle de demander si Richard a été assassiné, histoire de voir leurs binettes ! » Ç'aurait bien été son genre, non ?

Helen eut une expression dubitative :

— Pourquoi pas ? Enfant, elle avait indubitablement un sens de l'humour ravageur. Mais quelle différence cela ferait-il ?

— Cela soulignerait avec éclat qu'il est déconseillé de plaisanter à propos d'un meurtre, répliqua Poirot, très sec.

— Pauvre Cora, souffla Helen en frissonnant.

Le détective passa à un autre sujet :

— Mrs Timothy Abernethie est demeurée ici, dans la nuit qui a suivi l'enterrement ?

— Oui.

— A-t-elle parlé avec vous de la remarque de Cora ?

— Oui. Elle m'a dit que c'était scandaleux et bien dans son style !

— Et elle avait pris cela au sérieux ?

— Oh ! non. Non, j'en suis convaincue.

Il parut à Poirot que le second « non » manquait soudain, précisément, de conviction. Mais n'est-ce pas presque toujours le cas lorsqu'on revit mentalement un événement ?

— Et vous, madame, vous l'aviez pris au sérieux ?

Les yeux très bleus d'Helen Abernethie étincelaient d'un éclat étrangement jeune sous ses cheveux gris rejetés sur le côté.

— Oui, monsieur Poirot, reconnut-elle, pensive, je pense que oui.

— A cause de votre sentiment que quelque chose clochait.

— Peut-être.

Il attendait. Mais elle n'ajouta rien. Il reprit :

— Il y avait bien eu une brouille, durant de longues années, entre Mrs Lansquenet et sa famille ?

— Oui. Aucun de nous n'aimait son mari et elle en avait pris ombrage. Et elle s'était éloignée de plus en plus.

— Et puis, tout à coup, votre beau-frère est allé lui rendre visite. Pourquoi ?

— Je ne sais pas... Je suppose qu'il savait, ou qu'il avait deviné, qu'il n'en avait plus pour très longtemps à vivre, et qu'il a voulu se réconcilier avec elle. Mais, à la vérité, je n'en sais rien.

— Il ne vous en avait pas parlé ?

— A *moi* ?

— Oui. Vous avez séjourné ici, auprès de lui, juste avant qu'il n'aille là-bas. Il n'a même pas fait allusion à ses intentions ?

Poirot crut déceler chez Helen une attitude un peu plus réservée :

— Il m'avait dit qu'il irait voir son frère Timothy — ce qu'il a fait. Mais il n'a jamais prononcé le nom de Cora. Nous rentrons ? Il sera bientôt l'heure du déjeuner.

Elle chemina à côté de lui, portant les fleurs qu'elle avait cueillies. Alors qu'ils franchissaient le seuil de la porte latérale, Poirot demanda :

— Vous êtes sûre, tout à fait sûre, que, pendant votre séjour, Mr Abernethie ne vous a rien dit de significatif sur l'un des membres de la famille ?

Elle riposta, assez hostile :

— Vous parlez comme un policier.

— *J'ai été* policier... autrefois. Je n'ai plus aucun statut officiel... aucun droit de vous interroger. Mais vous voulez la vérité — du moins ai-je été amené à le croire.

Ils entrèrent dans le salon vert. Helen soupira :

— Richard était déçu de la jeune génération. Les hommes âgés le sont souvent. Il les critiquait de mille et une façons — mais il n'y avait rien dans ses propos... *rien*, vous m'entendez... qui aurait pu ne serait-ce que laisser suggérer un mobile pour un meurtre.

— Ah ! souffla Poirot.

Elle s'empara d'un vase chinois et se mit à y disposer ses roses. Quand elles furent arrangées à sa satisfaction, elle regarda autour d'elle pour leur trouver une place convenable.

— Vous composez d'admirables bouquets, madame, la complimenta Poirot. Je gage que vous accomplissez à la perfection tout ce que vous entreprenez.

— Merci. J'adore les fleurs. Je pense qu'elles feraient très bien sur le guéridon de malachite.

La petite table supportait déjà un bouquet de fleurs de cire protégé par un globe de verre. Alors qu'elle le soulevait, Poirot s'enquit, comme en passant :

— Quelqu'un avait-il dit à Mr Abernethie que le mari de sa nièce avait failli empoisonner l'un de ses clients en préparant une prescription ? Oh, *pardon* !

Il se précipita.

Le bibelot victorien avait échappé aux doigts d'Helen. Poirot n'avait pas été assez rapide. Le globe s'était brisé sur le sol. Elle parut contrariée :

— Comme je suis maladroite ! Heureusement, les fleurs de cire ne sont pas abîmées. Je pourrai faire confectionner un autre globe. En attendant, je vais les ranger dans le grand placard, sous l'escalier.

Ce ne fut pas avant que Poirot ne l'ait aidée à déposer les fleurs sur une des étagères, dans le haut du placard sombre, et qu'ils n'aient regagné le salon qu'il s'excusa :

— C'est ma faute. Je n'aurais pas dû vous faire sursauter.

— Quelle question me posiez-vous ? J'ai déjà oublié.

— Oh ! il est inutile que je la répète. En fait... je l'ai oubliée, moi aussi.

Helen vint lui poser la main sur le bras :

— Monsieur Poirot, est-il quelqu'un dont l'existence résisterait à une enquête serrée ? Faut-il y soumettre la vie de gens qui n'ont rien à voir avec... avec...

— Avec la mort de Cora Lansquenet ? Oui. Parce

que l'on doit *tout* examiner. Oh ! il est bien vrai — c'est un vieil adage — que *tout le monde a quelque chose à cacher.* C'est vrai de chacun de nous — c'est sans doute également vrai de vous, madame. Mais, je vous le dis, rien ne doit être laissé de côté. C'est pour ce faire que votre ami, Mr Entwhistle, a fait appel à moi. Parce que je n'appartiens pas à la police. Je suis discret, et ce que j'apprends, je le garde pour moi. Mais je dois *savoir.* Et comme, dans cette affaire, il s'agit moins d'*indices* que de *gens*, eh bien, c'est aux *gens* que je m'attache.

» J'ai besoin, madame, de rencontrer tous ceux qui se trouvaient ici réunis le jour des obsèques. Et il serait opportun — et plus satisfaisant du point de vue stratégique — que je puisse les rencontrer *ici.*

— Je crains, dit-elle avec lenteur, qu'il ne soit trop difficile de...

— Pas aussi difficile que vous semblez l'imaginer. J'ai déjà prévu un moyen. Cette maison est vendue. C'est ce que dira Mr Entwhistle — encore qu'il soit bien entendu que ce genre de tractations échouent parfois. Il invitera les différents membres de la famille à venir ici choisir ce qui leur plairait dans le mobilier avant qu'il ne soit remis au commissaire-priseur. Il faudrait déterminer un week-end adéquat.

Il fit une pause et conclut :

— Vous voyez, c'est facile, n'est-ce pas ?

Helen le fixa. Le regard de ses yeux bleus était froid — presque glacial :

— Tendez-vous un piège à quelqu'un, monsieur Poirot ?

— Hélas ! Il faudrait que j'en sache davantage. Non, je demeure ouvert à toutes les hypothèses. Mais, voyez-vous, il se peut que je me livre à certains tests...

— Des tests ? Quel genre de tests ?

— Je ne les ai pas encore formulés. Et dans tous les cas, madame, il vaudrait mieux que vous n'en soyez pas informée.

— Donc, j'y serai soumise, moi aussi ?

— Vous, madame, on vous a déjà montré les coulisses. Maintenant, il est un élément qui peut poser problème. Les jeunes, je pense, viendront volontiers. Mais il pourra s'avérer difficile — n'est-il pas vrai ? — de s'assurer de la présence ici de Mr Timothy Abernethie. On me dit qu'il ne quitte jamais son domicile.

Helen sourit soudain :

— Là, je crois que vous avez de la chance, monsieur Poirot. Maude m'a téléphoné hier. Des ouvriers repeignent leur maison et Timothy supporte très mal l'odeur de la peinture. Il affirme que cela affecte gravement sa santé. Je pense que Maude et lui seraient enchantés de pouvoir séjourner ici — ne fût-ce qu'une semaine ou deux. Maude a encore quelque peine à marcher. Vous savez qu'elle s'est cassé la cheville ?

— Je ne le savais pas. C'est navrant.

— Heureusement, ils ont maintenant auprès d'eux la demoiselle de compagnie de Cora, miss Gilchrist. Il semble qu'elle se révèle un trésor de perfection.

— Qu'est-ce que vous me dites là ?

Poirot foudroyait Helen du regard :

— Ce sont eux qui ont demandé à miss Gilchrist de venir chez eux ? Qui est-ce qui en a eu l'idée ?

— Je pense que c'est Susan qui a arrangé ça. Susan Banks.

— Tiens ! tiens ! c'est donc la petite Susan qui l'a suggéré, commenta Poirot d'une voix aux inflexions étranges. Elle aime bien régenter son monde.

— Susan m'a toujours fait l'effet d'une femme efficace.

— Oui. Elle ne manque pas d'efficacité. Vous avait-on appris que miss Gilchrist a échappé de peu à la mort après avoir mangé un morceau de gâteau de mariage empoisonné ?

— Non ? !

Helen paraissait au comble de la stupéfaction :

— Je me souviens maintenant que Maude m'a dit au téléphone que miss Gilchrist sortait tout juste de l'hôpital, mais je ne savais pas le moins du monde pourquoi elle avait été hospitalisée. Empoisonnée ? Mais, monsieur Poirot, *pourquoi* ?

— Vous vous le demandez sérieusement ?

— Oh ! faites-les tous venir ici ! jeta-t-elle dans un accès de soudaine véhémence. Découvrez la vérité !... Il faut que c'en soit fini de ces meurtres !

— Alors vous coopèrerez avec moi ?

— Oui... oui, je coopèrerai avec vous.

15

— Ce linoléum est superbe, Mrs Jones. Vous avez vraiment un don pour le faire briller. La théière est sur la table de la cuisine, allez-y, servez-vous. Je vous rejoindrai dès que j'aurai apporté sa petite collation à Mr Abernethie.

Miss Gilchrist s'élança dans l'escalier, chargée d'un plateau délicatement arrangé. Elle frappa à la porte de Timothy, interpréta le grognement qui lui parvint de l'intérieur comme une invitation à entrer et pénétra dans la chambre d'un pas vif :

— Votre café du matin et des biscuits, Mr Abernethie. J'espère que vous vous sentez mieux, aujourd'hui. C'est une si belle journée !

Timothy grommela, méfiant :

— C'est de la peau que je vois sur ce lait ?

— Oh ! non, Mr Abernethie. Je l'ai enlevée très soigneusement et, de toute façon, vous avez la petite passoire au cas où elle se reformerait. Mais certaines personnes aiment cela, vous savez. Elles disent que c'est de la *crème* — et c'en est, en réalité.

— Bande d'idiots ! cracha Timothy. Et c'est quoi, ces biscuits ?

— De délicieux petits sablés.

— Foutaises ! Les biscuits au gingembre sont les seuls qui vaillent la peine d'être mangés.

— Je crains bien que l'épicier n'en ait pas reçu cette semaine. Mais ceux-là sont vraiment très bons. Goûtez-les et vous verrez.

— Je sais à quoi ils ressemblent, merci. Laissez donc ces rideaux tranquilles, voulez-vous ?

— Je pensais que vous pouviez avoir envie d'un peu de soleil. Nous avons une matinée si ensoleillée !

— Non, je veux qu'on laisse la pièce dans la pénombre. J'ai une migraine terrible. C'est à cause de cette peinture. J'ai toujours été très sensible à la peinture. Pour moi, c'est comme du poison.

Miss Gilchrist renifla, la narine en alerte.

— On ne sent pas grand-chose, ici, dit-elle gaiement. Les ouvriers travaillent de l'autre côté.

— Vous n'êtes pas aussi sensible que je le suis. Faut-il absolument que *tous* les livres que je lis soient hors de ma portée ?

— Je suis navrée, Mr Abernethie. Je ne savais pas que vous étiez en train de les lire tous.

— Où est ma femme ? Il y a une heure que je ne l'ai pas vue.

— Mrs Abernethie se repose sur le sofa.

— Dites-lui de monter se reposer ici.

— Je le lui dirai, Mr Abernethie, mais elle s'est peut-être assoupie. Disons dans un quart d'heure ?

— Non. Je veux la voir tout de suite. Et arrêtez de tripoter cette couverture. Elle est arrangée de la façon que j'aime.

— Excusez-moi. Il me semblait qu'elle glissait.

— Ça me plaît, quand elle glisse. Allez me chercher Maude. J'ai besoin d'elle.

Miss Gilchrist descendit au rez-de-chaussée et trottina sur la pointe des pieds jusqu'au salon où Maude, la jambe posée sur un tabouret, lisait un roman.

— Je suis désolée, s'excusa-t-elle, mais Mr Abernethie vous demande.

Maude posa son livre avec une expression de culpabilité :

— Oh ! Seigneur, j'y vais tout de suite.

Elle s'empara de sa canne.

— Ah ! vous voilà enfin ! éclata-t-il en la voyant.

— Je vous demande pardon, chéri. Je ne savais pas que vous vouliez me voir.

— Cette bonne femme que vous avez introduite dans notre maison me rend fou. Toujours à piailler et à me tourner autour comme une poule en délire. Le type même de la vieille fille, voilà ce qu'elle est.

— Je suis désolée qu'elle vous contrarie. Elle essaie d'être serviable, c'est tout.

— Je n'ai pas besoin de quelqu'un de serviable. Je ne veux pas qu'une maudite vieille fille me caquette sans arrêt aux oreilles. Et puis sacrément ironique, aussi...

— Juste un peu, peut-être.

— Elle me traite comme si j'étais un enfant débile ! C'est exaspérant.

— Je le crois volontiers. Mais s'il vous plaît, Timothy, *je vous en supplie,* essayez de n'être pas trop désagréable avec elle. Je suis encore presque incapable de faire quoi que ce soit — et vous dites vous-même qu'elle cuisine très bien.

— Il n'y a rien à redire à sa cuisine, concéda-t-il de mauvaise grâce. Oui, c'est une cuisinière assez convenable. Mais gardez-la devant ses fourneaux, c'est tout ce que je demande. Ne la laissez pas venir me tourner autour.

— Oui, chéri, bien sûr, chéri. Comment vous sentez-vous ?

— Pas bien du tout. Je crois que vous feriez mieux de demander à Barton de venir m'examiner. Cette peinture me porte sur le cœur. Prenez mon pouls — vous sentez comme il est irrégulier ?

Maude lui saisit le poignet sans commentaire :

— Timothy, pourquoi ne nous installerions-nous pas à l'hôtel jusqu'à ce qu'ils aient fini de repeindre ?

— Ce serait jeter l'argent par les fenêtres.

— Est-ce tellement important... maintenant ?

— Les femmes sont bien toutes les mêmes : prodigues au dernier degré ! Il a suffi que nous héritions d'une portion ridiculement petite de la fortune de mon frère pour que vous vous mettiez en tête que nous pouvons aller finir nos jours au *Ritz*.

— Je n'ai jamais dit cela, chéri.

— Je peux vous certifier qu'on s'apercevra à peine de la différence que nous apporteront les trois sous de Richard. Comptez sur ce gouvernement de suceurs de sang pour y veiller. Croyez-en ce que je vous en dis, tout partira en impôts.

Mrs Abernethie hocha la tête avec tristesse.

— Ce café est froid, grinça l'invalide avec un regard dégoûté pour le breuvage dans lequel il n'avait pas même trempé les lèvres. Pourquoi ne puis-je jamais obtenir une tasse de café réellement chaud ?

— Je descends vous en faire chauffer.

Pendant ce temps, dans la cuisine, miss Gilchrist buvait du thé et conversait aimablement, mais non sans quelque condescendance, avec Mrs Jones :

— Je suis tellement désireuse d'épargner à Mrs Abernethie tous les efforts possibles, affirmait-elle. Ces incessantes montées et descentes d'escalier sont si douloureuses pour sa cheville...

— Ah ! ça, on peut dire qu'elle est aux petits soins pour lui, convint Mrs Jones en tournant sa cuiller.

— C'est triste d'être à ce point impotent.

— Pas si impotent que ça... Ça l'arrange, et pas qu'un peu, de rester dans son fauteuil, à sonner et à se faire apporter des plateaux. Mais il est parfaitement capable de se lever pour aller faire un tour quand ça lui chante. Même que je l'ai vu, moi qui vous cause, arpenter le village pendant qu'*elle*, elle était pas là. Frais comme un gardon, qu'il était, notre grand malade. Quand il a *vraiment* besoin de quelque chose — son tabac ou un timbre —, il va le chercher lui-même. Voilà pourquoi, quand c'est qu'elle est allée à l'enterrement et qu'elle a été coincée en route, et que lui, il m'a dit comme ça de venir passer la nuit, j'ai refusé. « Je vous demande bien pardon, monsieur, que je lui ai dit. Mais j'ai aussi mon mari à penser. Je veux bien venir le matin histoire de rendre service, mais il faut que je soye rentrée chez moi quand c'est qu'il revient du travail. » J'ai pas démordu de ça, pas d'un pouce. D'autant que ça lui a fait du bien, si vous voulez que je vous dise, d'avoir à se remuer dans la maison et à s'occuper de lui-même pour une fois. Ça lui a montré tout ce qu'il exige qu'on fasse pour lui. Alors, j'ai tenu bon, je vous dis que ça. Fou furieux, qu'il était.

Mrs Jones reprit longuement sa respiration et avala, avec une visible satisfaction, une grande gorgée d'un thé très noir et bien sucré.

— Mmm... ah ! soupira-t-elle de volupté.

Même si elle considérait avec méfiance miss Gilchrist, qu'elle tenait pour « le type même de la vieille fille pointilleuse et chichiteuse », Mrs Jones n'en appréciait pas moins la prodigalité avec laquelle elle usait de la ration de thé et de sucre de ses employeurs.

Elle reposa sa tasse et annonça, affable :

— Je vais donner un bon coup au carrelage et puis je rentrerai chez moi. Les pommes de terre sont toutes pelées, ma bonne. Vous les trouverez à côté de l'évier.

Assez vexée du « ma bonne », miss Gilchrist, de son côté, voulut bien tenir compte du zèle qui avait soustrait une gigantesque quantité de tubercules au silo où elles étaient entreposées.

Avant qu'elle ait pu dire quoi que ce soit, le téléphone sonna et elle se précipita dans le vestibule pour répondre. L'appareil, comme l'avait voulu l'usage cinquante ans auparavant, était installé dans un passage plein de courants d'air, sous l'escalier.

Maude Abernethie apparut en haut des marches alors que la demoiselle de compagnie parlait encore.

— C'est Mrs... — Mrs Leo, n'est-ce pas ? — , à l'appareil, lui indiqua miss Gilchrist en levant les yeux vers le palier.

— Dites-lui que j'arrive tout de suite.

Maude descendit l'escalier avec peine.

— Je suis tellement désolée qu'il vous faille à nouveau descendre, Mrs Abernethie, murmura miss Gilchrist. Mr Abernethie a-t-il achevé sa collation ? Je me dépêche d'aller chercher le plateau.

Elle monta au premier d'un pas vif.

— Helen ? Maude à l'appareil.

L'invalide accueillit miss Gilchrist par un regard lugubre :

— Qui est au téléphone ?

— Mrs Leo Abernethie.

— Oh ? Je parie qu'elles vont encore cancaner pendant une heure. Quand elles sont au téléphone, les femmes perdent toute notion du temps. Elles ne pensent jamais à l'argent qu'elles gaspillent.

Miss Gilchrist, enjouée, fit valoir que ce serait Mrs Leo qui paierait.

— Tirez donc ce rideau de côté, marmonna Timothy. Non, non, pas celui-ci. Celui-*là*. Je ne veux pas avoir la lumière droit dans les yeux. Ah ! c'est mieux. Ce n'est pas parce que je suis invalide que je dois rester dans le noir toute la sainte journée... Et cherchez donc sur ces étagères un livre avec une couverture verte... Qu'est-ce qui vous prend *encore* ? Où courez-vous ?

— On a sonné à l'entrée, Mr Abernethie.

— *Moi*, je n'ai rien entendu. Et puis il y a cette femme en bas, non ? Qu'elle aille donc ouvrir.

— Oui, Mr Abernethie. Quel livre vouliez-vous que je vous cherche ?

Il ferma les yeux :

— Je ne m'en souviens plus, maintenant. Vous me l'avez fait sortir de la tête. Allez, laissez-moi.

Miss Gilchrist se saisit du plateau et sortit en hâte. Elle le posa dans l'office et traversa le vestibule à pas pressés, passant à côté de Maude toujours au téléphone.

Elle revint un peu plus tard et glissa, d'une voix étouffée :

— Je suis confuse de vous interrompre. C'est une bonne sœur. Elle fait une collecte. « Le Fonds du Cœur de Marie », je crois qu'elle m'a dit. La plupart des gens paraissent lui avoir donné une couronne, ou cinq shillings.

— Juste une seconde, Helen, s'excusa Maude. Miss Gilchrist, je ne donne rien aux catholiques. Nous avons nos propres œuvres de charité.

Miss Gilchrist repartit aussi vite qu'elle était venue.

Maude conclut la conversation quelques minutes plus tard :

— Je vais en parler à Timothy.

Elle raccrocha le combiné et passa dans le hall. Miss Gilchrist se tenait immobile devant la porte du salon. Elle fronçait les sourcils, l'air intrigué, et sursauta lorsque Maude lui adressa la parole.

— Il n'y a rien de grave, j'espère, miss Gilchrist ?

— Oh ! non, Mrs Abernethie. Je crois que je bayais seulement aux corneilles. C'est stupide de ma part, alors qu'il y a tant à faire.

Miss Gilchrist reprit son imitation d'une fourmi laborieuse tandis que Maude gagnait péniblement la chambre de son mari :

— C'était Helen, au bout du fil. Il semble que le domaine ait été définitivement vendu — à je ne sais quelle institution pour des réfugiés étrangers...

Elle fit une pause qui donna à Timothy l'occasion de s'exprimer avec une belle véhémence sur le sujet des réfugiés, ainsi que sur quelques points annexes, tels que le sort de la demeure dans laquelle il était né et où il avait grandi :

— Il n'y a plus aucune décence dans ce pays. La maison de mon enfance ! Je ne peux pas supporter d'y penser.

— Helen, reprit Maude, comprend très bien ce que vous... ce que nous pouvons ressentir. Elle a pensé que nous pourrions souhaiter y aller pour une dernière visite avant que les nouveaux habitants ne s'installent. Elle s'inquiète beaucoup de votre santé et de l'effet que la peinture a sur elle. Elle pense que vous pourriez préférer séjourner à Enderby plutôt que dans un hôtel. Les domestiques sont encore sur place, et vous pourriez être soigné dans les meilleures conditions.

Timothy, qui avait ouvert la bouche pour des protestations outragées dès les premiers mots de son épouse, referma les lèvres. Un éclat malin s'alluma dans ses yeux. Il hocha la tête, approbateur :

— C'est très prévenant de la part d'Helen. Oui, très prévenant. Mais ce qu'il y a de sûr, c'est que je ne sais pas... Il faut que j'y réfléchisse encore... Il ne fait pas de doute que cette peinture m'empoisonne — il y a de l'arsenic dedans, à mon avis. Je crois me souvenir d'avoir entendu quelque chose de ce genre. D'un autre côté, l'effort qu'exigera le déplacement pourrait s'avérer trop lourd pour moi. Il est difficile de savoir quelle serait la meilleure solution.

— Vous préféreriez peut-être un hôtel, chéri. Un bon hôtel serait très coûteux, mais quand votre santé est en jeu...

— Je voudrais bien parvenir à vous faire comprendre, Maude, que *nous ne sommes pas millionnaires,* coupa Timothy. Pourquoi irions-nous à l'hôtel, alors qu'Helen nous propose aimablement de venir à Enderby ? Encore que ce ne soit pas à elle qu'il revienne de faire une telle suggestion ! La maison ne lui appartient pas, que je sache. Je ne comprends rien aux subtilités juridiques, mais je présume que nous en sommes tous également propriétaires jusqu'à ce qu'elle soit vendue et que le produit de la vente soit réparti entre nous. Des réfugiés étrangers ! Le vieux Cornelius doit s'en retourner dans sa tombe... Oui, j'aimerais bien revoir la vieille maison avant de mourir, acheva-t-il dans un soupir.

Maude joua sa dernière carte avec adresse :

— Si j'ai bien compris, Mr Entwhistle a émis l'idée que les membres de la famille pourraient souhaiter choisir certains meubles ou de la vaisselle ou je ne sais quoi — avant que tout ne soit soumis aux enchères.

Timothy se redressa vivement dans son fauteuil :

— Alors il n'est pas question que nous n'y allions pas ! Il va falloir procéder à une estimation très précise de ce qui sera choisi par chacun. Et puis ces hommes que les petites ont épousés... Je ne ferais confiance à aucun des deux, après ce que j'ai entendu dire. Il pourrait bien y avoir des entourloupes. Helen est beaucoup trop conciliante ! En tant que chef de la famille, il est de mon devoir d'être présent.

Il se mit debout et arpenta la chambre à grandes enjambées vigoureuses.

— Oui, reprit-il, c'est une excellente idée. Ecrivez donc à Helen que nous acceptons. Mais c'est à vous que je pense en réalité, ma chère. Ce sera pour vous un repos bien gagné et un changement bienvenu. Vous en avez fait beaucoup trop, ces derniers temps. Les peintres pourront poursuivre leur travail pendant notre absence, et cette miss Gillepsie restera ici et surveillera la maison.

— Miss Gilchrist, corrigea Maude.

Timothy agita une main dédaigneuse et décréta que c'était la même chose.

*

— Ça, je ne peux pas, dit miss Gilchrist.

Maude la dévisagea, surprise.

Miss Gilchrist tremblait de la tête aux pieds. Son

regard suppliant s'était planté dans les yeux de Maude :

— C'est stupide de ma part, je sais... Mais je ne peux tout simplement pas. Je ne peux pas rester seule dans cette maison. Si seulement quelqu'un pouvait venir — et dormir ici aussi ?

Sa voix vibrait d'espoir, mais Maude secouait la tête. Elle ne savait que trop bien à quel point il était difficile de trouver dans le voisinage quelqu'un pour « travailler à demeure ».

Miss Gilchrist poursuivait, maintenant presque désespérée :

— Je sais que vous allez penser que je suis une agitée et une idiote — et je n'aurais jamais imaginé que je serais un jour dans un état pareil. Je n'ai jamais été nerveuse — ni extravagante. Mais, maintenant, tout paraît différent. Je serais terrifiée — oui, *terrifiée*, littéralement — d'être toute seule ici.

— Bien sûr, concéda Maude. C'est très bête de ma part. Après ce qui s'est passé à Lytchett St Mary...

— Je suppose que... Ce n'est pas logique, je sais. Je ne me sentais pas comme ça, au début. Ça m'a été égal de rester seule au cottage après... après ce qui s'était passé. C'est venu progressivement. Vous n'allez pas avoir bonne opinion de moi, Mrs Abernethie, mais j'ai ressenti ça depuis que je suis arrivée ici... *J'ai peur,* comprenez-vous. Pas de quelque chose en particulier — mais *peur,* tout simplement... C'est le comble du ridicule et je ne sais plus où me mettre. Mais c'est comme si, tout le temps, j'attendais qu'il arrive quelque chose d'horrible... Même cette religieuse, tout à l'heure, m'a fait sursauter. Oh ! Seigneur, je suis dans un *état*...

— J'imagine que c'est ce que l'on appelle le choc à retardement, hasarda Maude sans grande conviction.

— Ah bon ? Je ne sais pas. Oh ! Seigneur, je suis désolée d'avoir l'air si... si ingrate après toute votre gentillesse à mon égard. Qu'est-ce que vous allez penser de...

— Il va nous falloir réfléchir à d'autres arrangements, c'est tout, l'apaisa Maude.

16

Sans quitter des yeux la silhouette féminine qui s'engouffrait par la porte, George Crossfield hésita un instant sur le seuil. Puis, après s'être dédié un hochement de tête approbateur, il décida de poursuivre sa filature.

La porte en question était celle d'un magasin à double devanture — un magasin qui avait fait faillite. Derrière les glaces, les étalages exhibaient un vide désolant. L'huis était clos, mais George frappa. Un jeune binoclard au visage désabusé lui ouvrit et le regarda d'un air inquisiteur.

— Excusez-moi, dit George. Mais j'ai l'impression que ma cousine vient juste d'entrer ici.

Le jeune homme s'effaça pour le laisser passer.

— Salut, Susan ! lança George.

Susan, debout sur une caisse, un mètre à la main, se retourna, étonnée :

— Salut, George ! D'où sors-tu ?

— J'ai suivi ton dos. J'étais sûr que c'était le tien.

— Tu es très fort. Dois-je en conclure que les dos sont reconnaissables ?

— Bien plus que les visages. Mets-toi une barbe, des tampons d'ouate dans les joues, change un peu ta coiffure et personne ne te reconnaîtra plus de face — seulement méfie-toi du moment où tu tourneras le dos après avoir pris congé.

— Je m'en souviendrai. Et toi, essaie de te rappeler deux mètres vingt-cinq en attendant que je le note.

— Certainement. C'est pour quoi ? Des étagères à livres ?

— Non, c'est pour le cubage. Deux mètres soixante-quinze... Plus vingt-cinq centimètres..

Le binoclard, qui n'avait cessé de se balancer d'une jambe sur l'autre, toussota discrètement :

— Pardonnez-moi, Mrs Banks, mais si vous devez rester ici encore un moment...

— Je voudrais bien, oui. Si vous me laissez les clefs, je bouclerai la porte et je les déposerai au bureau en passant. Ça vous va ?

— Oui, merci. Si nous n'étions pas aussi à court de personnel ce matin...

Susan accepta les excuses contenues dans la phrase inachevée, et le jeune homme regagna l'animation de la rue.

— Je suis contente que nous en soyons débarrassés, dit Susan. Ces agents immobiliers sont une plaie. Celui-là n'arrête pas de parler chaque fois que j'essaie de faire une addition.

— Ah ! s'exclama George. Un meurtre dans une boutique vide ! Comme ce serait excitant pour les passants de voir le cadavre d'une ravissante jeune femme à travers les vitrines ! Ils en auraient les yeux qui leur sortiraient de la tête. Comme des poissons rouges.

— Je ne vois pas ce que tu pourrais avoir comme raison de m'assassiner, George.

— N'empêche qu'un quart de ta part de la fortune de notre oncle vénéré tomberait dans mon escarcelle. Si j'aimais assez l'argent, ça pourrait me donner un mobile très valable.

Susan cessa de prendre des mesures et tourna vers lui un regard un peu surpris :

— Tu parais différent, George. C'est réellement... réellement extraordinaire.

— Différent ? Différent comment ?

— Changé. Comme dans une publicité. Voici l'homme que vous avez vu sur la page précédente, mais, maintenant, il a pris des sels de santé Uppington.

Elle s'assit sur une autre caisse et alluma une cigarette :

— Tu dois avoir eu sacrément envie de ta part de l'argent du vieux Richard, George ?

— Personne ne peut prétendre avec honnêteté qu'un peu d'argent n'est pas le bienvenu par les temps qui courent, répondit-il d'un ton léger.

— Tu étais dans le pétrin, non ?

— Ça, ça n'est pas tes oignons, Susan, si tu veux le fond de ma pensée.

— Je posais seulement la question.

— Tu vas louer ce magasin pour y monter une affaire ?

— J'achète toute la baraque.

— Avec jouissance immédiate ?

— Oui. Il y a des appartements dans les deux étages supérieurs. Le premier est vide et va avec la boutique. Pour l'autre, j'évince les locataires avec indemnité.

— Sympathique d'avoir de l'argent, hein, Susan ?

Il y avait une certaine malice dans le ton de George. Mais la jeune femme se contenta de respirer profondément :

— En ce qui me concerne, c'est merveilleux. La réponse à mes prières.

— Les prières éliminent les parents âgés ?

Elle ne releva pas :

— Cet endroit est rigoureusement *parfait*. Pour commencer, c'est un bon exemple d'architecture d'époque. Je peux faire de la partie logement, au-dessus, quelque chose d'unique. Il y a deux très beaux plafonds à moulures et les pièces ont de superbes dimensions. Ici, en bas, où ç'a été déjà remodelé, je veux que ce soit ultramoderne.

— Qu'est-ce que tu envisages ? Une boutique de mode ?

— Non. Je vais cultiver la beauté. Des préparations végétales. Des crèmes pour le visage !

— Le perlim et le pinpin au grand complet ?

— Le perlim et le pinpin comme autrefois. C'est rentable. C'est toujours rentable. Tout ce qu'il faut, c'est y ajouter de la personnalité. Et ça, c'est dans mes cordes.

George porta sur sa cousine un œil approbateur. Il admira ses traits aux méplats bien marqués, sa bouche généreuse, son teint radieux... Tout bien considéré, un visage vivant et peu banal. Et il reconnut en Susan cette qualité étrange et indéfinissable : le sens de la réussite.

— Oui, je crois que tu as choisi ce qui marche, Susan. Tu vas vite récupérer ton investissement et tu pourras monter d'autres établissements.

— C'est un bon quartier, juste à côté d'une rue très commerçante, et, *en plus*, on peut garer sa voiture juste devant la porte.

A nouveau, George hocha la tête :

— Oui, Susan, tu vas réussir. Tu y pensais depuis longtemps ?

— Plus d'un an.

— Pourquoi n'avoir pas proposé ça au vieux Richard ? Il aurait pu te financer.

— Je le lui ai proposé.

— Et il n'a pas reconnu sa manière ? Je me demande bien pourquoi. J'aurais pensé qu'il aurait su retrouver en toi le métal dont il était lui-même fait.

Susan ne répondit pas. Dans l'esprit de George jaillit en un éclair une autre silhouette : celle d'un homme jeune, mince et nerveux, aux yeux soupçonneux.

— Et que va faire... — comment s'appelle-t-il donc ? Ah ! oui, Greg — dans tout ça ? Il va arrêter de distribuer des pilules et des pommades, j'imagine ?

— Bien entendu. On va construire un laboratoire

dans l'arrière-boutique. Nous aurons nos propres formules pour les crèmes de soin et les produits de beauté.

George se retint de ricaner. Il aurait voulu dire : « Ainsi, bébé aura son parc à jeux. » Mais il ne le dit pas. En tant que cousin, il lui aurait été égal de se montrer méprisant, mais il percevait confusément que les sentiments de Susan à l'égard de son mari devaient être abordés avec précaution. On pouvait les comparer à un explosif dangereux. Il s'interrogea, comme il s'était interrogé le jour de l'enterrement, sur Gregory, ce drôle d'oiseau. Il avait quelque chose de bizarre, le bonhomme. Si anodin en apparence... Et pourtant, d'une certaine façon, pas anodin du tout...

Il dévisagea à nouveau Susan, paisiblement radieuse et triomphante :

— Tu as le vrai génie des Abernethie. La seule de la famille à l'avoir. Dommage, pour ce qui concernait le vieux Richard, que tu aies été une femme. Si tu avais été un homme, je te parie qu'il t'aurait laissé la totalité de son bazar.

— Oui, je pense qu'il l'aurait fait, dit Susan avec lenteur. Il n'aimait pas Greg, tu sais...

George fronça les sourcils :

— Ah !... Une erreur.

— Oui.

— Eh bien... De toute manière, les choses vont bien, maintenant — tout se déroule comme prévu.

Alors même qu'il prononçait ces mots, il fut frappé par l'idée qu'ils paraissaient s'appliquer tout particulièrement à Susan.

Le temps d'une seconde, cela lui causa un certain malaise.

Il ne pouvait réellement trouver à son goût une femme si froidement efficace.

Il changea de sujet :

— A propos, tu as reçu une lettre d'Helen ? Pour Enderby ?

— Oui. Ce matin même. Et toi ?

— Oui, moi aussi. Quelles sont tes intentions ?

— Greg et moi, nous pensons y aller, pas le week-end prochain mais le suivant... si ça convient aux autres. Apparemment, Helen souhaite nous avoir tous à la fois.

George eut un rire aigrelet :

— Sinon, quelqu'un pourrait mettre le grappin sur quelque chose de plus cher que les copains.

Elle rit :

— Oh ! j'imagine qu'il y a des estimations sérieuses. Mais une estimation d'expert sera bien moins élevée que les prix sur le marché. Et, en plus, je voudrais bien garder quelques reliques du créateur de la fortune de la famille. Je pense aussi que ce serait amusant d'avoir deux ou trois spécimens victoriens aussi charmants que ridicules de la maison. Et d'en faire *quelque chose* ! La période commence à être en vogue. Il y avait un guéridon vert, en malachite, dans le salon. On pourrait construire autour un bel arrangement de couleurs. Et puis peut-être une cage pleine d'oiseaux empaillés — ou bien une de ces couronnes de fleurs de cire. Un truc comme ça — juste pour donner le ton — peut donner des résultats formidables.

— Je fais confiance à ton jugement.

— Tu y seras, je suppose ?

— Oh ! j'y serai... ne serait-ce que pour veiller à la régularité de l'opération.

Elle éclata de rire :

— Veux-tu parier qu'il y aura une gigantesque bagarre familiale ?

— Rosamund va probablement vouloir ton guéridon vert pour un décor de théâtre.

Cette fois, Susan ne rit pas. Elle plissa le front :

— Tu as vu Rosamund récemment ?

— Je n'ai pas revu la belle cousine Rosamund depuis que nous sommes tous revenus des obsèques en wagon de troisième.

— Moi, je l'ai vue une fois ou deux... Elle... elle me paraît assez bizarre...

— Qu'est-ce qui lui arrive ? Elle essaie de penser ?

— Non. Elle avait l'air... Je ne sais pas... Tourneboulée.

— Tourneboulée parce qu'elle va toucher beaucoup d'argent et qu'elle va pouvoir monter une pièce parfaitement atroce dans laquelle Michael pourra s'exhiber comme un crétin ?

— Oh ! ça, c'est déjà en route et ça paraît *vraiment* atroce — ce qui n'empêche que ça peut faire un succès. Michael est bon, tu sais. Il passe la rampe — si tant est qu'il s'agisse du terme adéquat. Pas comme Rosamund, qui n'est qu'une ravissante andouille.

— Pauvre ravissante andouille de Rosamund.

— Malgré tout, Rosamund n'est pas aussi gourde qu'on pourrait le croire. Elle dit parfois des choses très futées. Des choses dont on n'aurait pas même imaginé qu'elle les aurait remarquées. C'est... c'est assez déconcertant.

— Tout à fait comme notre brave tante Cora...

Un bref instant d'ombre passa sur leurs deux visages — provoqué, à ce qu'il semblait, par l'allusion à Cora Lansquenet.

George arbora avec soin une expression d'indifférence :

— A propos de la tante Cora... Que devient sa demoiselle de compagnie ? Je crois qu'on devrait faire quelque chose pour elle.

— Quelque chose pour elle ? Qu'est-ce que tu entends par là ?

— Eh bien, c'est un cas de conscience pour la famille, pour ainsi dire. Tu comprends, je me suis souvenu que Cora était notre tante — et il m'est venu à l'esprit que cette femme aurait peut-être de la peine à retrouver un job.

— Ça t'est venu à l'esprit, à toi ?

— Oui. Les gens ont si peur pour leur peau. Je ne dis pas qu'ils vont vraiment penser que cette miss Gilchrist jouerait de la hachette avec eux — mais au fond d'eux-mêmes, ils se diront qu'un malheur est si vite arrivé... Les gens sont superstitieux.

— Comme c'est étrange que tu aies réfléchi à tout ça. Comment peux-tu bien savoir des choses pareilles ?

— Tu oublies que je suis homme de loi, répliqua-t-il sèchement. J'ai l'occasion de voir, sous pas mal d'aspects, les côtés bizarres et illogiques de mes contemporains. Là où je veux en venir, c'est que nous devons faire quelque chose pour elle : lui donner une petite allocation ou je ne sais quoi, pour la renflouer... ou bien lui trouver un travail de bureau si elle en est capable. Je suis assez d'avis que nous devons rester en contact avec elle.

— Tu n'as pas besoin de t'inquiéter, sourit Susan, à la fois sèche et ironique. J'ai veillé à tout. Elle est partie chez Maude et Timothy.

George en resta comme deux ronds de flan :

— Dis-moi, Susan... Est-ce bien raisonnable ?

— C'est la meilleure solution que j'aie pu imaginer — au moins sur le moment.

Il lui lança un étrange regard :

— Tu es drôlement sûre de toi, hein, Susan ? Tu sais ce que tu fais et tu es inaccessible aux... aux remords ?

— Les remords, c'est une perte de temps, trancha-t-elle en souriant.

17

A travers la table, Michael fit glisser la lettre vers Rosamund :

— Eh bien ? Qu'est-ce qu'on fait ?

— Oh ! on y va. Tu ne crois pas ?

— Il vaudrait mieux, dit-il avec lenteur.

— Il y aura peut-être des bijoux... C'est vrai que tout ce qu'il y a dans la maison est franchement hideux — des fleurs de cire et des oiseaux empaillés... Pouah !

— Oui. Ça fait assez mausolée. Mais j'avoue que j'aimerais bien prendre un croquis ou deux — en particulier dans le salon. Le manteau de la cheminée, par exemple, ou ce canapé de forme si bizarre. Ça pourrait donner de bons éléments de décor pour *The Baronet's Progress* — si nous le remontons...

Il se leva et consulta sa montre :

— Ça me rappelle qu'il est temps que je parte retrouver Rosenheim. Ne m'attends pas avant la fin de la soirée. Je dîne avec Oscar. Nous allons discuter de la levée de notre option et voir comment ça pourrait se combiner avec cette proposition que nous avons reçue d'Amérique.

— Ce cher Oscar... Il sera enchanté de te retrouver, après tout ce temps. Transmets-lui mes amitiés.

Michael lança à sa femme un regard acéré. Il ne souriait plus. Aux aguets, on le sentait prêt à mordre :

— Qu'est-ce que ça veut dire, ça : « après tout ce temps » ? N'importe qui pourrait croire que je ne l'ai pas revu depuis des mois.

— C'est bien le cas, non ? susurra Rosamund.

— Non. Nous avons déjeuné ensemble il y a une semaine.

— Comme c'est drôle... Ça doit lui être complètement sorti de la tête. Il a téléphoné hier. Il m'a dit qu'il ne t'avait pas aperçu depuis la générale de *Tilly Looks West.*

— Ce vieux cinglé doit avoir perdu la boule.

Michael riait. Rosamund, de ses grands yeux bleus, le fixait sans émotion :

— Mick, tu me prends pour une conne, non ?

— Mais bien sûr que non, chérie.

— Oh ! si. Mais je ne suis pas complètement

demeurée. Ce jour-là, tu n'as pas approché Oscar ni de loin ni de près. Je sais où tu es allé.

— Rosamund chérie... Qu'est-ce que tu veux dire ?

— Je veux dire que je sais où tu étais en réalité.

L'incertitude se peignit sur les traits séduisants de Michael. Il dévisageait sa femme, ébahi. Elle le détaillait elle aussi, placide, sans se démonter.

« Comme un regard réellement vide, pensa-t-il soudain, peut s'avérer déconcertant... »

— Je ne vois pas trop où tu veux en venir, lâcha-t-il sans conviction.

— Je veux seulement que tu saches qu'il est stupide de me débiter des mensonges à la pelle.

— Ecoute, Rosamund...

Il avait essayé de bluffer — mais il s'arrêta net, pris au dépourvu par son épouse qui disait doucement :

— Nous voulons lever cette option et monter cette pièce, non ?

— Si nous le voulons ? Mais c'est le rôle que j'avais rêvé de trouver toute ma vie !

— Oui... je le sais aussi bien que toi.

— Et qu'est-ce que tu veux dire au juste ?

— Eh bien... Que ça coûte une belle pincée de fric, n'est-ce pas ? Et qu'il conviendrait de ne pas prendre *trop* de risques.

Il la fixait.

— C'est ton argent, martela-t-il. Je ne l'ignore pas. Si tu ne veux pas le risquer...

— C'est *notre* argent, chéri, souligna-t-elle. Je pense que c'est ça, le détail relativement important.

— Ecoute-moi, chérie. Ce rôle d'Eileen... Il mériterait d'être réécrit.

Rosamund sourit :

— Je ne pense pas... en toute sincérité... avoir envie de le jouer.

Il n'en revenait pas :

— Mais, ma petite fille... Qu'est-ce qui t'arrive ?

— Rien.

— Oh ! si. Tu as changé ces derniers temps... Je te vois soucieuse... nerveuse... Qu'est-ce qu'il y a ?

— Rien. Je veux seulement que tu te montres... que tu te montres prudent, Mick.

— Mais prudent à quel sujet ? Je suis toujours prudent.

— Non. Je ne suis pas de ton avis. Tu crois toujours que tu peux raconter des salades et que tout le monde va donner dans le panneau. Tu t'es conduit comme un idiot, en me parlant d'Oscar, l'autre jour.

Il rougit de colère :

— Et toi, alors ? Tu as prétendu que tu avais fait du shopping avec Jane. C'est faux. Jane est en Amérique, depuis des semaines.

— Oui. Je me suis montrée stupide, moi aussi. En réalité, j'étais allée me promener... dans Regent's Park.

Il eut un regard curieux :

— Regent's Park ? Mais tu ne t'es jamais promenée à Regent's Park de toute ta vie. Qu'est-ce que c'est que cette histoire ? Tu t'es trouvé un petit ami ? Tu peux dire tout ce que tu voudras, Rosamund, tu as changé, ces temps derniers. Pourquoi ?

— Je... je réfléchissais. Je me demandais quoi faire.

Michael, avec toutes les apparences de la spontanéité, fit d'un bond le tour de la table et lança, passionné :

— Chérie ! Tu sais que je t'aime comme un fou !

Elle réagit à son étreinte ainsi qu'il convenait. Mais, lorsqu'ils se séparèrent, il fut, une fois encore, désagréablement frappé par le côté calculateur de son magnifique regard :

— Quoi que j'aie pu faire, tu me pardonneras toujours, n'est-ce pas ? exigea-t-il.

— J'imagine que oui, répondit-elle sans s'engager. Là n'est pas la question. Tu comprends, rien n'est plus pareil, maintenant. Nous devons réfléchir et faire des plans.

— Réfléchir et faire des plans ? Mais pour quoi ?

Rosamund fronçait les sourcils :

— Les choses ne sont pas achevées quand on les a faites. Elles ne font en quelque sorte que commencer. Il faut prévoir ce qu'on fera ensuite, et décider ce qui est important et ce qui ne l'est pas.

— Rosamund...

Perplexe, les yeux vagues, elle fixait un espace dans lequel, apparemment, son mari ne se trouvait pas. Quand il eut répété trois fois son prénom, elle s'arracha à ses songes :

— Qu'est-ce que tu dis ?

— Je te demandais à quoi tu pensais...

— Oh !... Oh ! oui. Je me demandais si je ne ferais pas un saut à — comment déjà ?... Oui, à Lytchett St Mary, pour voir cette miss Machinchouette — celle qui était avec tante Cora.

— Mais pourquoi ?

— Eh bien, elle sera bientôt partie, non ? Chez des parents ou je ne sais qui. J'estime que nous ne devons pas la laisser s'en aller avant de lui avoir tiré les vers du nez.

— Tu voudrais l'interroger sur quoi ?

— Je compte lui demander qui a tué tante Cora.

Michael en resta ébahi :

— Tu veux dire... Tu crois qu'elle *sait* ?

Rosamund se cantonna dans le vague :

— Oh ! oui, j'en suis persuadée... Elle vivait là, tu comprends.

— Mais elle aurait parlé à la police.

— Non, non, je ne prétends pas qu'elle sache *de cette manière-là...* Je veux seulement dire qu'elle doit avoir une certitude. A cause de ce qu'oncle Richard a raconté quand il est allé là-bas. Il y était bien allé, tu sais. Susan me l'a dit.

— Mais elle ne peut pas avoir entendu ce qu'il disait.

— Oh ! mais si, chéri, affirma Rosamund du ton qu'elle aurait adopté pour raisonner un enfant obstiné.

— Foutaises ! Je ne peux pas imaginer le vieux Richard Abernethie en train de révéler ses soupçons sur sa famille devant une inconnue.

— Oui, bien sûr. Elle aura entendu à travers la porte.

— Tu veux dire qu'elle aura collé l'oreille au trou de la serrure ?

— Je l'imagine, oui... en fait, j'en suis convaincue. Ça doit être horriblement ennuyeux, deux femmes seules, recluses ensemble dans un cottage, alors qu'il ne se passe jamais rien à part la lessive, la vaisselle, sortir le chat dans le jardin, et ainsi de suite. Bien sûr qu'elle écoutait aux portes et qu'elle lisait les lettres — n'importe qui le ferait.

Il passa dans les prunelles de Michael quelque chose qui ressemblait à un certain mépris :

— Tu le ferais, toi ? questionna-t-il durement.

Elle haussa les épaules :

— Jamais je n'irais me faire dame de compagnie à la campagne. Plutôt mourir.

— Je précise : tu lirais les lettres... et tout ça ?

— Si je voulais savoir, oui, reconnut-elle avec calme. Tout le monde fait ça, tu ne crois pas ?

Elle le toisa de son œil limpide :

— Juste pour satisfaire l'envie qu'on a de savoir. Pas avec l'arrière-pensée d'en tirer un bénéfice quelconque. J'imagine qu'elle est dans ce genre d'état d'esprit... miss Gilchrist, je veux dire. Mais ce dont je suis sûre et certaine, c'est qu'elle sait.

La voix de Michael était altérée :

— Rosamund, qui a tué Cora, à ton avis ? Et le vieux Richard ?

A nouveau, il eut à subir le regard de ses prunelles limpides :

— Chéri... Ne sois pas absurde... Tu le sais aussi bien que moi. Mais il vaut mieux, vraiment mieux, ne *jamais* remettre le sujet sur le tapis. Alors nous ne l'y remettrons pas.

18

De son fauteuil, au coin de la cheminée de la bibliothèque, Hercule Poirot contemplait la compagnie qui s'y était rassemblée.

Son regard pensif se posa d'abord sur Susan, assise très droite, avec une expression vivante et animée, et sur son mari, l'air absent, dont les doigts manipulaient une ficelle nouée en boucle. Puis il passa à George Crossfield, jovial et ostensiblement content de lui, entretenant des tricheurs professionnels qui sévissaient sur les lignes de paquebots transatlantiques une Rosamund parfaitement indifférente à ses propos et qui laissait tomber un « C'est extravagant, chéri. Mais pourquoi ? ». Poirot étudia ensuite le visage de Michael, si particulier dans son genre de beauté incertaine et son charme manifeste. Il ne s'attarda qu'à peine sur Helen, altière et un peu lointaine, sur Timothy, confortablement installé dans le meilleur fauteuil avec un coussin pour lui soutenir le dos, sur Maude, robuste et trapue, attentive et dévouée. Il s'arrêta enfin sur un personnage un tantinet gêné d'être là, qui se tenait un peu en arrière du cercle de famille : miss Gilchrist revêtue d'une blouse « habillée » d'une originalité voyante. Elle allait finir, jugea-t-il, par se lever en murmurant quelques mots d'excuse et abandonner la réunion familiale pour regagner sa chambre. Miss Gilchrist, estimait-il, avait appris à se tenir à sa place. Au prix fort.

Hercule Poirot buvait à petites gorgées son café d'après-dîner et, paupières mi-closes, évaluait la personnalité de chacun.

Il avait voulu leur présence en ce lieu — tous ensemble —, et il l'avait obtenue. Et maintenant, se demandait-il en lui-même, qu'allait-il donc en faire ? Tout à coup, une sorte de lassitude le décourageait de poursuivre son enquête. Et pourquoi cela ? Subissait-il l'influence d'Helen Abernethie ? Il y avait en elle, semblait-il, une forte capacité de résistance passive à laquelle on ne se serait guère attendu. Avait-elle su, derrière son apparence courtoise et dégagée, lui imposer ses propres réticences ? Il n'ignorait pas qu'elle était hostile à le voir remuer les circonstances de la mort du vieux Richard. Qu'elle voulait que l'on n'en parle plus, que cela sombre dans l'oubli. Cela ne surprenait pas Poirot. Ce qui l'étonnait, c'était sa propre propension à en tomber d'accord.

Mr Entwhistle lui avait dressé de la famille, il s'en rendait maintenant compte, un tableau admirable. Il avait dépeint chacun de ses membres avec acuité et exactitude. Pourvu du savoir et du jugement du vieil avoué pour le guider, Poirot avait voulu voir par lui-même. Il s'était imaginé que s'il rencontrait personnellement ces gens, il pourrait se faire une idée très précise — non pas du *quand* ni du *comment* (questions dont il n'avait pas l'intention de se préoccuper. L'hypothèse d'un meurtre était plausible — c'était tout ce qu'il avait besoin de savoir !) — , mais de *qui*. Car, bénéficiant de l'expérience acquise durant sa vie tout entière, Hercule Poirot croyait que, de même qu'un expert sait identifier un artiste en regardant une œuvre, il était capable, lui, de reconnaître un criminel amateur prêt à tuer si la nécessité s'en faisait sentir.

Mais ce n'était pas si facile.

Et ce, parce qu'il pouvait considérer presque tous ces gens-là — sinon comme des assassins probables, à tout le moins comme des tueurs en puissance.

George pourrait tuer — comme tuent les rats acculés dans un coin. Susan le ferait calmement — avec efficacité — pour mener à bien un plan soigneusement mûri. Gregory était soumis à cette pulsion étrange qui conduit à espérer, à attendre — et à exiger, parfois — le châtiment. Ambitieux, Michael possédait la vanité et la suffisance d'un meurtrier. Rosamund faisait preuve d'un simplisme angoissant.

Timothy avait haï et jalousé son frère et il avait attendu impatiemment le pouvoir que sa fortune, espérait-il, lui donnerait. Maude considérait Timothy comme son enfant et, pour son enfant, elle ne reculerait devant rien. Miss Gilchrist elle-même, songeait Poirot, pourrait avoir envisagé le meurtre si cela avait pu rétablir son *Saule* chéri dans sa gloire distinguée !... Et Helen ? Non, il ne pouvait imaginer Helen en train de commettre un assassinat. Elle était trop raffinée — trop étrangère à la violence. Et puis, à n'en pas douter, son mari et elle avaient aimé Richard Abernethie.

Hercule Poirot soupira. Là, pour parvenir à la vérité, il n'existait pas de raccourcis. Il lui faudrait adopter une méthode plus longue, mais plus sûre. Susciter des conversations. De nombreuses conversations. Parce qu'en fin de compte, qu'ils mentent ou qu'ils disent vrai, les gens finiraient par se livrer...

Helen l'avait présenté à l'honorable société, et il s'était mis en devoir de combattre le désagrément quasi unanime qu'avait soulevé sa présence : un inconnu, et étranger par surcroît !... Il avait usé de ses yeux et de ses oreilles. Il avait observé et il avait écouté — de manière ouverte ou subreptice ! Il n'avait pas manqué de noter les affinités, les antagonismes, les paroles acerbes qu'on laisse inévitablement échapper lorsque l'on se partage des biens matériels. Il avait manigancé adroitement des tête-à-tête ou des promenades sur la terrasse, et il en avait tiré force déductions et observations. Il s'était entretenu avec miss Gilchrist des splendeurs passées de son salon de thé. Il avait débattu avec elle des meilleures recettes de brioches et d'éclairs au chocolat, et il l'avait accompagnée dans le potager pour une controverse érudite sur le bon usage des fines herbes dans la gastronomie. Il avait passé de longues demi-heures à entendre Timothy commenter son état de santé et les effets négatifs qu'avait sur lui la peinture.

La peinture ?... Poirot fronçait les sourcils : quelqu'un d'autre lui avait parlé de peinture. Mais qui donc ? Mr Entwhistle ?

On avait aussi discuté d'un autre genre de peinture. Du talent de Pierre Lansquenet et des aquarelles de Cora vantées, à la limite de l'extase, par miss Gilchrist et vilipendées par Susan. « Tout juste des cartes postales, avait lancé cette dernière avec mépris. Et peintes d'après des cartes postales. »

Miss Gilchrist en avait été très affectée et avait affirmé aigrement que la chère Mrs Lansquenet peignait toujours d'après nature.

— Mais je parie qu'elle trichait, avait dit Susan à Poirot lorsque la demoiselle de compagnie eut quitté la pièce. En fait, je le sais même pertinemment, mais je ne veux pas traumatiser la vieille chouette en lui en faisant la démonstration.

— Et comment le savez-vous ?

Poirot avait remarqué la confiance en soi qu'exprimait le tracé volontaire du menton de Susan. « Elle sera toujours sûre d'elle, pensa-t-il. Peut-être un peu trop sûre, parfois... »

— Je vais vous le dire, continuait la jeune femme, mais pas un mot à la Gilchrist. Une des aquarelles représente Polflexan. La baie, le phare et la jetée — le genre de panorama devant lequel n'importe quel artiste amateur s'assoit pour faire un croquis. Mais la jetée a été démolie au début de la guerre. Et comme le dessin de Cora ne date que de quelques années, ça ne peut pas avoir été peint d'après nature, n'est-ce pas ? Pourtant, les cartes postales qu'ils vendent là-bas montrent encore la jetée. Il y en avait une dans un des tiroirs de sa chambre. Alors, je suppose que tante Cora a bien fait son esquisse sur place, mais qu'elle l'a finie discrètement chez elle, d'après une carte postale ! C'est drôle, non, la manière dont les gens se font pincer ?

— Oui, c'est drôle, comme vous dites.

Il s'interrompit et estima que l'entrée en matière en valait bien une autre :

— Vous ne vous souvenez pas de moi, madame, mais, moi, je me souviens de vous. Ce n'est pas la première fois que je vous vois...

Elle ouvrait de grands yeux. Il s'amusait :

— Oui, oui, absolument. J'étais dans une automobile, très emmitouflé, et je vous ai vue par la vitre de ma portière. Vous parliez à un mécanicien, dans un garage. Vous ne m'avez pas remarqué. C'est bien naturel : je suis dans la voiture... un inconnu, un étranger, caché par son écharpe !... Tandis que moi, *je* vous ai remarquée, parce que vous êtes jeune et plaisante à regarder. Alors, quand je suis arrivé ici, je me suis dit : « Tiens ! Quelle coïncidence ! »

— Un garage ? Quand cela ? Et où ?

— Oh ! il y a peu de temps... une semaine, peut-être, pas davantage. Mais à la minute présente, mentit-il en revoyant parfaitement dans sa mémoire le garage du *King's Arms*, je ne peux me rappeler où. Il est vrai que je voyage tant, à travers tout le pays...

— A la recherche d'une maison adéquate à acquérir pour vos réfugiés ?

— Oui. On doit prendre tant d'éléments en considération, vous savez. Le prix, le voisinage, les possibilités de transformation...

— J'imagine que vous allez apporter de grands changements, ici. Plein d'affreuses cloisons.

— Dans les chambres, oui, certainement. Mais nous ne toucherons pratiquement rien aux pièces du rez-de-chaussée... Cela vous attriste-t-il, madame, que votre vieille demeure de famille parte ainsi — à des inconnus ?

— Bien sûr que non, sourit Susan. Je pense que c'est une excellente idée. Plus personne ne pourrait envisager d'habiter ici. Et puis je n'ai aucune raison de faire du sentiment. Ça n'a jamais été *ma* maison. Mon père et ma mère vivaient à Londres. Nous ne venions ici que quelquefois, pour Noël. En fait, j'ai toujours trouvé tout ça assez hideux — presque comme un temple indécent dédié à la déesse Richesse.

— Aujourd'hui, Mrs Banks, ses autels sont différents. La rigueur des lignes, les éclairages indirects, toute une simplicité coûteuse... Mais la richesse a encore ses temples, madame. J'ai cru comprendre — j'espère que je ne suis pas indiscret — que vous projetez vous-même un tel édifice. Où tout serait *de luxe* — sans regarder à la dépense.

Elle éclata de rire :

— Un temple !... Non, non. Seulement un lieu de travail.

— L'appellation importe peu, peut-être... Mais cela va coûter beaucoup d'argent, n'est-ce pas ?

— Tout est effroyablement cher, aujourd'hui. Mais je crois à une valorisation rapide de l'investissement initial.

— Parlez-moi un peu de vos projets. Je suis confondu de voir qu'une aussi ravissante jeune femme peut être douée d'un esprit à ce point pratique et d'une telle compétence. Dans ma jeunesse — c'était il y a bien longtemps, il me faut l'admettre —, les jolies femmes ne se souciaient que de leurs plaisirs, de leurs parfums... et de leurs toilettes.

— Les femmes continuent de beaucoup se soucier de leur visage — et c'est là que j'interviens.

— Expliquez-moi ça.

Elle le lui expliqua. Jusqu'au moindre détail, et sans pour autant s'apercevoir qu'elle lui révélait inconsciemment une grande part d'elle-même. Il apprécia son sens des affaires, la hardiesse de ses plans, son attention aux plus infimes détails. Et aussi sa manière d'aller droit au but, sans s'encombrer du secondaire. Pas plus que de scrupules, pouvait-on juger, à l'égard de ceux qui se trouveraient sur sa route.

Poirot la regarda droit dans les yeux.

— Oui, vous allez réussir, constata-t-il. Vous irez de l'avant. Quelle chance vous avez de ne pas vous trouver bloquée, comme tant d'autres, par le manque de moyens. On ne va pas très loin sans capital de départ. Avoir tant d'idées créatives et ne pouvoir les réaliser faute de fonds... Cela vous aurait été certainement insupportable.

— Et je ne l'aurais pas supporté !... Mais j'aurais su dénicher de l'argent d'une manière ou d'une autre — ou alors quelqu'un pour m'appuyer.

— Ah ! évidemment... Votre oncle, le propriétaire de ce manoir, était riche. Même s'il n'était pas mort, il vous aurait, comme l'on dit, financée.

— Alors, là, non, pas le moins du monde. Vis-à-vis des femmes, oncle Richard était très traditionaliste. Si j'avais été un homme...

Une expression de colère balaya son visage :

— Il m'a mise hors de moi.

— Je vois... Oui, oui, je vois...

— Les vieux ne devraient pas barrer la route aux jeunes. Je... Oh ! je vous demande pardon.

Hercule Poirot eut un rire amusé et tortilla sa moustache :

— Je suis vieux, c'est vrai. Mais je ne nuis pas à la jeunesse. Je n'ai personne qui attende impatiemment mon décès.

— Quelle idée affreuse !

— Voyons, vous êtes réaliste, madame. Convenez avec moi sans chichis que le monde est plein de jeunes gens — et même de gens d'âge mûr — qui attendent, patiemment ou impatiemment, la mort de quelqu'un dont la disparition leur apportera... sinon l'aisance, du moins l'occasion de concrétiser leurs vœux.

— L'occasion ! jeta Susan en inspirant à fond. C'est ce dont tout le monde a besoin.

Poirot, qui avait regardé derrière elle, annonça gaiement :

— Et voilà votre mari qui vient se joindre à notre

entretien... Nous parlions, Mr Banks, de l'occasion. De l'occasion en or — celle sur laquelle il faut sauter. En conscience, jusqu'où peut-on aller ? Quel est votre point de vue là-dessus ?

Mais le destin avait décidé qu'Hercule Poirot ne connaîtrait pas le point de vue de Gregory Banks sur l'occasion ou sur quoi que ce fût d'autre.

En fait, il s'était avéré presque impossible de converser avec lui. Greg se montrait étrangement fuyant. De son propre chef — ou par la volonté de son épouse —, il paraissait refuser tout tête-à-tête ou tout débat d'idées. Oui, la tentative de « conversation » du détective avec Gregory Banks avait échoué.

Poirot s'était également entretenu avec Maude Abernethie — tout particulièrement de la peinture et de son odeur nauséabonde, du fait miraculeux que Timothy soit parvenu à endurer les fatigues du voyage jusqu'à Enderby, et de la gentillesse dont Helen avait fait preuve en invitant *aussi* miss Gilchrist.

— Elle nous est *tellement* utile, avait dit Maude. Timothy se sent si souvent au trente-sixième dessous... Et on ne peut pas exiger grand-chose des domestiques des autres... Heureusement, il y a un réchaud à gaz dans un réduit à côté de l'office. Comme cela, miss Gilchrist peut faire chauffer l'Ovomaltine ou le Benger de Tim sans déranger personne. Et puis elle accepte si volontiers de lui apporter ce qu'il veut et de grimper les escaliers des douzaines de fois par jour. Ah ! vraiment, je crois que c'est une bénédiction de la Providence qu'elle ait eu si peur de rester seule à la maison. Même si j'admets l'avoir mal pris sur le moment.

— Elle a donc eu peur ? s'enquit Poirot avec intérêt.

Attentif, il écouta le récit de l'affolement subit de miss Gilchrist.

— Elle était affolée, dites-vous ? insista-t-il. Et elle

ne savait pas au juste pourquoi ? C'est intéressant, ça. Très intéressant.

— Moi-même, j'ai mis cela sur le compte d'un choc à retardement.

— Peut-être, oui.

— Je me souviens qu'une fois, pendant la guerre, quand une bombe est tombée à un kilomètre de chez nous, Timothy...

Hercule Poirot négligea les états d'âme antérieurs de Timothy :

— Il s'était passé quelque chose de spécial, ce jour-là ?

— Quel jour ? interrogea Maude, stupéfaite.

— Le jour où miss Gilchrist était si bouleversée.

— Ah ! ce jour-là... Non, je ne crois pas. Ça semble n'avoir fait que croître et embellir depuis qu'elle est partie de Lytchett St Mary. Enfin, c'est ce qu'elle affirme. Quand elle était là-bas, la situation paraissait lui être indifférente.

Avec pour résultat, releva Poirot, l'envoi d'une tranche de gâteau empoisonné. Pas de quoi s'étonner, après ça, que miss Gilchrist nourrisse quelque inquiétude... Et même lorsqu'elle avait trouvé refuge dans la paix rustique de Stansfield Grange, sa peur avait subsisté. Plus que subsisté. Elle s'était accrue. Pourquoi accrue ? Veiller sur un hypocondriaque aussi exigeant que Timothy était-il à ce point épuisant que les vieilles angoisses ne pouvaient que resurgir ?

En tout état de cause, quelque chose avait fait peur à miss Gilchrist. Et quoi ? Le savait-elle elle-même ?

Après le dîner, Hercule Poirot s'était retrouvé seul avec miss Gilchrist, le temps d'un bref face à face, et il avait abordé le sujet en forçant sur son côté doublement étranger :

— Il m'était impossible, vous le comprenez, de faire allusion au meurtre devant les membres de la famille. Mais je suis intrigué. Qui ne le serait ?... Un assassinat aussi violent... une artiste authentique tuée dans un cottage isolé... C'est terrible pour ses proches. Et terrible aussi, je peux l'imaginer, pour *vous*. Puisque je déduis de ce que m'a dit Mrs Timothy que vous étiez là quand ce tragique événement s'est déroulé ?

— Oui, j'y étais. Mais vous me pardonnerez, monsieur Pontarlier, si je n'ai pas envie d'en reparler.

— Je vous comprends... Oh ! je vous comprends parfaitement.

Ayant dit, Poirot avait attendu. Et, comme il l'avait prévu, miss Gilchrist s'était *immédiatement* mise à en parler.

Elle ne lui avait rien appris qu'il ne sût déjà, mais il avait joué à la perfection son rôle d'auditeur compatissant, laissant échapper quand il le fallait de petits cris de sympathie et prêtant une oreille si attentive que miss Gilchrist n'avait pu que s'en réjouir.

Il avait fallu que Poirot attende qu'elle ait épuisé le sujet, qu'elle en soit venue ensuite à ses sentiments intimes, à ce qu'avait dit le médecin, à l'amabilité que n'avait pas manqué d'observer Mr Entwhistle à son égard, pour pouvoir aborder avec précaution le point suivant :

— Vous avez été sage, me semble-t-il, de ne pas rester seule dans ce cottage.

— Je n'aurais pas pu, monsieur Pontarlier. Vraiment, je n'aurais pas pu.

— Non. On m'a même dit que vous auriez eu peur de rester seule dans la maison de Mr Timothy Abernethie pendant que sa femme et lui-même séjournaient ici ?

Miss Gilchrist afficha une expression de culpabilité :

— J'ai terriblement honte. C'est si stupide de ma part. J'ai été prise d'une sorte de panique — vraiment, je ne sais pas pourquoi.

— Mais c'est bien compréhensible. Vous veniez à

peine de vous remettre de cette ignoble tentative d'empoisonnement perpétrée contre vous et...

Là, miss Gilchrist se borna à soupirer et à répéter qu'elle ne pouvait tout bonnement pas comprendre : pourquoi chercherait-on à l'empoisonner ?

— Mais c'est évident, ma chère demoiselle. Parce que ce criminel, cet assassin, a pensé que vous saviez quelque chose qui pourrait conduire à son arrestation par la police.

— Mais que *pourrais*-je bien savoir ? C'était sûrement un misérable vagabond, ou encore un demi-fou.

— S'il s'agissait bien effectivement d'un vagabond. Or, il me paraît improbable que...

— Oh ! je vous en prie, monsieur Pontarlier ! N'avancez pas des idées pareilles. Je me refuse à y croire.

— Vous vous refusez à croire quoi ?

— Je me refuse à croire que ce n'était pas... Je veux dire... Croire que c'était...

Elle se tut, en pleine confusion.

— Et cependant, reprit Poirot, insistant, vous y *croyez*.

— Oh, non. *Non !*

— Mais, moi, je pense que si. Et c'est à cause de cela que vous avez peur... Car vous avez encore peur, n'est-ce pas ?

— Ah ! non. Plus depuis que je suis arrivée ici. Il y a tant de gens. Et une ambiance si familiale. Oh ! non, ici, tout semble parfait.

— Il me semble, à moi... Vous pardonnerez ma curiosité. Mais je suis un vieil homme, quelque peu infirme. Et je consacre le plus clair de mon temps à des spéculations sur les sujets qui m'intéressent... Il me semble, disais-je, qu'il doit être advenu, à Stansfield Grange, quelque incident bien précis qui, pour ainsi dire, vous a mis ces angoisses *dans la tête*. Les médecins reconnaissent aujourd'hui que bien des choses peuvent se passer dans l'inconscient.

— Oui, oui... Je sais qu'ils le disent.

— Et je pense, par conséquent, que vos peurs inconscientes sont parvenues au niveau du conscient à la suite d'un petit incident très banal. Quelque chose d'ordinaire, peut-être, qui a constitué, dirons-nous, un abcès de fixation.

Miss Gilchrist parut accepter cette théorie avec enthousiasme :

— Je suis convaincue que vous avez raison.

— Et donc, à votre avis, que pourrait donc être ce... cet incident banal ?

Elle médita longuement, avant de répondre, étrangement :

— Voyez-vous, monsieur Pontarlier, je pense que c'est la *religieuse*.

Avant même que Poirot ait pu poser d'autres questions, Susan et son mari étaient entrés, suivis de près par Helen.

« Une religieuse..., se dit-il. Voyons, quand ai-je donc, dans cette affaire, déjà entendu parler de quelque chose au sujet d'une religieuse ? »

Il décida de ramener les religieuses sur le tapis à un moment quelconque de la soirée.

19

La famille avait fait preuve d'une politesse parfaite à l'égard de M. Pontarlier, représentant patenté du FNUCEREF. Comme Poirot avait eu raison de se cacher derrière ces initiales ! Chacun avait pris le FNUCEREF pour argent comptant — jusqu'à prétendre tout savoir à son propos ! Que les êtres humains répugnaient donc à reconnaître leur ignorance ! A la seule exception de Rosamund, qui avait demandé, rêveuse : « Mais qu'est-ce que *c'est* ? Je n'en ai jamais entendu parler. » Heureusement, personne d'autre ne s'était trouvé là à ce moment. Poirot avait expliqué les tenants et aboutissants du Fonds de telle sorte que chacun, sauf Rosamund, se serait senti honteux d'ignorer une organisation mondiale aussi connue. Mais Rosamund, elle, avait dit vaguement : « Oh, *encore* des réfugiés. Je suis si *fatiguée* des réfugiés. » Elle avait ainsi exprimé de vive voix la réaction informulée de beaucoup, en général trop soucieux des conventions pour l'avouer ouvertement.

Donc, M. Pontarlier avait fini par être accepté — comme un embarras mais aussi comme un ectoplasme. Il était devenu, pour ainsi dire, un élément du décor. L'opinion générale était qu'Helen aurait dû éviter qu'il ne vienne à Enderby justement ce week-end-là, mais puisqu'il était venu, il leur fallait s'en accommoder. Heureusement, ce bizarre petit étranger ne paraissait pas savoir très bien l'anglais. Assez souvent, il ne comprenait pas ce qu'on lui disait et, quand tout le monde parlait plus ou moins à la fois, il semblait complètement perdu. Apparemment, il ne s'intéressait guère qu'aux réfugiés et à la situation de l'après-guerre et son vocabulaire ne portait que sur ces sujets. On avait le sentiment que le bavardage courant l'effarouchait. Plus ou moins oublié de tous, Hercule Poirot, enfoncé dans son fauteuil, dégustait son café et observait, comme un chat attentif au gazouillement d'une bande d'oiseaux et à leurs allées et venues. Mais le chat n'était pas encore prêt à bondir.

Après vingt-quatre heures passées à faire le tour de la maison et à en examiner le contenu, les héritiers de Richard Abernethie s'apprêtaient à rendre publiques leurs préférences et, si nécessaire, à se battre pour elles.

La conversation porta d'abord sur un certain service à dessert Spode, dans lequel on venait justement de servir l'entremets.

— Je suppose que je n'ai plus longtemps à vivre,

déclara Timothy d'un ton mélancolique. Et Maude et moi, nous n'avons pas d'enfant. Il ne vaut guère la peine de nous charger de biens inutiles. Mais, sentimentalement, je voudrais bien du vieux service à dessert. Je me souviens de lui, au bon vieux temps. Il est démodé, bien entendu, et je sais bien que les services à dessert n'ont plus guère de valeur de nos jours — mais c'est ainsi. Je serai *tout à fait* content avec ça — et peut-être avec le cabinet Boulle du boudoir blanc.

— C'est trop tard, mon oncle ! lança George avec une joviale insouciance. J'ai demandé ce matin à tante Helen de m'inscrire pour le service Spode.

Le visage de Timothy vira à l'écarlate :

— De t'inscrire ?... De t'inscrire ?... Qu'est-ce que tu veux dire ? Rien n'est encore réglé. Et pourquoi voudrais-tu, *toi*, un service à dessert ? Tu n'es pas marié.

— En fait, je collectionne les Spode. Et ce service constitue un spécimen splendide. Mais je suis entièrement d'accord pour le cabinet Boulle. Je n'en voudrais même pas comme cadeau.

Du geste, Timothy écarta le problème du cabinet Boulle :

— Tu vas m'écouter, mon petit George. Tu ne peux pas t'attribuer la priorité comme ça. Je suis plus vieux que toi — et je suis le seul survivant des frères de Richard. Ce service à dessert est *à moi*.

— Pourquoi ne pas prendre plutôt le service de Dresde, mon oncle ? Un très bel exemplaire, lui aussi, et tout autant chargé de souvenirs, j'en suis convaincu. De toute façon, le Spode est à moi. Premier arrivé, premier servi.

— Foutaises ! s'emporta Timothy. Hors de question.

— S'il te plaît, n'énerve pas ton oncle, intervint Maude. C'est très mauvais pour lui. Et, naturellement, il prendra le Spode s'il le veut. C'est à lui de faire son choix le premier, et vous, les jeunes, vous passerez après. Il était le frère de Richard, comme il l'a dit, et toi tu n'es que son neveu.

Timothy bouillonnait de colère :

— Et je peux te dire ceci, jeune homme. Si Richard avait laissé un testament convenable, j'aurais bénéficié de la totalité du contenu de cette maison. C'est ainsi qu'il aurait dû disposer du domaine. Et s'il ne l'a pas fait, je ne peux que légitimement soupçonner *un abus d'influence*. Oui, je le répète, *un abus d'influence*...

Il dardait sur George un regard furieux :

— Un testament absurde. Oui, absurde !

Il se laissa aller contre son dossier et plaça la main sur son cœur :

— C'est très mauvais pour moi, fit-il d'une voix agonisante. Si je pouvais avoir... un peu de cognac...

Miss Gilchrist se dépêcha d'aller chercher le cordial demandé qu'elle rapporta dans un petit verre :

— Voilà, Mr Abernethie. Je vous en prie... Je vous en prie, ne vous agitez pas. Vous êtes sûr que vous ne devriez pas monter vous étendre ?

— Ne soyez pas sotte !

Il avala le cognac :

— M'étendre ? Me mettre au lit ? Mais j'ai l'intention bien arrêtée de défendre mes intérêts.

— Franchement, George, tu m'étonnes, reprit Maude. Ce que dit ton oncle est parfaitement vrai. Ses souhaits passent d'abord. S'il veut le service Spode, il doit l'avoir !

— Il est absolument hideux, de toute façon, fit remarquer Susan.

— Toi, la ferme, Susan ! cracha Timothy.

Le jeune homme mince assis à côté de Susan releva la tête. Et d'une voix un peu plus aiguë qu'à l'ordinaire, il se fit menaçant :

— Ne parlez pas comme ça à ma femme !

Il se leva à demi de sa chaise.

— Ne t'inquiète pas, Greg, ça m'est égal, l'apaisa vivement Susan.

— *Moi*, ça ne m'est pas égal.

— Je pense qu'il serait aimable de ta part de laisser ton oncle prendre ce service à dessert, George, dit Helen.

Timothy s'étouffait d'indignation :

— Il n'y a pas de « laisser » qui tienne !

Mais George s'inclina légèrement :

— Votre volonté fait loi, tante Helen. J'abandonne ma demande.

— Tu n'en voulais pas réellement, n'est-ce pas ?

Il lui lança un regard acéré, puis lui sourit :

— Le problème avec vous, tante Helen, c'est que vous êtes beaucoup trop maligne ! Vous voyez plus de choses que vous ne devriez. Ne vous inquiétez pas, oncle Timothy, le Spode est à vous. Disons que je plaisantais.

— Tu plaisantais ! s'exclama Maude, furieuse. Ton oncle aurait pu avoir une attaque cardiaque !

— Ne croyez pas ça, riposta joyeusement George. Oncle Timothy nous enterrera probablement tous. Il est bâti à chaux et à sable.

Timothy se pencha en avant, l'œil mauvais :

— Je ne m'étonne pas que *tu* aies déçu Richard.

— Comment ? jeta George, toute bonne humeur disparue.

— Tu es venu ici après la mort de Mortimer, en espérant lui succéder — en espérant que Richard ferait de toi son héritier, n'est-ce pas ? Mais mon pauvre frère a pris très vite *ta* mesure. Il savait où irait l'argent si c'était toi qui en avais le contrôle. Je suis même surpris qu'il t'ait légué une part de sa fortune. Il savait pourtant ce que tu en ferais. Les chevaux, le jeu, Monte-Carlo, les casinos à l'étranger. Pire encore, peut-être. Il te soupçonnait de ne pas être honnête, non ?

Les ailes du nez de George avaient pâli.

— Ne devriez-vous pas prendre un peu plus garde à ce que vous dites, mon oncle ? interrogea-t-il cependant avec calme.

— Je n'étais pas assez bien pour assister à l'enterrement de Richard, prononça Timothy avec lenteur, mais Maude m'a raconté *ce que Cora a dit*. Cora a toujours été piquée — mais il y avait *peut-être* du vrai là-dedans. Et si c'est le cas, je sais *qui je soupçonnerais*...

— Timothy !

Maude s'était dressée, solide, calme. Une forteresse :

— Vous avez eu une soirée très éprouvante. Vous devez prendre soin de votre santé. Je ne vous veux pas à nouveau malade. Montez avec moi. Vous allez avaler un somnifère et vous coucher. Helen, Timothy et moi, nous prendrons le service Spode et le cabinet Boulle, en souvenir de Richard. Il n'y a pas d'objection à cela, j'espère ?

Son regard parcourait l'assemblée. Nul n'ouvrit la bouche. Elle quitta la bibliothèque, soutenant son mari de son bras, et écarta du geste miss Gilchrist qui s'agitait sans enthousiasme près de la porte.

George rompit le silence après leur départ.

— *Une femme formidable*, dit-il en français. Ça décrit exactement tante Maude. Je m'en serais voulu d'entraver sa marche triomphale.

Miss Gilchrist se rassit, assez mal à l'aise.

— Mrs Abernethie est toujours si gentille, murmura-t-elle.

Sa remarque tomba à plat.

Michael Shane rit soudain :

— Vous savez, tout ça m'amuse ! C'est *L'Héritage Voysey* au naturel. A propos, Rosamund et moi, nous voulons le guéridon de malachite du salon.

— Ah ! non, cria Susan. Ça, c'est *moi* qui le veux.

— Et ça recommence, se lamenta George, les yeux au plafond.

— Après tout, nous n'avons pas besoin de nous fâcher, reprit Susan. Je le veux pour mon nouvel institut de beauté. Il apportera juste une note de couleur — et je poserai dessus un grand bouquet de fleurs de cire. Ce sera merveilleux. Je pourrai facilement trouver les fleurs, mais un guéridon de malachite, ça n'est pas banal.

— Mais, chérie, intervint Rosamund, c'est justement pour ça que *nous* le voulons. Pour notre nouveau décor. Comme tu dis, il apportera une note de couleur — et il est *tellement* de son époque. Avec des colibris empaillés ou des fleurs de cire. Ce sera absolument *parfait*.

— Je vois ce que tu veux dire, Rosamund, mais je ne pense pas que ton dossier soit aussi bon que le mien. Pour la scène, il vous suffit de peindre n'importe quel guéridon en vert malachite — l'effet sera le même. Mais pour mon institut, je *dois* avoir l'original.

— Allons, mesdames, coupa George, que diriez-vous de laisser le sort décider ? Tirer à pile ou face ? Ou choisir une carte ? Tout cela bien en accord avec l'époque de la table.

Susan sourit gaiement :

— Rosamund et moi, nous en reparlerons demain.

Elle paraissait, comme de coutume, très sûre d'elle. George scruta avec intérêt son visage, puis celui de Rosamund sur lequel se peignait une expression floue, un peu lointaine.

— Sur laquelle parieriez-vous, tante Helen ? s'enquit-il. Pour Susan, il y a sa détermination, mais Rosamund n'a jamais qu'une idée en tête.

— Ou peut-être *pas* des colibris empaillés, continuait Rosamund. Un de ces grands vases chinois ferait une lampe ravissante, avec un abat-jour doré.

Miss Gilchrist se hâta de prodiguer des paroles d'apaisement :

— Cette maison est pleine de si belles choses... Ce guéridon vert ferait très bien dans votre nouvel établissement, j'en suis persuadée, Mrs Banks. Je n'en ai jamais vu de pareil. Il doit valoir beaucoup d'argent.

— Ce sera déduit de ma part d'héritage, naturellement, rappela Susan.

— Je suis désolée... Je n'avais pas l'intention de...

Confuse, miss Gilchrist balbutiait.

— Il pourrait être déduit de *notre* part d'héritage, souligna Michael. Avec les fleurs de cire par-dessus le marché.

— Elles vont si bien sur ce guéridon, marmonna miss Gilchrist. C'est réellement artistique. Très joli.

Nul ne prêtait attention à ses banalités bien intentionnées.

Greg revint à la charge, de sa voix nerveuse et haut perchée :

— Susan *veut* cette table.

Il y eut un instant de malaise comme si, par ces quelques mots, Greg avait changé l'atmosphère.

— Et toi, George, que voudrais-tu ? demanda vivement Helen. En oubliant le service Spode, cela va de soi.

George sourit et la tension se relâcha :

— C'est assez honteux de ma part d'avoir taquiné ce vieux Timothy. Mais il est franchement incroyable. On lui a si longtemps passé tous ses caprices que, chez lui, c'est devenu quasiment pathologique.

— Un invalide a besoin de ménagements, Mr Crossfield, fit valoir miss Gilchrist.

— Une espèce de vieil hypocondriaque, voilà ce qu'il est.

— Bien sûr que oui, approuva Susan. Je ne crois pas qu'il ait quoi que ce soit de maladif. Et toi, Rosamund, tu crois ça aussi, non ?

— Comment ?

— Qu'il n'y a rien de maladif chez oncle Timothy.

— Non... non, je ne crois pas.

Elle s'excusa :

— Je suis désolée. Je réfléchissais au meilleur éclairage pour ce guéridon.

— Vous voyez ? sourit George. La femme d'une

seule idée. Ton épouse est une femme dangereuse, Michael. J'espère que tu l'as compris.

— Je l'ai compris, répondit-il, assez sombre.

George poursuivait, réjoui selon toutes apparences :

— La bataille du Guéridon ! A livrer demain, poliment, mais avec une froide résolution. Nous devons tous prendre parti. Je joue gagnante Rosamund qui a l'air si douce et si conciliante et qui ne l'est pas. Les maris, je le présume, soutiennent leurs épouses. Miss Gilchrist ? Du côté de Susan, évidemment.

— Oh ! réellement, Mr Crossfield, je ne m'aventurerais pas à...

George ne s'intéressait pas aux tergiversations de miss Gilchrist :

— Tante Helen ? Vous avez la voix décisive. Oh ! euh... j'oubliais. Monsieur Pontarlier ?

— Pardon ?

Hercule Poirot semblait ahuri.

George renonça à donner des explications : le pauvre vieux débris n'avait sûrement pas compris un traître mot de ce qui venait de se passer.

— Juste une plaisanterie familiale, dit-il seulement.

— Oui, oui, je saisis, affirma Poirot avec un sourire aimable.

— Donc c'est vous qui avez le suffrage décisif, tante Helen. De quel côté vous rangez-vous ?

Helen souriait :

— Peut-être ai-je moi-même envie de ce guéridon, George...

Elle changea délibérément de sujet et se tourna vers son hôte :

— Je crains bien que tout cela ne soit très ennuyeux pour vous, monsieur Pontarlier.

— Pas du tout, madame, répondit Poirot dans un anglais plus chahuté encore que de coutume. Je considère que vous m'avez accordé un privilège en m'admettant au sein de votre intimité familiale.

Il s'inclina :

— Je voudrais vous dire que... — oh ! je ne parviens pas très bien à exprimer les sentiments que la situation m'inspire... — vous dire mes regrets que cette maison doive passer de vos mains à des mains étrangères. C'est, sans aucun doute, un grand chagrin.

— Pas du tout, assura Susan. Nous ne regrettons rien.

— Vous êtes trop aimable, madame. Ce sera, permettez-moi de vous le dire, la perfection pour mes vieilles victimes de persécutions. Quel havre ! Quelle paix ! Je vous supplie de vous en souvenir lorsque vous viendront, inévitablement, des pensées amères. J'ai entendu dire qu'il avait été question qu'une école vienne s'installer ici — pas une école ordinaire, un couvent —, tenue par des bonnes sœurs. Des religieuses, diriez-vous. Vous auriez préféré cela, peut-être ?

— Pas du tout, affirma George.

— La congrégation du Sacré Cœur de Marie, poursuivit Poirot. Heureusement, grâce à la générosité d'un donateur inconnu, nous avons été en mesure de faire une offre un peu plus élevée.

Il se tourna vers miss Gilchrist :

— Vous n'aimez pas les religieuses, je crois ?

Miss Gilchrist rougit d'embarras :

— Oh ! vraiment, monsieur Pontarlier, vous ne devriez pas... Je veux dire... il n'y a rien là-dedans de *personnel*. Mais je n'ai jamais compris ce besoin de se couper du monde. Ce n'est pas nécessaire, si vous voulez mon avis. Cela confinerait presque pour moi à une forme d'égoïsme. Pas dans le cas des enseignantes, bien sûr, ni de celles qui s'occupent des pauvres — parce que je suis convaincue que celles-là sont des femmes altruistes et qui font beaucoup de bien.

— Je ne peux simplement pas envisager de vouloir devenir religieuse, observa Susan.

— L'habit est très seyant, remarqua Rosamund.

Vous vous souvenez — quand ils ont remonté *The Miracle*, l'an dernier. Sonia Wells était sexy comme ça n'est pas permis.

— Ce qui me laisse pantois, ricana George, c'est pourquoi il serait agréable au Tout-Puissant de les voir s'habiller en costume médiéval. Parce que c'est ça, après tout, un habit monastique. Ça doit vous engoncer, ce n'est pas hygiénique et pas pratique pour deux sous.

— Et puis ça les rend toutes semblables, n'est-ce pas ? releva miss Gilchrist. C'est stupide, vous savez, mais j'ai eu une frousse terrible quand j'étais chez Mrs Abernethie et qu'une religieuse qui faisait la quête s'est présentée à la porte. Je me suis mis dans la tête que c'était la même que celle qui était venue le jour de l'enquête pour la pauvre Mrs Lansquenet à Lytchett St Mary. J'avais presque le sentiment — rendez-vous compte ! — qu'elle m'avait suivie à la trace !

— Je croyais que les religieuses quêtaient toujours par deux, reprit George. Je parierais que ça a déjà servi de base à l'intrigue d'un roman policier.

— Mais elles avaient toutes les deux le même genre de traits ? s'enquit Poirot, apparemment intéressé.

— J'imagine que ça devait être le cas, répondit miss Gilchrist. La lèvre supérieure... Presque une moustache. Je pense, voyez-vous, que c'est *ça* qui m'a réellement inquiétée... parce que j'étais assez nerveuse à ce moment-là, et que je me souvenais des histoires qu'on racontait pendant la guerre, sur ces religieuses qui étaient en réalité des hommes, qui appartenaient à la Cinquième Colonne et qui se faisaient parachuter. Bien sûr, c'était ridicule de ma part. Je l'ai compris après.

— Un habit de religieuse serait un bon déguisement, dit Susan, songeuse. Ça dissimule les pieds.

— La vérité, avança George, c'est qu'on regarde très rarement quelqu'un comme il faut. C'est pourquoi, devant les tribunaux, on entend des descriptions extrêmement divergentes d'un individu selon les divers témoins. Ça vous surprendrait. Pour le même homme, on vous dit qu'il est grand et petit, mince et gros, brun et blond, vêtu d'un costume sombre et clair, et ainsi de suite. En général, il y a *un* observateur auquel on peut faire confiance, mais il faut parvenir à déterminer lequel c'est.

— Un autre truc bizarre, ajouta Susan, c'est que, parfois, vous apercevez, sans vous y attendre, votre reflet dans un miroir et que vous ne savez pas de qui il s'agit. L'image vous semble vaguement familière. Et vous vous dites : « Voilà quelqu'un que je connais... » Et puis soudain vous comprenez que c'est vous !

— Ce serait encore plus difficile, renchérit George, si vous vous voyiez réellement comme vous êtes — et non tel que vous transforme l'image dans la glace.

— Tiens, pourquoi ? questionna Rosamund, interloquée.

— Parce que, comprends-tu, personne ne se voit jamais *comme le voient les autres*. On se voit toujours dans une glace — c'est-à-dire comme une image inversée.

— Mais pourquoi cela fait il une différence ?

— C'est forcé ! jeta Susan. Parce que les deux côtés d'un visage ne sont pas réellement symétriques. Les sourcils sont différents, ou les lèvres remontent plus à droite, ou bien le nez n'est pas vraiment droit. On s'en aperçoit avec un crayon — qui est-ce qui a un crayon ?

Quelqu'un en sortit un, et tout le monde s'amusa à se le tenir devant le nez et à observer de minimes variations des angles.

L'ambiance s'était de beaucoup allégée. Chacun faisait preuve d'une humeur enjouée. Ce n'étaient plus les héritiers de Richard Abernethie réunis pour se partager ses dépouilles, mais des gens joyeux et normaux passant ensemble un week-end à la campagne.

Seule Helen Abernethie demeurait silencieuse et perdue dans ses pensées.

Avec un soupir, Poirot se dressa et souhaita à son hôtesse un bonsoir courtois :

— Et peut-être, madame, conviendrait-il que je vous dise également au revoir. Mon train part à 9 heures demain matin. C'est très tôt. Aussi vais-je vous remercier de votre gentillesse et de votre hospitalité. Pour la date d'entrée en possession, j'arrangerai cela avec ce bon Mr Entwhistle. En fonction de ce qui vous conviendra le mieux, naturellement.

— Ce sera quand il vous plaira, monsieur Pontarlier. Je... j'ai achevé tout ce que j'avais à faire ici.

— Vous allez regagner maintenant votre villa de Chypre ?

— Oui, répondit Helen avec un petit sourire.

— Vous en êtes heureuse, je vois. Vous n'avez pas de regrets ?

— De quitter l'Angleterre ? Ou bien de partir d'ici, voulez-vous dire ?

— De partir d'ici, bien entendu.

— Oh ! non... Il ne sert à rien — n'est-il pas vrai ? — de s'accrocher au passé. On doit laisser cela derrière soi.

— Si on le peut.

Clignant innocemment les yeux, Poirot souriait poliment, comme pour s'excuser, aux visages polis qui l'entouraient :

— Oui, parfois, ce n'est pas possible. Le passé ne vous lâche pas. Il ne veut pas sombrer dans le sommeil de l'oubli. Il se penche sur vous — et il dit : « Je ne suis pas encore mort. »

Susan éclata d'un rire dubitatif.

— Mais je suis sérieux, insista Poirot.

— Vous voulez dire, s'enquit Michael, que vos réfugiés, lorsqu'ils viendront ici, ne seront pas capables de rejeter complètement derrière eux leurs souffrances passées ?

— Je ne pensais pas à mes réfugiés.

— Il pensait à nous, chéri, expliqua Rosamund. Il pensait à oncle Richard, et à tante Cora, et à la hachette et tout ça...

Elle se tourna vers Poirot :

— N'est-ce pas ?

Poirot la fixa, impassible :

— Pourquoi croyez-vous cela, madame ?

— Parce que vous êtes flic, je me trompe ? C'est en tant que flic que vous êtes ici. Votre NURCEF ou je ne sais trop quoi, ça n'est que de la frime, pas vrai ?

20

Ce fut un moment d'extraordinaire tension. Poirot la ressentit, sans pour autant quitter du regard le charmant visage placide de Rosamund.

Il s'inclina légèrement :

— Vous faites preuve d'une grande perspicacité, madame.

— Pas vraiment, répliqua la jeune femme. On vous a montré à moi, une fois, dans un restaurant. Je me suis souvenue de vous.

— Mais vous n'en aviez pas parlé — jusqu'à présent ?

— Je pensais que ce serait plus amusant de ne rien dire.

Michael avait de la peine à maîtriser sa voix :

— Ma... ma chérie.

Poirot se détourna pour l'observer.

Michael était en colère. En colère, mais pas seulement. Inquiet, peut-être ?

Lentement, Poirot fit le tour des visages. Celui de Susan, furieux et en alerte. Gregory, anéanti et fermé. Miss Gilchrist, ahurie, bouche bée. Celui de George, empreint de lassitude. Et Helen, défaite et nerveuse...

Toutes ces expressions étaient normales dans la conjoncture présente. Poirot regretta de ne pas avoir pu observer toutes ces physionomies une fraction de seconde plus tôt, lorsque le mot « flic » était tombé des lèvres de Rosamund. Parce que maintenant, inévitablement, ce ne serait plus pareil...

Il redressa les épaules et s'inclina.

— Je ne suis pas « flic », précisa-t-il dans un langage et avec un accent soudain moins étrangers, mais je dois à la vérité d'avouer que je suis détective.

Les ailes du nez de George avaient à nouveau pâli.

— Qui vous a envoyé ici ? s'enquit-il.

— J'ai été engagé pour enquêter sur les circonstances du décès de Richard Abernethie.

— Par qui ?

— Pour le moment, cela ne vous regarde pas. Mais il vous serait à tous précieux, n'est-il pas vrai, d'avoir l'assurance, *sans le moindre doute possible*, que Richard Abernethie est mort de mort naturelle ?

— Bien sûr qu'il est mort de mort naturelle. Qui a dit le contraire ?

— Cora Lansquenet l'avait dit. Et Cora Lansquenet est elle-même décédée.

Telle une brise maléfique, un vent de malaise sembla souffler sur la bibliothèque.

— Elle l'a dit ici même, dans cette pièce, murmura Susan. Mais je ne croyais vraiment pas que...

— Tu ne croyais pas, Susan ? lança George dont les yeux brillaient d'une lueur sardonique. Pourquoi continuer de faire semblant ? Tu crois encore pouvoir duper monsieur Pontarlier ?

— Nous le croyons tous, en réalité, ajouta Rosamund. Et il ne s'appelle pas Pontarlier. Il s'appelle Hercule quelque chose.

Nouvelle inclinaison :

— Hercule Poirot. Pour vous servir.

Il n'y eut pas le moindre sursaut de surprise ou d'appréhension. Son nom n'évoquait rien pour eux.

Il les inquiétait bien moins que le seul mot « détective ».

— Et pourrais-je savoir à quelles conclusions vous êtes parvenu ? demanda George.

— Il ne te le dira pas, chéri, ricana Rosamund. Ou s'il te répond, ce qu'il dira ne sera pas vrai.

Seule de toute l'assemblée, elle paraissait s'amuser.

Poirot la dévisagea, pensif.

*

Cette nuit-là, Poirot dormit mal. Il se sentait troublé, et il n'était pas sûr de savoir *pourquoi*. Des bribes de conversations, des regards divers, des mouvements bizarres — tout semblait se présenter, dans la solitude nocturne, avec une provocante signification. Il était au seuil du sommeil, mais le sommeil ne venait pas. Enfin, alors qu'il allait s'assoupir, un éclair lui traversa l'esprit et l'éveilla tout à fait. Peinture... Timothy et la peinture... peinture à l'huile... l'odeur de la peinture... en rapport quelconque avec Mr Entwhistle. La peinture et Cora. Les peintures de Cora... des peintures de cartes postales... Cora trichait sur ses peintures... Non, revenir à Mr Entwhistle — quelque chose qu'avait dit Mr Entwhistle — ou bien était-ce Lanscombe ? Une religieuse qui s'était présentée le jour de la mort de Richard Abernethie. Une religieuse à moustache. Une religieuse à Stansfield Grange — et une religieuse à Lytchett St Mary. Bien trop de religieuses là-dedans ! Rosamund, élégante en religieuse sur scène. Rosamund — disant qu'il était détective — et chacun la regardant avec stupéfaction quand elle avait dit cela. Comme ils avaient dû regarder Cora le jour où elle avait dit : « Mais il a bien été assassiné, non ? » Et qu'était-ce donc qui « ne collait pas », selon Helen, à cette occasion ? Helen Abernethie — abandonnant son passé derrière elle — partant pour Chypre...

Helen laissant tomber les fleurs de cire quand il avait dit... Mais *qu'avait-il* dit ? Il ne parvenait pas à s'en souvenir...

Il s'endormit enfin, et il fit des rêves...

Il rêva du guéridon de malachite verte. Le bouquet de fleurs de cire était posé dessus, sous son globe de verre — mais tout l'ensemble avait été recouvert d'une épaisse couche de peinture écarlate. De la peinture couleur sang. Il sentait l'odeur de la peinture et Timothy gémissait, disant « je meurs, je meurs... C'est la fin ». Et Maude, debout, haute et dure, un grand couteau à la main, lui faisait écho : « Oui, c'est la fin... » La fin — un lit mortuaire, des cierges, et une religieuse en prière. S'il pouvait voir seulement son visage, il saurait...

Hercule Poirot se réveilla en sursaut — et, cette fois, il savait !

Oui, c'était bel et bien la fin...

Pourtant, il restait un long chemin à parcourir.

Il fit le tri entre les différents éléments de la mosaïque.

Mr Entwhistle, l'odeur de la peinture, la maison de Timothy et quelque chose qui devait s'y trouver — ou qui pouvait s'y trouver... Les fleurs de cire... Helen... Le globe de verre brisé...

*

Dans sa chambre, Helen Abernethie s'attarda longtemps avant de se coucher. Elle réfléchissait.

Assise devant sa coiffeuse, elle regardait sans la voir son image dans le miroir.

Elle avait été contrainte d'accepter la présence d'Hercule Poirot. Elle n'en avait pas voulu. Mais Mr Entwhistle lui avait rendu un refus impossible. Et, maintenant, tout avait éclaté au grand jour. Plus question de laisser Richard Abernethie reposer en paix dans sa tombe. Tout avait débuté par ces quelques mots de Cora...

Le lendemain des obsèques... De quoi avaient-ils

tous eu l'air ? se demandait-elle. De quoi avaient-ils eu l'air aux yeux de Cora ? Et quel air avait donc eu Cora elle-même ?

Qu'avait donc dit George ? A propos de se voir soi-même ?

Il y avait également une citation célèbre : *se voir soi-même comme les autres nous voient...* Comme les autres nous voient.

Les yeux qui regardaient sans voir dans la glace se focalisèrent tout à coup. Elle se voyait elle-même — mais pas réellement elle-même — pas elle-même telle que les autres la voyaient — et pas non plus comme Cora l'avait vue ce jour-là.

Son sourcil droit — non, c'était son sourcil gauche... Il était plus incurvé que le droit. La bouche ? Non, elle avait une parfaite symétrie. Si elle se rencontrait dans la rue, elle ne verrait certainement pas grande différence avec l'image renvoyée par le miroir. Pas comme Cora.

Cora — l'image s'imposait avec netteté... Cora, le jour de l'enterrement, sa tête rejetée sur le côté — lançant sa question — regardant Helen...

Soudain, Helen se prit le visage à deux mains.

— *Ça n'a pas de sens,* se murmura-t-elle. *Ça ne peut pas avoir de sens...*

*

La sonnerie du téléphone arracha miss Entwhistle à un songe délicieux, dans lequel elle jouait au piquet avec la reine Mary.

Elle essaya de l'ignorer — mais ça sonnait toujours. Encore à moitié assoupie, elle souleva sa tête de son oreiller et regarda le réveil sur la table de nuit. 7 heures moins 5... qui donc, au nom du Ciel ! pouvait téléphoner à une heure pareille ? Ce devait être un faux numéro.

Le grelottement exaspérant se poursuivait. Miss Entwhistle soupira, passa sa robe de chambre et s'en fut au salon.

Elle décrocha le combiné :

— Ici Kensington 675498, annonça-t-elle d'une voix aigre.

— Mrs Abernethie à l'appareil. Mrs *Leo* Abernethie. Puis-je parler à Mr Entwhistle ?

— Oh ! bonjour, Mrs Abernethie.

Le « bonjour » manquait de cordialité :

— C'est miss Entwhistle. Je crains que mon frère ne dorme encore. Je dormais moi-même.

Helen ne pouvait faire moins que de présenter des excuses :

— Je suis confuse. Mais il est de la plus haute importance que je puisse tout de suite m'entretenir avec votre frère.

— Cela ne pourrait pas attendre un peu ?

— Non, j'en ai peur.

— Bon, alors, très bien.

Miss Entwhistle n'avait pas cherché à dissimuler son aigreur.

Elle frappa à la porte de son frère et entra :

— Encore les Abernethie ! lança-t-elle, âpre.

— Hein ?... Les Abernethie ?

— Mrs Leo Abernethie. Téléphoner avant 7 heures du matin ! Vraiment !

— Mrs Leo, dites-vous ? Oh ! Seigneur... C'est bien singulier. Où est ma robe de chambre ? Ah ! merci.

Il prit l'écouteur :

— Entwhistle. C'est vous, Helen ?

— Oui. Je suis absolument désolée de vous tirer du lit comme cela. Mais vous m'aviez dit de vous appeler tout de suite si je me souvenais de ce qui m'avait semblé, d'une certaine façon, ne pas coller le jour des obsèques, lorsque Cora nous avait à tous donné un choc en laissant entendre que Richard avait été assassiné.

— Ah !... Vous vous en êtes souvenue ?

— Oui. Mais ça n'a pas de sens.

— Permettez-moi d'en juger par moi-même. S'agit-il de quelque chose que vous auriez remarqué à propos d'une des personnes présentes ?

— Oui.

— Dites-moi.

— Cela paraît absurde, s'excusa-t-elle. Mais j'en suis tout à fait sûre. Cela m'est revenu pendant que je me regardais dans la glace hier soir. Oh !...

Le petit cri de surprise fut suivi d'un son étrange transmis par le téléphone — un bruit lourd et mat que Mr Entwhistle ne parvint pas à identifier.

Il s'inquiéta :

— Allô !... Allô !... Vous êtes toujours là ? Helen, vous êtes là ?... Helen...

21

Ce ne fut qu'une heure plus tard que Mr Entwhistle, après divers échanges avec les responsables des centraux téléphoniques, put enfin entrer en communication avec Hercule Poirot.

— Le Ciel soit loué ! dit-il d'une voix pleine d'une exaspération bien compréhensible. Le standard semble avoir eu les plus grandes difficultés à obtenir le numéro.

— Ça ne m'étonne pas. Le récepteur était décroché.

Il y avait dans le ton de Poirot une nuance de mauvais augure qui n'échappa pas à son interlocuteur.

— Il s'est passé quelque chose ? interrogea-t-il vivement.

— Oui. Mrs Leo Abernethie a été retrouvée, voici vingt minutes à peu près, par la femme de chambre, à côté du téléphone, dans le bureau. Elle était inconsciente. Une commotion sérieuse.

— Vous voulez dire qu'on l'a frappée à la tête ?

— Je le pense. Il serait *à la rigueur* possible qu'elle ait trébuché et qu'elle se soit heurté le crâne contre un bouton de porte en marbre. Mais, moi, je ne le crois pas, et le médecin ne le croit pas non plus.

— Elle était en train de me téléphoner. Je me demandais pourquoi nous avions été coupés si brutalement.

— Ainsi donc c'était à vous qu'elle téléphonait ? Que disait-elle ?

— Elle m'avait dit, il y a quelque temps, que lorsque Cora Lansquenet avait laissé entendre que son frère avait été assassiné, elle avait eu elle-même le sentiment que quelque chose ne collait pas — qu'il y avait quelque chose d'anormal... Elle ne savait pas trop comment l'expliquer... Malheureusement, elle ne pouvait plus se rappeler pourquoi elle avait eu cette impression.

— Et, tout à coup, elle s'en est souvenue ?

— Oui.

— Et elle a téléphoné pour vous le dire ?

— Oui.

— *Eh bien !* s'exclama Poirot dans sa langue maternelle.

— Il n'y a pas de *eh bien* qui tienne, lança Mr Entwhistle avec humeur. Elle avait commencé de me le dire, mais elle a été interrompue.

— Que vous a-t-elle dit ?

— Rien d'intéressant.

— Vous me pardonnerez, mon tout bon, mais c'est à moi d'en juger. Pas à vous. Qu'a-t-elle très précisément dit ?

— Elle m'a rappelé que je lui avais demandé, si elle se souvenait de ce qu'elle avait jugé anormal, de me le faire savoir immédiatement. Elle m'a dit qu'elle s'en était souvenue — mais que cela « n'avait pas de sens ».

» Je lui ai alors posé la question de savoir s'il s'agissait de quelque chose à propos d'une des personnes présentes ce jour-là, et elle m'a répondu que oui. Elle a dit que ça lui était revenu pendant qu'elle se regardait dans une glace...

— Oui ?

— C'est tout.

— Elle n'a donné aucune indication sur... sur la personne concernée ?

— Si elle m'avait dit *ça*, je n'aurais pas manqué de vous en informer, grinça Mr Entwhistle.

— Je vous présente mes excuses, mon bon ami. Vous m'en auriez parlé, bien entendu.

— Nous allons devoir attendre qu'elle ait repris conscience pour savoir.

— Cela pourrait ne se produire que dans bien longtemps, murmura Poirot, très sérieux. Peut-être même jamais.

— C'est aussi grave que cela ?

— Oui, c'est aussi grave que cela.

— Mais... mais c'est terrible, Poirot !

— Oui, c'est terrible. Et c'est bien pourquoi nous ne pouvons pas nous offrir le luxe d'attendre. Parce que cela montre que nous avons affaire à quelqu'un, ou bien que rien n'arrête, ou bien qui est en pleine panique, ce qui revient au même.

— Mais, écoutez-moi, Poirot. Et Helen ? Je suis inquiet. Vous êtes sûr qu'elle est en sécurité à Enderby ?

— Non. Elle n'y aurait pas été en sûreté. Donc elle n'est plus à Enderby. Une ambulance est déjà venue la chercher pour l'emmener dans une maison de santé où elle aura ses infirmières particulières et où *personne*, famille ou pas famille, n'aura le droit de la voir.

Mr Entwhistle soupira :

— Vous m'ôtez un grand poids ! Elle aurait pu courir un effroyable danger.

— Elle aurait été en danger, assurément !

— J'ai une vive estime pour Helen Abernethie, dit le vieil avoué d'une voix pleine d'émotion. Depuis toujours. C'est une femme d'une personnalité vraiment exceptionnelle. Même si l'on a pu noter certains... — comment dirais-je ? — certains points d'ombre dans sa vie.

— Ah ! des points d'ombre ?

— J'ai toujours pensé que c'était le cas.

— D'où la villa à Chypre. Oui, ça explique bien des choses...

— Je ne voudrais pas que vous vous mettiez à penser que...

— Vous ne pouvez m'interdire de penser. Bon, maintenant, j'aimerais vous charger d'une petite mission. Un moment, je vous prie.

Il y eut un blanc, puis Poirot parla à nouveau :

— Je voulais m'assurer que personne n'écoutait. Rien à craindre. Bon, voilà maintenant ce que je voudrais que vous fassiez pour moi. Il faut vous préparer à un voyage.

— Un voyage ? s'étonna Mr Entwhistle, un peu effaré. Ah ! je vois... Vous voulez que je vienne à Enderby ?

— Pas du tout. Ici, c'est *moi* qui mène la barque. Non, non, vous n'aurez pas à accomplir un déplacement aussi long. Votre voyage ne vous entraînera pas très loin de Londres. Vous prendrez le train pour Bury St Edmunds — ma parole ! vos villages anglais ont de ces noms ! — et là, vous louerez une voiture. Vous vous ferez conduire à Forsdyke House. C'est une clinique psychiatrique. Demandez un entretien au Dr Penrith et interrogez-le sur le dossier d'un certain patient qui a quitté récemment l'établissement.

— Quel patient ? De toute façon, ils n'accepteront certainement pas de...

— Le nom du patient est Gregory Banks. Découvrez pour quelle forme de maladie mentale il a été soigné.

— Vous voulez dire que Gregory Banks est dément ?

— Chut ! Soyez prudent dans vos propos. Et maintenant... je n'ai pas encore pris mon petit déjeuner ni vous, du moins je le suppose, votre *breakfast* ?

— Pas encore. J'étais trop anxieux pour...

— Je comprends. Eh bien, je vous en conjure, prenez votre *breakfast* et reposez-vous. Il y a un très bon train pour Bury St Edmunds à midi juste. Si j'ai d'autres nouvelles, je vous retéléphonerai avant votre départ.

— Faites attention à vous, Poirot, lui recommanda l'avoué, soucieux.

— Oh ! pour ça, oui. Moi, je n'ai aucune envie que mon crâne entre en contact avec un morceau de marbre. Je puis vous donner l'assurance que je prendrai toutes les précautions. Eh bien, mon excellent ami, pour le moment, au revoir.

Poirot entendit, à l'autre bout du fil, le bruit du combiné que l'on remettait en place, puis, très faible, un second *clic* : quelqu'un venait de raccrocher le second poste du hall.

Il s'y rendit. Personne en vue. Sur la pointe des pieds, il alla jusqu'au placard aménagé sous l'escalier et regarda à l'intérieur. Au même moment, Lanscombe franchissait la porte de service, porteur d'un plateau chargé de toasts et d'une cafetière d'argent. Il parut assez surpris de voir Poirot émerger de son placard.

— Le petit déjeuner est servi dans la salle à manger, monsieur, dit-il.

Poirot l'examina, pensif.

Le vieux maître d'hôtel était pâle et paraissait ému.

— Courage, lui dit Poirot en lui tapant sur l'épaule. Tout ira bien, maintenant. Serait-ce un gros problème que de m'apporter une tasse de café dans ma chambre ?

— Tout de suite, monsieur. Je vais la faire monter par Janet.

Désapprobateur, Lanscombe suivit de l'œil Poirot qui remontait l'escalier, vêtu d'une robe de chambre de soie à motifs en triangles et en carrés.

« Des étrangers ! pensait-il en colère. Des étrangers dans cette maison ! Et Mrs Leo avec une commotion ! C'est à se demander où nous allons. Ah ! tout a bien changé depuis la mort de Mr Richard. »

Hercule Poirot s'était habillé quand Janet lui apporta son café. Ses murmures de sympathie furent bien reçus, dans la mesure où il avait souligné à loisir le choc que sa triste découverte avait dû constituer pour elle.

— Ah ! pour ça, oui, monsieur. Jamais que je n'oublierai le coup que ça m'a fait, quand j'ai ouvert la porte du bureau, que je suis entrée avec mon aspirateur et que j'ai vu Mrs Leo étendue par terre. Inconsciente qu'elle était ! Même que j'ai bien vérifié qu'elle était pas morte. Elle avait dû s'évanouir là, devant le téléphone. Et rendez-vous compte qu'elle s'était levée si tôt matin ! Ça, je ne lui avais encore jamais vu faire !

— C'est incroyable, en effet... Personne d'autre n'était levé, je suppose ?

— Comme par un fait exprès, Mrs Timothy était déjà debout et sortie. L'a toujours été matinale, celle-là... elle sort souvent faire un tour avant le petit déjeuner.

Poirot hochait la tête :

— Elle est encore d'une génération où on se lève tôt. Mais les jeunes... Eux, ils ne se sont pas levés de si bon matin ?

— Ça ne risque pas, monsieur. Presque tous, ils étaient encore endormis quand je leur ai apporté leur thé. Et tard que j'étais pour ça, à cause du choc, et puis il avait fallu que j'appelle le docteur, et que je boive une bonne tasse de thé pour me remettre moi-même.

Elle repartit. Poirot réfléchit à ce qu'elle venait de lui dire.

Maude Abernethie était déjà levée et sortie, tandis que la jeune génération était demeurée au lit — mais cela, de l'avis de Poirot, ne signifiait rien du tout. N'importe qui pouvait avoir entendu Helen ouvrir et refermer sa porte et l'avoir suivie pour espionner ses propos — et avoir pris ensuite le plus grand soin de paraître encore assoupi et au fond de son lit.

« Mais si j'ai raison, pensa Poirot — et après tout, il m'est naturel d'avoir raison : chez moi, c'est une habitude ! — , il est inutile de chercher à savoir qui était ici et qui était ailleurs. D'abord, il me faut trouver une preuve là où, selon mes déductions, la preuve pourrait être. Et puis... et puis en route pour mon petit discours. Alors, je me carrerai dans mon fauteuil et je verrai bien ce qui se passera...

Dès que Janet eut quitté sa chambre, Poirot avala sa tasse de café, revêtit son manteau, se coiffa de son chapeau et descendit à pas de loup le petit escalier pour sortir de la maison par la porte latérale. Il parcourut d'une démarche rapide les quelques centaines de mètres qui le séparaient du bureau de poste, où il demanda une communication à longue distance.

Il put bientôt s'entretenir avec Mr Entwhistle :

— Oui, c'est encore moi ! Oubliez la mission dont je vous avais parlé. *C'était une blague !* Quelqu'un m'écoutait. Maintenant, *mon vieux*, votre vraie mission. Vous allez devoir, comme je vous le disais, prendre un train. Mais pas pour Bury St Edmunds. Je veux que vous vous rendiez au domicile de Mr Timothy Abernethie.

— Mais Timothy et Maude sont à Enderby.

— Précisément. Il n'y a personne dans la maison, à l'exception d'une femme du nom de Jones, qui a été persuadée de jouer en leur absence le rôle de gardienne par l'offre d'une considérable largesse. Ce que je veux, c'est que vous preniez quelque chose dans la maison !

— Mon cher Poirot !... Je ne peux m'abaisser au point de commettre un cambriolage !

— Ça n'aura pas l'air d'un cambriolage. Vous direz à l'excellente Mrs Jones, qui vous connaît, que vous avez été chargé par Mr et Mrs Abernethie de venir prendre l'objet en question et de l'emporter à Londres. Elle n'y trouvera rien de suspect.

— Probablement non, certes, convint Mr Entwhistle non sans répugnance. Mais pourquoi n'y allez-vous pas vous-même ?

— Parce que, mon tout bon, je serais un inconnu, d'apparence outrageusement étrangère, et, par conséquent, un personnage douteux qui provoquerait immédiatement des difficultés de la part de Mrs Jones. Ce ne sera pas le cas avec vous.

— Oui, oui, je le vois bien. Mais que vont, au nom du Ciel, en penser Maude et Timothy lorsque cela leur reviendra aux oreilles ? Je les connais depuis quarante ans, en gros.

— Et vous connaissiez Richard Abernethie depuis aussi longtemps ! Et vous aviez connu Cora Lansquenet depuis son enfance !

— Vous êtes bien sûr que c'est *vraiment* nécessaire, Poirot ? demanda Mr Entwhistle d'une voix torturée.

— C'est la vieille question que posaient les affiches de propagande pendant la guerre : *Votre voyage est-il réellement nécessaire ?* Je vous le dis, très cher, *c'est* nécessaire. C'est vital !

— Et quel est l'objet dont je dois m'emparer ?

Poirot le lui indiqua.

— Mais franchement, Poirot, je ne vois pas...

— *Vous* n'avez pas besoin de voir. *Je* m'en charge.

— Et que voulez-vous que je fasse avec ce sacré truc ?

— Vous l'apporterez à Londres, à Elm Park Gardens, au numéro que je vais vous indiquer. Notez-le, si vous avez de quoi écrire.

S'étant exécuté, Mr Entwhistle reprit, toujours de sa voix torturée :

— J'espère que vous savez ce que vous faites, Poirot.

L'avoué semblait très dubitatif — mais Poirot, lui, ne nourrissait pas le moindre doute :

— Bien sûr que je sais ce que je fais. Nous approchons de la fin.

Mr Entwhistle soupira :

— Si seulement nous pouvions deviner ce qu'Helen allait me dire...

— Inutile de chercher à le deviner. Je le sais.

— Vous le savez ? Mais, mon cher Poirot...

— Les explications devront attendre. Mais permettez-moi de vous en donner l'assurance : *je sais ce qu'Helen Abernethie a vu lorsqu'elle s'observait dans sa glace.*

*

Le petit déjeuner avait été morose. Ni Rosamund ni Timothy n'étaient apparus. Mais les autres s'exprimaient à voix basse et mangeaient un peu moins que de coutume.

George fut le premier à recouvrer sa bonne humeur. Son tempérament vif le poussait à l'optimisme :

— Je suis persuadé que tout ira bien pour tante Helen. Les médecins aiment bien faire grise mine. Après tout, ce n'est qu'une commotion. Ça disparaît souvent complètement en quelques jours.

— Une femme que je connaissais a eu une commotion pendant la guerre, raconta miss Gilchrist. Une brique ou je ne sais quoi lui était tombée dessus alors qu'elle marchait dans Tottenham Court Road — c'était au moment des bombes volantes —, et elle n'avait *rien* senti du tout. Elle a continué à faire ce qu'elle faisait... Et elle s'est effondrée dans un train pour Liverpool douze heures après. Et, vous ne le croirez pas, elle ne se souvenait pas du tout d'être allée à la gare et d'avoir pris le train, ou de *quoi que ce soit*. Elle n'a rien compris quand elle s'est réveillée à l'hôpital. Elle y était depuis près de trois semaines.

— Ce que je ne saisis pas, remarqua Susan, c'est

ce que tante Helen pouvait bien fabriquer à une heure aussi peu chrétienne et à qui elle téléphonait.

— Elle s'était sentie malade, trancha Maude. Elle s'est sans doute réveillée avec un malaise et elle est descendue pour appeler le médecin. Et puis elle s'est évanouie et elle est tombée. C'est la seule hypothèse qui tienne.

— Quelle malchance d'avoir heurté cette poignée de porte, remarqua Michael. Si elle n'était tombée que sur le gros tapis de laine, elle n'aurait rien eu.

Rosamund arrivait, le front plissé :

— Je ne retrouve pas ces fleurs de cire. Celles qui étaient sur le guéridon de malachite le jour de l'enterrement d'oncle Richard...

Elle lança à Susan un regard accusateur :

— C'est *toi* qui les as prises ?

— Mais non, évidemment ! Franchement, Rosamund, tu n'es quand même pas en train de penser à ce guéridon alors qu'on vient d'emmener tante Helen à l'hôpital avec une commotion cérébrale ?

— Je ne vois pas pourquoi je n'y penserais pas. Quand on a une commotion, on ne sait pas ce qui se passe et ça n'a donc aucune importance. Nous ne pouvons rien faire pour tante Helen. Et Michael et moi, nous devons être de retour à Londres demain à l'heure du déjeuner parce que nous devons voir Jackie Lygo au sujet de la date de la première représentation de *The Baronet's Progress*. Je voudrais donc bien être fixée définitivement pour ce guéridon. Mais je voudrais revoir ces fleurs de cire. Il y a maintenant dessus une espèce de vase chinois — pas mal — mais beaucoup moins d'époque. Je me demande bien où elles sont. Lanscombe le sait peut-être.

Le maître d'hôtel passait justement la tête pour savoir si le petit déjeuner était terminé.

— Nous en avons fini, Lanscombe, dit George en se levant. Que fait donc notre ami étranger ?

— Il s'est fait servir du café et des toasts dans sa chambre, monsieur.

— Un *petit déjeuner* à la française pour le FNUCEREF.

— Lanscombe, savez-vous où se trouvent les fleurs de cire qui étaient sur le guéridon vert du salon ? interrogea Rosamund.

— J'ai cru comprendre que Mrs Leo avait eu un petit malheur avec elles, madame. Elle voulait faire refaire un globe, mais je ne pense pas qu'elle s'en soit déjà occupée.

— Oui. Mais où sont-elles ?

— Probablement dans le placard derrière l'escalier, madame. En général, c'est là qu'on range les choses qui ont besoin d'être réparées. Voulez-vous que je m'en assure ?

— Je vais y aller moi-même. Viens avec moi, Michael chéri. Il y fait noir comme dans un four, et je n'ai pas l'intention d'aller rôder seule dans des coins sombres après ce qui est arrivé à tante Helen.

Chacun manifesta sa surprise.

— Que veux-tu dire au juste, Rosamund ? s'enquit Maude de sa voix profonde.

— Eh bien, elle a été assommée par quelqu'un, non ?

— Elle s'est brusquement évanouie, et elle est tombée, martela Gregory Banks.

Rosamund rit :

— Elle te l'a dit ? Ne sois pas stupide, Greg. Bien sûr qu'elle a été assommée.

— Tu ne devrais pas dire des choses pareilles, Rosamund, grinça George.

— Et puis quoi, encore ? répliqua Rosamund. Elle ne *peut* qu'avoir été assommée. Tout se tient, voyons ! Un flic dans la maison à chercher des indices, oncle Richard empoisonné, tante Cora tuée à coups de hachette, miss Gilchrist qui reçoit un gâteau de mariage à l'arsenic, et maintenant tante Helen frappée avec un instrument contondant. Vous voyez, c'est la loi des séries. Nous serons tués les uns après les autres, et le dernier qui restera, ce sera Lui

— l'assassin, je veux dire. Mais il n'est pas question que ce soit *moi* — qui me fasse tuer, bien entendu.

— Et pourquoi quelqu'un voudrait-il te tuer, belle Rosamund ? questionna George sur le ton de la plaisanterie.

Elle ouvrit de grands yeux :

— Pour l'excellente raison que j'en sais trop, naturellement.

— Qu'est-ce que tu sais ?

Maude Abernethie et Gregory Banks avaient posé la question en même temps.

Rosamund leur offrit son sourire vague et angélique.

— Vous voudriez bien tous le savoir, non ? lança-t-elle d'un ton aimable. Viens, Michael.

22

A 11 heures du matin, Hercule Poirot convoqua une réunion informelle dans la bibliothèque. Tout le monde s'y rendit, et, pensif, il contemplait les visages des gens assemblés en demi-cercle.

— Hier soir, dit-il, Mrs Shane vous a annoncé que j'étais... euh... détective privé. En ce qui me concerne, j'espérais conserver un peu plus longtemps mon... mon camouflage, dirons-nous. Mais tant pis ! Aujourd'hui — ou demain au plus tard —, je vous aurais révélé la vérité. Ecoutez attentivement ce que j'ai à vous dire.

» Dans ma profession, je suis un homme célèbre — *très* célèbre, je puis bien l'affirmer. Mes talents, en fait, sont sans égal !

George Crossfield sourit :

— Vous nous la baillez belle, monsieur Pontar... — non, monsieur Poirot, n'est-ce pas ? Amusant, non, que je n'aie jamais entendu parler de vous ?

— Ça n'a rien d'amusant, trancha Poirot avec sévérité. C'est lamentable ! Hélas, l'éducation est de nos jours en pleine décadence. Apparemment, on n'apprend plus que l'économie — et comment répondre aux tests d'intelligence ! Mais poursuivons. J'ai un ami de longue date, en la personne de Mr Entwhistle et...

— Ah ! c'était *lui*, l'empêcheur de danser en rond !

— S'il vous plaît de voir les choses sous cet angle, Mr Crossfield... Mr Entwhistle était bouleversé par la mort de son vieil ami, Mr Richard Abernethie. Il avait été particulièrement troublé par quelques mots prononcés le jour de l'enterrement par la sœur de Mr Abernethie, Mrs Lansquenet. Des mots prononcés ici même.

— Parfaitement stupide — et du Cora tout craché, commenta Maude. Mr Entwhistle aurait dû avoir le bon sens de ne pas y prêter attention.

— Mr Entwhistle, continua Poirot, a été troublé davantage encore par la... — la coïncidence, dirais-je ? — qu'a constituée la mort de Mrs Lansquenet. Et il a voulu recevoir l'assurance d'un fait, et d'un fait seulement : qu'il ne s'agissait que d'une coïncidence. En d'autres termes, il voulait avoir la certitude que Richard Abernethie était mort de mort naturelle. Dans ce but, il m'a engagé pour procéder aux investigations nécessaires.

Il marqua une pause.

— Et j'ai procédé à ces investigations.

Nouvelle pause. Personne n'ouvrit la bouche.

Poirot releva le menton :

— Eh bien, vous serez tous heureux d'apprendre qu'il en résulte qu'*il n'existe absolument aucune raison de penser que Richard Abernethie ait succombé à autre chose qu'à une mort naturelle.* Il n'existe *pas la moindre* raison de croire qu'il a été assassiné !

Il sourit, et leva ses mains dans un geste de triomphe :

— C'est une bonne nouvelle, n'est-ce pas ?

A voir la manière dont ils l'accueillaient, on ne l'aurait pas cru. A l'exception d'un seul, ils fixaient le détective avec de grands yeux où se lisaient le doute et le soupçon. L'exception, c'était Timothy Abernethie, qui hochait violemment la tête en signe d'approbation.

— Evidemment que Richard n'a pas été assassiné, cracha-t-il, en colère. Je n'ai jamais compris comment quiconque avait pu croire ça un seul instant ! C'était encore une fois Cora et ses manigances, c'est tout. Elle voulait nous faire peur. Elle se croyait drôle. A la vérité, bien qu'elle ait été ma propre sœur, elle avait toujours été un peu toquée, la pauvre fille. Eh bien, monsieur Je-ne-sais-pas-quoi, je suis content que vous ayez eu assez de jugeote pour parvenir à la bonne conclusion. Mais, si vous voulez mon avis, c'était un sacré culot de la part d'Entwhistle que de vous avoir engagé pour venir fourrer votre nez partout. Et s'il croit pouvoir faire payer vos honoraires à la succession de mon frère, je peux vous dire qu'il est à côté de la plaque ! Oui, un sacré culot, et absolument injustifié ! Il s'est pris pour qui, Entwhistle ? Si la famille ne se posait pas de questions...

— Mais la famille s'en posait précisément, oncle Timothy, fit valoir Rosamund.

Sous ses sourcils froncés, Timothy darda sur sa nièce un œil mécontent :

— Hein ? De quoi ?

— Nous nous posions des questions. Et ce qui est arrivé ce matin à tante Helen, après tout le reste ?

— Helen est précisément à l'âge où l'on risque des évanouissements, lança aigrement Maude. Un point, c'est tout.

— Je vois, ricana Rosamund. Encore une coïncidence, vous croyez ?

Elle se tourna vers Poirot :

— Est-ce qu'il n'y aurait pas ici trop de coïncidences, d'après vous ?

— Les coïncidences, répondit doctement Poirot,

sont des phénomènes qui se signalent parfois par leur abondance.

— Sottises, reprit Maude. Helen s'est tout d'un coup sentie patraque. Elle est descendue pour appeler le Dr Larraby et...

— Mais elle n'a pas appelé le Dr Larraby, la contredit Rosamund. J'en sais quelque chose : je viens de lui passer un coup de fil pour lui poser la question.

— Alors à qui téléphonait-elle ? demanda Susan d'un ton âpre.

— Ça, je n'en sais rien, concéda Rosamund.

Son beau visage était quelque peu assombri par la contrariété.

L'espoir ne tarda cependant pas à y refleurir :

— Je n'en sais rien, répéta-t-elle. Mais je vous fiche mon billet que je ne vais pas tarder à le savoir.

*

Poirot s'était installé dans le pavillon d'été victorien. De son gousset, il tira sa grosse montre et la posa devant lui sur la table.

Il avait annoncé qu'il partirait par le train de midi. Il restait une demi-heure. Une demi-heure encore pour qu'une personne se décide à venir le trouver. Une personne... ou davantage, peut-être...

Le pavillon d'été était nettement visible de la plupart des fenêtres de la maison. Bientôt, sûrement, quelqu'un viendrait.

Sinon, preuve serait donnée que sa connaissance de la nature humaine se faisait déficiente et que son hypothèse de base était incorrecte.

Il attendait. Et, au-dessus de lui, au centre de sa toile, une araignée attendait une mouche.

Ce fut miss Gilchrist qui arriva la première, agitée, éperdue et assez incohérente :

— Ah ! monsieur Pontarlier — impossible de me rappeler votre autre nom... Il fallait que je vienne vous parler, quoique ça me déplaise *infiniment* — mais, réellement, je pense que je le *dois*. Je veux dire...

après ce qui est arrivé à la pauvre Mrs Leo ce matin — et je pense personnellement que Mrs Shane a eu *tout à fait raison* — que ce n'était *pas* une coïncidence et certainement pas une *attaque* — comme le laissait entendre Mrs Timothy, parce que mon père avait eu une attaque et que c'était complètement différent. Et de toute façon le docteur a *dit* clairement que c'était une commotion.

Elle s'interrompit, reprit sa respiration, et porta à Poirot un regard suppliant.

— Oui ? fit-il sur son ton le plus encourageant. Vous souhaitez me confier quelque chose ?

— Comme je vous le disais, ça me déplaît infiniment... parce qu'elle s'est montrée si gentille à mon égard. C'est elle qui m'a procuré mon emploi chez Mrs Timothy et tout ça. Elle s'est vraiment montrée *on ne peut plus* gentille avec moi. C'est pour ça que je me sens tellement ingrate. Elle m'a même donné la veste de castor de Mrs Lansquenet, qui est réellement très élégante et qui me va très bien, parce que ça n'a jamais d'importance si une fourrure est un peu trop large. Et quand j'ai voulu lui rendre la broche d'améthyste, elle n'a jamais voulu et...

— Vous faites allusion, coupa Poirot dans un murmure, à Mrs Banks ?

— Oui, voyez-vous...

Miss Gilchrist baissait les yeux et, l'air malheureux, se tordait les mains. Puis elle se redressa et jeta :

— Voyez-vous, j'avais *écouté* !

— Vous voulez dire que vous aviez surpris une conversation...

— Non, répliqua-t-elle avec une expression de détermination héroïque. Je préfère avouer la vérité. Et ce n'est pas trop grave de vous l'avouer à vous, parce que vous n'êtes pas anglais.

Hercule Poirot comprit la subtilité sans pour autant s'en vexer :

— Vous sous-entendez que, pour un étranger, il est

normal que les gens écoutent aux portes, ouvrent les lettres ou lisent celles qu'on a laissé traîner ?

— Oh ! de ma vie je n'ai ouvert le courrier d'autrui ! se récria-t-elle, choquée. Pas *ça*. Mais j'ai *écouté*, ce jour-là — le jour où Mr Richard Abernethie est venu voir sa sœur. J'étais curieuse, comprenez-vous, parce qu'il surgissait si soudainement après toutes ces années. Et je me demandais pourquoi — et... Et, voyez-vous, quand vous n'avez guère de vie personnelle et pas beaucoup d'amis, vous avez tendance à vous intéresser... quand vous vivez auprès de quelqu'un, je veux dire.

— Rien de plus naturel, nota Poirot.

— Oui, je pense avec vous que c'était tout à fait naturel... et en même temps pas *bien* du tout, évidemment. Mais je l'ai fait ! Et j'ai entendu ce qu'il disait !

— Vous avez entendu ce que Mr Abernethie a dit à Mrs Lansquenet ?

— Oui. Il a dit quelque chose comme : « Rien ne sert de parler à Timothy. Il se fiche de tout. Il n'écoutera tout bonnement pas. Mais j'aimerais vider mon sac avec vous, Cora. Nous sommes les trois seuls survivants. Et même si vous avez toujours aimé à jouer les simplettes, je vous sais beaucoup de bon sens. Alors, qu'est-ce que vous *feriez* à propos de ça, si vous étiez à ma place ? »

» Je n'ai presque pas entendu ce que Mrs Lansquenet lui a répondu, mais j'ai saisi le mot *police* — et alors Mr Abernethie s'est mis à parler très fort et il a dit : « Je ne peux pas faire ça. *Pas quand il s'agit de ma propre nièce.* » Et puis il a fallu que j'aille dans la cuisine parce que j'avais sur le feu quelque chose qui débordait. Quand je suis revenue, Mr Abernethie disait : « Même si je dois mourir d'une mort anormale, je ne veux pas qu'on prévienne la police si on peut l'éviter. Vous comprenez ça, n'est-ce pas, mon chou ? Mais ne vous inquiétez pas. Maintenant que je *sais*, je vais prendre toutes les précautions imaginables. » Et puis il a dit aussi qu'il avait rédigé un nouveau testament et que elle, Cora, en serait satisfaite. Et il lui a alors parlé du bonheur qu'elle avait su trouver avec son mari et que peut-être il s'était trompé là-dessus dans le passé.

Miss Gilchrist se tut.

— Je vois, je vois, souffla Poirot.

— Mais j'aurais voulu ne jamais le dire... Je pensais que Mrs Lansquenet ne l'aurait pas souhaité... Mais maintenant — après l'agression contre Mrs Leo ce matin... et puis vous qui avez dit si calmement que c'était une coïncidence. Mais, monsieur Pontarlier, ça n'était *pas* une coïncidence !

Poirot souriait :

— Non, ce n'était pas une coïncidence... Merci d'être venue me parler, miss Gilchrist. Il était indispensable que vous le fassiez.

*

Hercule Poirot eut quelque peine à se débarrasser de miss Gilchrist, ce qui était cependant urgent car il espérait d'autres confidences.

Son instinct ne l'avait pas trompé. A peine miss Gilchrist l'eut-elle quitté que Gregory Banks, traversant le gazon à grandes enjambées, pénétra en coup de vent dans le pavillon. Il était pâle et des gouttes de sueur perlaient à son front. Une excitation étrange se lisait dans ses yeux.

— Ce n'est pas trop tôt ! s'écria-t-il. Je croyais que cette femme stupide ne s'en irait jamais. Vous vous êtes complètement trompé dans ce que vous avez dit ce matin. Vous aviez tort sur tous les points. Richard Abernethie a *bien* été tué. *Je* l'ai tué.

Poirot toisa de bas en haut ce jeune homme agité sans manifester la moindre surprise :

— Ainsi donc vous l'avez tué. Comment ?

Gregory Banks sourit :

— Pour *moi*, c'était l'enfance de l'art. Vous devez bien vous en rendre compte. J'avais à ma disposition quinze ou vingt substances susceptibles de faire l'affaire. La méthode d'administration du poison m'a demandé un peu plus de réflexion, mais j'ai fini par trouver une idée très ingénieuse. La beauté de la chose, c'était que je n'avais pas besoin d'être le moins du monde présent à ce moment-là.

— Subtil, commenta le détective.

— Oui, dit Gregory Banks en baissant modestement les yeux, mais cependant content de lui. Oui... Je pense *vraiment* que c'était ingénieux.

Poirot semblait intéressé :

— Pourquoi l'avez-vous tué ? Pour l'argent qui reviendrait à votre femme ?

— Non. Non, bien sûr que non ! répliqua Greg, soudain indigné. Je ne suis pas un coureur de dot. Je n'ai pas épousé Susan *pour son argent* !

— Ah bon, Mr Banks ?

— C'est ce qu'il croyait, *lui* ! lança Greg, brusquement venimeux. Richard Abernethie ! Il avait beaucoup d'affection pour Susan, il l'admirait, il était fier de son sang Abernethie ! Mais il pensait qu'elle s'était mariée en dessous de sa condition — il estimait que *je* n'étais pas à la hauteur — il me méprisait ! Sans doute parce que je n'avais pas l'accent qu'il faut — que je ne portais pas mes vêtements comme il convient. C'était un snob... un snob puant !

— Il ne me semble pas, observa Poirot d'un ton égal. D'après tout ce que j'ai pu entendre à son sujet, Richard Abernethie n'était pas snob.

— Si ! Si !

Le jeune homme paraissait proche de l'hystérie :

— Il ne m'appréciait pas... il me rejetait... toujours très poli, mais, derrière, je pouvais bien voir qu'il me détestait.

— C'est possible.

— On ne peut pas me traiter de cette manière et s'en tirer comme ça ! On avait déjà essayé ! Une femme qui avait l'habitude de venir se faire préparer ses médicaments à l'officine. Elle était désagréable avec moi. Savez-vous ce que je lui ai fait ?

— Oui, dit Poirot.

Gregory Banks parut stupéfait :

— Alors vous savez ça ?

— Oui.

— Elle a failli mourir, se rengorgea Greg. Ça vous montre que je ne suis pas le genre d'homme que l'on peut prendre à la légère ! Richard Abernethie me méprisait — et qu'est-ce qui lui est arrivé, hein ? Il est mort.

— Un meurtre très réussi, le félicita Poirot avec gravité. Mais pourquoi venir me l'avouer, à moi ?

— Parce que vous aviez dit que vous aviez tout compris ! Parce que vous avez dit qu'il n'avait *pas* été assassiné. Il fallait que je vous démontre que vous n'êtes pas aussi fort que vous le croyez. Et en plus — en plus...

— Oui ? Et en plus ?

Greg s'effondra soudain sur le banc. Ses traits changèrent et prirent une sorte d'expression extasiée :

— C'était mal — un péché... Je dois être puni... Je dois retourner là-bas — dans la maison du châtiment... Pour expier... Oui, pour *expier* ! Le repentir ! Le salaire du péché !

L'extase illuminait maintenant son visage. Poirot l'étudia un instant, curieux :

— Jusqu'à quel point voulez-vous échapper à votre femme ?

Les traits de Greg changèrent :

— Susan ? Susan est merveilleuse — merveilleuse !

— Oui. Susan est merveilleuse. Mais c'est un lourd fardeau. Susan vous adore. Et ça aussi, c'est un fardeau, non ?

Gregory regardait droit devant lui. Il marmonna enfin, comme un enfant boudeur :

— Pourquoi ne me laisse-t-elle pas tranquille ?

Il se leva :

— Elle arrive. Je m'en vais. Mais vous lui direz ce que je vous ai dit ? Dites-lui que je suis parti pour le poste de police. Pour avouer.

*

Susan entra, hors d'haleine :

— Où est Greg ? Il était ici ! Je l'ai vu.

— Oui...

Poirot ménagea un silence. Puis :

— Il était venu me dire que c'était lui qui avait empoisonné Richard Abernethie...

— Mais ça n'a *ni queue ni tête* ! Vous ne l'avez pas cru, j'espère ?

— Pourquoi ne l'aurais-je pas cru ?

— Il n'était même pas ici quand oncle Richard est mort.

— Peut-être bien que non. Et où était-il quand Cora Lansquenet est morte ?

— A Londres. Nous y étions tous les deux.

Poirot secoua la tête :

— Non, non, ça ne marche pas. Vous, par exemple, vous avez pris ce jour-là votre voiture et vous êtes restée partie tout l'après-midi. Je crois que je sais où vous êtes allée. Vous êtes allée à Lytchett St Mary.

— Je n'ai rien fait de tel !

Poirot sourit :

— Quand je vous ai rencontrée ici, madame, ce n'était pas, comme je vous l'ai dit, la première fois que je vous voyais. Après l'enquête judiciaire sur le décès de Mrs Lansquenet, vous vous êtes rendue au garage du *King's Arms*. Là, vous avez discuté avec un mécanicien. A côté de vous, dans une voiture, il y avait un monsieur étranger âgé. Vous n'y avez pas prêté attention. Mais, lui, il vous a remarquée.

— Je ne vois pas où vous voulez en venir. Ça, c'était le jour de l'enquête.

— Certes, mais souvenez-vous de ce que le mécanicien vous a dit. Il vous a demandé si vous étiez une parente de la victime, et vous lui avez répondu que vous étiez sa nièce.

— Ce n'était qu'un nécrophage. Tous des nécrophages.

— Mais ses mots suivants ont été « Vous m'en direz tant ! J'me demandais aussi où c' que j'vous avais d'jà vue. » Mais où vous avait-il vue auparavant, madame ? Ce devait être à Lytchett St Mary puisque, dans son esprit, le fait qu'il vous ait déjà vue s'expliquait par votre parenté avec Mrs Lansquenet. Vous avait-il aperçue près de son cottage ? Et quand ? Ce point, vous le comprenez, méritait qu'on l'approfondisse. Et le résultat de cet approfondissement, c'est que vous étiez là-bas — à Lytchett St Mary — l'après-midi de la mort de Cora Lansquenet. Vous avez garé votre voiture dans la même carrière où vous l'avez laissée le matin de l'enquête. Votre voiture a été repérée et son numéro relevé. A l'heure qu'il est, l'inspecteur Morton sait à qui appartenait le véhicule.

Susan le fixait, yeux écarquillés. Le rythme de sa respiration s'était accéléré, mais elle ne montrait aucun signe de trouble :

— Vous dites des insanités, monsieur Poirot. Et vous me faites oublier ce que j'étais venue vous confier. Je voulais un entretien seule à seul...

— Pour m'avouer que c'était *vous*, et non votre mari, qui était l'auteur du meurtre ?

— Non, évidemment non. Pour quel genre d'idiote me prenez-vous ? Et je vous ai déjà dit que Gregory n'a jamais quitté Londres ce jour-là.

— Ce dont vous ne savez rien pour l'excellente raison que vous étiez vous-même absente. Pourquoi êtes-vous allée à Lytchett St Mary, Mrs Banks ?

Elle respira à fond :

— Très bien, s'il le faut absolument ! Ce que Cora avait dit à l'enterrement m'inquiétait. Je n'arrêtais pas d'y penser. Finalement, j'ai décidé de faire un saut en voiture jusque là-bas, de la voir et de lui demander ce qui lui avait mis cette idée dans la tête. Greg pensait que c'était stupide, alors je ne lui ai même pas dit où j'allais. Je suis arrivée là-bas vers 3 heures, j'ai sonné, j'ai frappé, mais il n'y a pas eu de réponse. J'ai donc pensé qu'elle était sortie ou bien partie. C'est tout. Je n'ai même pas fait le tour du cottage, sinon j'aurais vu le carreau cassé. Je suis simplement retournée à Londres, sans me douter un instant qu'il pouvait y avoir eu un drame.

Poirot demeurait impassible :

— Pourquoi votre mari s'accuse-t-il du crime ?

— Parce qu'il est...

Un mot mourut sur les lèvres de Susan. Poirot s'en saisit cependant :

— Vous alliez dire en plaisantant « parce qu'il est cinglé » — mais la plaisanterie aurait été trop proche de la vérité, non ?

— Greg va très bien. Il va bien. Il va *bien*.

— Je connais un peu son histoire. Il a passé plusieurs mois à la clinique psychiatrique de Forsdyke House avant de vous rencontrer.

— Il n'a jamais été reconnu dément. Il séjournait là comme patient volontaire.

— C'est vrai. Il n'est pas, je le concède, considéré comme aliéné. Mais il est, et c'est définitif, complètement déséquilibré. Il souffre d'un complexe de punition — depuis sa petite enfance, à mon avis.

Susan répliqua vivement, avec conviction :

— Vous ne comprenez pas, monsieur Poirot. On n'a jamais donné sa *chance* à Greg. C'est pour ça que je voulais tant l'argent d'oncle Richard. Mais oncle Richard était si terre à terre. Il ne pouvait pas comprendre. Je savais que Greg avait besoin de devenir son propre maître. Qu'il avait besoin de se sentir *quelqu'un* — et pas seulement un préparateur en pharmacie qu'on houspille à tout bout de champ. Mais tout va changer, maintenant. Il aura son laboratoire à lui. Il pourra élaborer ses propres formules.

— Oui, oui... Vous lui donnerez le ciel et la terre

— parce que vous l'aimez. Oui, mais vous l'aimez trop pour sa sécurité ou pour son bonheur. Parce qu'on ne peut donner aux gens ce qu'ils sont incapables de recevoir. Au bout du compte, il sera quelque chose qu'il ne veut pas être...

— Quoi donc, je vous le demande ?

— *Le mari de Susan.*

— Comme vous êtes cruel ! Et que d'insanités vous pouvez donc débiter !

— Lorsqu'il s'agit de Gregory Banks, vous n'avez aucun scrupule. Vous vouliez l'argent de votre oncle — pas pour vous-même, mais pour votre mari. Seulement, lui, en veut-il *vraiment* ?

Furieuse, Susan tourna les talons et s'enfuit.

*

— Je me suis dit, déclara Michael Shane d'un ton léger, qu'il fallait que je vienne vous souhaiter bon vent.

Il sourit, d'un sourire singulièrement ravageur.

Poirot était conscient du charme et de la vitalité du jeune homme.

Silencieux, il dévisagea Michael quelques instants. Il avait le sentiment que, de toute la maisonnée, c'était lui qu'il connaissait le moins, parce qu'il ne montrait de lui-même que ce qu'il voulait bien en montrer.

— Votre épouse, remarqua Poirot sur le ton de la conversation, est une femme hors du commun.

Michael haussa les sourcils :

— Vous trouvez ? Elle est délicieuse, je vous l'accorde. Mais son intelligence, à mon avis du moins, n'est pas très développée.

— Elle n'essaiera jamais d'être trop maligne, concéda Poirot. Mais elle sait ce qu'elle veut.

Il soupira :

— Il y a si peu de gens dans ce cas.

Le jeune homme sourit à nouveau :

— Ah ?... Vous pensez au guéridon de malachite ?

— Peut-être... *Et à ce qu'il y avait dessus.*
— Les fleurs de cire, voulez-vous dire ?
— Les fleurs de cire.
Michael plissa le front :
— Il m'arrive de ne pas toujours saisir le fond de votre pensée, monsieur Poirot. Quoi qu'il en soit, ajouta-t-il ayant retrouvé le sourire, je me félicite de ce que nous soyons tous hors de cause. Il était déplaisant, pour user d'un euphémisme, de continuer à se dire que l'un de nous avait assassiné ce pauvre vieil oncle Richard.
— C'est ainsi que vous l'aviez perçu quand vous l'aviez rencontré ? Un pauvre vieil oncle Richard ?
— Oh ! je vous accorde qu'il était très bien conservé et tout.
— Et en pleine possession de toutes ses facultés...
— Certes !
— Et, en fait, très *clairvoyant* ?
— C'est vrai.
— Et qu'il avait le don de juger son monde au premier coup d'œil.
Michael souriait toujours :
— N'attendez pas de moi que j'en convienne, monsieur Poirot. Je n'ai jamais eu l'heur de lui plaire.
— Il estimait peut-être que vous n'étiez pas du genre fidèle ? glissa Poirot.
Le jeune homme éclata de rire :
— Que voilà une idée vieux jeu !
— Mais c'est exact, n'est-ce pas ?
— Je me demande bien ce que vous entendez par *là*.
Poirot joignit le bout de ses doigts.
— On a pris des renseignements, vous savez, souffla-t-il.
— Vous ?
— Pas seulement.
Michael lui lança un rapide regard inquisiteur. Il réagissait vite, nota Poirot. Michael Shane n'était pas stupide :

— Vous voulez dire… que la police s'est intéressée à moi ?

— Ils n'ont jamais été satisfaits de la version selon laquelle le meurtre de Cora Lansquenet n'était qu'un crime crapuleux, vous savez.

— Et ils ont enquêté sur mon compte ?

Poirot adopta son air le plus compassé :

— Ils tiennent à connaître les moindres faits et gestes des proches de Mrs Lansquenet le jour où elle est morte.

— Ça, c'est bien embêtant, confia Michael avec un faux air de chien battu qui cherche à vous faire partager ses malheurs.

— Ah bon, Mr Shane ?

— Plus que vous ne pouvez l'imaginer. Voyez-vous, j'ai dit ce jour-là à Rosamund que je déjeunais avec un certain Oscar Lewis.

— Alors que ce n'était pas vrai ?

— Non. En réalité, j'ai pris ma voiture pour aller retrouver une femme, Sorrel Dainton — une actrice assez connue. J'avais un rôle dans sa dernière pièce. Mais ce qu'il y a de bien embêtant, voyez-vous, c'est que s'il peut s'agir d'un alibi parfaitement satisfaisant pour la police, les choses risquent de beaucoup moins bien se passer avec Rosamund.

Poirot opta pour une expression empreinte de discrétion :

— Cette… amitié a provoqué de petits problèmes ?

— Oui… En fait… en fait, Rosamund m'avait fait promettre de ne plus la revoir.

— Oui, je vois que ça peut devenir fort embêtant, comme vous dites… De vous à moi, vous avez une liaison avec cette dame ?

— Oh ! c'est tout au plus une passade ! Ce n'est pas du tout comme si j'étais amoureux d'elle.

— Mais elle, elle est amoureuse de vous ?

— Eh bien, elle tendrait à se montrer un peu trop possessive… Les femmes sont si crampon. Ce qu'il y a de sûr, en tout cas et comme vous le dites, c'est que la police sera satisfaite.

— Vous le pensez vraiment ?

— Je ne pouvais quand même pas massacrer Cora à coups de hachette si j'étais en train de folâtrer avec Sorrel à des kilomètres et des kilomètres de là. Elle possède un cottage dans le Kent.

— Je vois, je vois... Et cette miss Dainton témoignera en votre faveur ?

— Je doute que cela l'enchante — mais comme il s'agit d'un meurtre, j'imagine qu'elle s'y sentira obligée.

— Peut-être s'y sentira-t-elle obligée... même si vous n'étiez *pas* en train de folâtrer avec elle.

Le visage de Michael s'assombrit soudain comme un ciel d'orage :

— Qu'est-ce que vous entendez par là ?

— Cette dame est folle de vous. Quand les femmes sont folles d'un homme, elles témoigneraient sous serment de ce qui est vrai — mais aussi de ce qui ne l'est pas.

— Ce qui veut dire que vous ne me croyez pas ?

— Peu importe que *je* vous croie ou non. Ce n'est pas *moi* que vous avez à convaincre.

— Qui ça, alors ?

Poirot sourit :

— L'inspecteur Morton — qui vient tout juste d'arriver sur la terrasse en passant par la petite porte.

Michael Shane pivota sur ses talons.

23

— On m'avait dit que vous étiez là, monsieur Poirot, expliqua l'inspecteur Morton, tandis que les deux hommes arpentaient de concert la terrasse. Je suis venu avec le superintendant Parwell, de Matchfield.

Le Dr Larraby lui a téléphoné à propos de Mrs Leo Abernethie et il s'est déplacé pour une petite enquête. Le docteur n'était pas très content.

— Et vous, mon bon, d'où nous arrivez-vous ? Vous voilà bien loin de votre Berkshire natal.

— Je voulais poser quelques questions — et les gens à qui je voulais les poser semblaient tous se trouver fort opportunément rassemblés ici... C'est votre œuvre ?

— Oui, c'est mon œuvre.

— Avec pour résultat que Mrs Leo Abernethie s'est fait assommer.

— Vous ne devriez pas me reprocher ça. Si elle s'était adressée à *moi*... Mais elle ne l'a pas fait. A la place, elle a téléphoné à son avoué, à Londres.

— Et elle était en train de lui dévoiler le pot aux roses quand... Vlan !

— Quand, comme vous le dites : Vlan !

— Et qu'est-ce qu'elle est parvenue à lui dire ?

— Pas grand-chose. Elle a seulement commencé à lui confier qu'elle s'était regardée dans une glace.

— Ah !... Bah ! soupira l'inspecteur avec philosophie, c'est une manie bien féminine.

Il adressa à Poirot un regard aigu :

— Ça vous a suggéré des idées ?

— Oui, je crois que je sais ce qu'elle était sur le point de lui révéler.

— Quel merveilleux devin vous faites ! Vous ne changerez décidément jamais. Bon, de quoi s'agissait-il ?

— Je vous demande bien pardon. Enquêteriez-vous aussi sur la mort de Richard Abernethie, mon cher Morton ?

— Officiellement, non. En fait, bien sûr, si l'on établissait qu'il y a un rapport avec l'assassinat de Mrs Lansquenet...

— Qu'il y ait un rapport, c'est évident. Mais je vais vous demander, mon tout bon, de m'accorder encore un délai de quelques heures. A ce moment-là, je saurai si ce que j'ai imaginé — imaginé seulement, mettez-vous bien cela dans la tête — est correct. Si ça *l'est*...

— Oui, si ça l'est ?

— Alors, je serai sans doute en mesure de déposer entre vos mains une preuve concrète.

— Il va de soi que nous serions preneurs, fit l'inspecteur avec chaleur.

Son œil s'alluma :

— Qu'est-ce que vous avez gardé dans votre manche ?

— Rien. Absolument rien. Parce que la preuve que j'imagine peut très bien ne pas exister. Je n'ai déduit son existence qu'à partir de diverses bribes de conversation. Et, ajouta Poirot sans la moindre conviction, je puis me tromper.

Morton sourit :

— Mais cela ne vous arrive pas souvent ?

— Non. Encore que je reconnaisse — oui, je suis bien forcé de le reconnaître — que cela m'est *déjà* arrivé.

— Je suis heureux de vous l'entendre dire ! Avoir toujours raison doit être parfois monotone.

— Personnellement, je ne trouve pas, le rassura Poirot.

L'inspecteur Morton rit :

— Et vous souhaiteriez donc que je diffère mes interrogatoires ?

— Non, non, pas du tout. Agissez comme vous l'avez prévu. Je suppose que vous n'envisagez pas de procéder à une arrestation ?

Morton secoua la tête :

— Ce que nous avons est bien trop ténu pour ça. Nous avons besoin d'une décision du Parquet — et nous en sommes encore loin. Non, je veux juste recueillir les dépositions de certaines personnes sur leurs allées et venues ce fameux jour — en insistant peut-être bien dans un cas particulier.

— Je vois. Mrs Banks ?

— Finaud ! Oui. Elle y était ce jour-là. Sa voiture était garée dans la carrière.

— Mais on ne l'a pas vue *au volant* de cette voiture.

— Non... Ça la fiche cependant un peu mal, pour parler vulgairement, qu'elle ne nous ait jamais dit un mot sur sa présence là-bas, l'après-midi du meurtre. Il va falloir qu'elle soit en mesure de nous donner des explications convaincantes.

— Elle est très douée pour les explications, releva sèchement Poirot.

— Oui. C'est une jeune femme intelligente. Peut-être un brin trop intelligente.

— Il n'est jamais sage d'être trop intelligent. C'est ainsi que les assassins se font pincer. Vous avez découvert quelque chose de plus sur George Crossfield ?

— Rien de précis. Il a un physique tout ce qu'il y a de banal. Il y a plein de garçons dans son genre qui se déplacent dans ce pays, en train, en bus ou à vélo. Et, après une semaine, les gens ont déjà tellement de peine à se rappeler s'ils se trouvaient tel jour à tel endroit que leur demander s'ils y ont croisé telle personne relève de la gageure.

Il fit une pause, puis :

— Nous avons par ailleurs un renseignement curieux. Ça vient de la mère supérieure de je ne sais quel couvent. Deux de ses religieuses ont fait du porte-à-porte pour une quête. Il semble qu'elles soient allées au cottage de Mrs Lansquenet *la veille* de son assassinat, mais que personne ne soit venu ouvrir lorsqu'elles ont sonné, puis frappé à la porte. C'est assez normal — elle était dans le Nord, pour l'enterrement de son frère, et miss Gilchrist avait eu un jour de congé et était partie en excursion à Bournemouth. Ce qui est étonnant, c'est qu'elles ont dit qu'*il y avait quelqu'un dans le cottage*. Qu'elles ont entendu des soupirs et des gémissements. J'ai demandé si ce n'était pas un jour plus tard, mais la mère supérieure n'en a pas démordu : tout est noté dans une sorte de registre. Quelqu'un mettait-il à profit l'absence des deux femmes pour fouiller le cottage ? Et est-ce que ce quelqu'un, n'ayant pas trouvé ce qu'il cherchait, ne serait pas revenu le lendemain ? Je n'attache pas trop d'importance aux soupirs et encore moins aux gémissements. Même les religieuses ont de l'imagination. Et un cottage où un meurtre a été commis *exige* des gémissements. Mais le point essentiel est le suivant : y avait-il dans le cottage quelqu'un qui n'aurait pas dû s'y trouver ? Et si oui, qui était-ce ? Tout le clan Abernethie assistait à l'enterrement.

La question que posa Poirot pouvait paraître sans rapport avec le sujet :

— Ces religieuses qui quêtaient dans le coin, est-ce qu'elles sont revenues plus tard, pour une nouvelle tentative ?

— En réalité, oui — une semaine après, environ. Le jour même de l'enquête judiciaire, je crois.

— Voilà qui cadre à merveille, dit Poirot. Oui, voilà qui cadre on ne peut mieux.

L'inspecteur Morton haussa un sourcil :

— Pourquoi cet intérêt pour les religieuses ?

— On a attiré de force mon attention sur elles, que ça me plaise ou non. Mais il n'échappera pas à la vôtre, inspecteur, que la visite de ces deux bonnes sœurs a eu lieu le jour même où le gâteau de mariage empoisonné a été introduit dans le cottage.

— Vous ne croyez tout de même pas... Quelle idée absurde !

— Mes idées ne sont *jamais* absurdes, riposta Poirot, sévère. Et maintenant, mon bon ami, je dois vous laisser à vos interrogatoires et à votre enquête sur l'agression contre Mrs Abernethie. Quant à moi, il me faut me mettre en quête de la nièce de feu Richard Abernethie.

— Eh bien, soyez prudent dans ce que vous direz à Mrs Banks.

— Je ne faisais pas allusion à Mrs Banks. Je pensais à l'autre nièce de Richard Abernethie.

*

Poirot trouva Rosamund assise sur un banc dominant un ruisseau qui s'écoulait en cascade avant de s'enfoncer dans des bosquets de rhododendrons. Elle était plongée dans la contemplation de l'eau sans peut-être la voir.

— Je gage que je ne dérange pas une Ophélie, dit le détective en prenant place à côté d'elle. Mais vous êtes possiblement en train d'étudier le rôle ?

— Je n'ai jamais joué Shakespeare. Sauf une fois, dans une troupe de répertoire. J'étais Jessica, dans *Le Marchand de Venise*. Un rôle minable.

— Mais non sans pathétique : « Je ne suis jamais gaie lorsque j'entends une douce musique... » Quel fardeau elle portait, cette pauvre Jessica, la fille du juif haï et méprisé. Quels doutes sur elle-même devait-elle nourrir quand elle a emporté avec elle les ducats de son père, lors de sa fuite pour rejoindre son amant.

Rosamund tourna la tête pour fixer le détective.

— Je vous croyais parti, remarqua-t-elle avec une nuance de reproche.

Elle regarda sa montre :

— Il est midi passé.

— J'ai manqué mon train.

— Pourquoi ?

— Vous pensez que je l'ai manqué pour une raison précise ?

— J'imagine que oui. Vous êtes plutôt ponctuel, non ? Si vous vouliez vraiment prendre ce train, j'imagine que vous l'auriez pris.

— Votre jugement est admirable. Savez-vous, madame, que j'avais établi mes pénates dans le pavillon d'été avec l'espoir que, peut-être, vous m'y feriez visite.

Elle ouvrit de grands yeux :

— Pourquoi l'aurais-je fait ? Vous nous aviez plus ou moins dit au revoir à tous dans la bibliothèque.

— C'est exact. Mais il n'y avait rien — rien que *vous* auriez pu vouloir *me* dire ?

Elle secoua la tête :

— Non. Mais il y avait beaucoup de choses auxquelles je voulais réfléchir. Des choses importantes.

— Je vois.

— Je ne réfléchis pas souvent. Cela me paraît une perte de temps. Mais, *ça*, c'est important. Je pense qu'on doit organiser sa vie comme on souhaite la mener.

— Et c'est ce que vous faisiez ?

— Eh bien, oui... J'essayais de prendre une décision.

— A propos de votre mari ?

— En quelque sorte.

Poirot laissa passer quelques instants.

— L'inspecteur Morton vient tout juste d'arriver.

Il prévint la question de Rosamund :

— C'est l'officier de police chargé de l'enquête sur la mort de Mrs Lansquenet. Il est venu recueillir vos dépositions à tous sur ce que vous faisiez le jour où elle a été assassinée.

— Je vois. Il est à la pêche aux *alibis*, dit-elle gaiement.

Son beau visage se détendit pour un sourire sarcastique :

— Pour Michael, ça va être la croix et la bannière. Il s'imagine que je ne sais pas qu'il était avec cette femme, ce jour-là.

— Comment l'avez-vous appris ?

— Rien qu'à la manière avec laquelle il m'avait annoncé qu'il déjeunait avec Oscar, ça tombait sous le sens. Mine de rien, vous voyez, et avec le nez qui bougeait un peu, comme toujours quand il ment.

— Je suis profondément reconnaissant à la Providence de ne pas vous avoir épousée, madame !

— Et j'ai naturellement vérifié en téléphonant à

Oscar. Les hommes racontent toujours des mensonges si bêtes.

— Ce n'est pas, je le crains, un mari très fidèle, hasarda Poirot.

Rosamund ne le démentit pas :

— Non.

— Et cela vous est indifférent ?

— Eh bien, c'est assez amusant, en un sens. Je veux dire : d'avoir un mari que toutes les autres femmes essaient de vous souffler. Je détesterais d'être mariée à un homme dont personne ne veut — comme cette pauvre Susan. Greg est tellement insipide !

Poirot observait la jeune femme :

— Et si quelqu'un parvenait à... à vous souffler votre mari pour de bon ?

— Ça n'arrivera pas... Plus maintenant.

— Vous voulez dire que...

— Plus depuis que nous avons l'argent d'oncle Richard. Michael s'amourache régulièrement de ce genre de créatures... Cette Sorrel Dainton a bien failli le tenir dans ses griffes — elle voulait le garder pour de bon. Mais pour Michael, le spectacle aura toujours la priorité. Et maintenant, il peut se lancer à fond, monter ses propres pièces. Produire aussi bien que jouer. Il est ambitieux, vous savez, et il est vraiment bon. Pas comme moi. J'adore jouer... Mais même si je suis plutôt belle plante je ne peux guère faire que des panouilles. Non, Michael ne me donne plus aucun souci. Parce que c'est *mon* argent, comprenez-vous ?

Les yeux de Rosamund affrontaient calmement ceux de Poirot. Il pensa qu'il était plus qu'étrange que les deux nièces de Richard Abernethie soient tombées aussi profondément amoureuses d'hommes dans l'incapacité de leur rendre leur amour. Rosamund, pourtant, possédait une beauté hors du commun. Quant à Susan, elle était séduisante et pleine de sex-appeal. Mais si Susan s'accrochait désespérément — parce que c'était pour elle une nécessité vitale — à l'illusion que Greg l'aimait d'amour, Rosamund, plus clairvoyante, ne se faisait, elle, aucune illusion. Elle se satisfaisait de savoir fort bien ce qu'elle voulait.

— Vous comprenez, confia-t-elle, je me dois de prendre une grande décision. Pour l'avenir. Michael ne le sait pas encore, mais...

Un large sourire éclaira son visage :

— Il a découvert que, ce jour-là, je ne faisais pas du shopping et il est fou de jalousie, à cause de ma promenade à Regent's Park.

— Qu'est-ce que c'est que cette histoire de Regent's Park ? interrogea Poirot, interdit.

— J'y suis allée, voyez-vous, après ma consultation à Harley Street. Rien que pour réfléchir en marchant. Bien entendu, Michael s'imagine que ça ne pouvait être que pour y rencontrer un homme !

Son sourire se fit béat :

— Et ça ne lui plaît *pas du tout* !

— Mais pourquoi ne vous seriez-vous *pas* promenée à Regent's Park ? s'enquit le détective.

— Vous voulez dire... rien que pour marcher ?

— Oui. Vous n'avez jamais fait ça ?

— Jamais. Quelle idée ! Qu'est-ce qu'on pourrait bien aller *faire* à Regent's Park ?

Poirot la regarda :

— Vous ?... Rien...

Il ajouta :

— J'estime, madame, que vous devriez laisser le guéridon de malachite à votre cousine Susan.

Rosamund écarquilla les yeux :

— Et pourquoi donc ? J'y *tiens*.

— Je sais. Je sais. Mais vous... vous garderez votre mari. Alors que cette pauvre Susan, elle, perdra le sien.

— Elle le perdra ? Vous pensez qu'il va lever le pied, son Greg, avec une greluche quelconque ? Je n'aurais jamais cru ça de lui. Il a l'air si mou.

— L'infidélité n'est pas la seule voie par laquelle une femme puisse perdre son mari, madame.

— Vous ne sous-entendez pas que... Vous ne pensez tout de même pas que Greg a empoisonné oncle Richard, tué tante Cora et essayé d'assommer tante Helen ?... Ça serait ridicule. Même *moi*, j'y vois plus clair.

— Et qui a fait tout ça, alors ?

— George, évidemment. Ce n'est qu'une petite frappe, impliqué dans je ne sais quel trafic de devises... J'ai su ça par certains de mes amis qui étaient en même temps que lui à Monte-Carlo. J'imagine qu'oncle Richard avait fini par le savoir et qu'il s'apprêtait à le déshériter.

Elle fit une pause et reprit, non sans une certaine délectation :

— J'ai toujours su que c'était George.

24

Le télégramme arriva vers 6 heures du soir.

Conformément à une demande particulière, il fut délivré par porteur, et non téléphoné. Hercule Poirot, qui n'avait cessé de rôder près de la porte, s'en saisit dès que le télégraphiste l'eut remis en mains propres à Lanscombe.

Il l'ouvrit avec moins de méticulosité que de coutume. Le texte ne comportait que trois mots et une signature.

Poirot se laissa aller à un gigantesque soupir de soulagement.

De sa poche, il sortit un billet d'une livre qu'il glissa au jeune garçon confondu.

— Il est des moments, dit-il à Lanscombe, où il faut savoir s'adonner aux largesses.

— C'est bien possible, monsieur, concéda le maître d'hôtel avec politesse.

— Où est l'inspecteur Morton ?

— L'un de ces messieurs de la police, expliqua Lanscombe avec un certain dégoût — et non sans laisser entendre qu'il ne lui était pas possible de retenir les noms de « ces messieurs » —, nous a déjà quittés. L'autre, je crois, est dans le bureau.

— Epatant ! s'exclama Poirot. Je le rejoins immédiatement !

Il tapa sur l'épaule du vieux domestique :

— Courage, mon bon ami, nous sommes sur le point d'aboutir !

Lanscombe eut l'air un peu effaré, car il avait davantage pensé à des départs qu'à des aboutissements.

— Si je comprends bien, monsieur, souffla-t-il, monsieur ne se propose plus de partir par le train de 21 h 30 ?

— Ne perdez pas l'espoir.

Poirot s'éloignait quand, soudain, il se retourna et demanda :

— Dites-moi, Lanscombe, vous souviendriez-vous des premiers mots que Mrs Lansquenet vous a dits quand elle est arrivée le jour de l'enterrement de votre maître ?

— Je m'en souviens très bien, monsieur.

Le visage du maître d'hôtel s'éclaira :

— Miss Cora... Pardon, Mrs Lansquenet... J'ai toujours pensé à elle comme à miss Cora...

— C'est bien naturel.

— Elle m'a dit : « Bonjour, Lanscombe. Il a coulé bien de l'eau sous les ponts depuis que vous nous apportiez des meringues dans nos cabanes. » Les enfants avaient chacun leur cabane, monsieur, au fond du parc. Et j'avais l'habitude, quand nous avions un dîner de gala, d'apporter des meringues à nos jeunes demoiselles et à nos jeunes messieurs — enfin aux plus jeunes, monsieur le comprendra...

Et miss Cora, monsieur, elle a toujours été portée sur la gourmandise.

Poirot hocha la tête :

— Oui. C'est ce que je pensais. Ça, c'était très caractéristique.

Il s'en fut au bureau et, sans un mot, tendit le télégramme à l'inspecteur Morton qui le lut sans broncher :

— Je n'y comprends goutte.

— Le temps est venu de tout vous dire.

L'inspecteur Morton sourit :

— Vous me faites penser à une jeune personne dans un mélodrame victorien. Mais le moment est venu de vider votre sac. Je ne peux plus jouer cette comédie très longtemps. Notre camarade-Banks persiste à affirmer qu'il a empoisonné Richard Abernethie et à se vanter que nous ne pourrons jamais trouver comment. Je ne cesse pas d'être surpris de constater qu'à chaque meurtre, il y a toujours quelqu'un pour crier sur tous les toits que c'est lui qui a fait le coup ! Mais qu'est-ce qu'ils croient donc ? Je n'y ai jamais rien compris.

— Dans le cas qui nous occupe, c'est probablement pour se protéger de la difficulté d'être responsable de soi-même... Pour regagner le giron de Forsdyke House, si vous préférez.

— Ce sera plus probablement Broadmoor.

— Le résultat serait tout aussi satisfaisant.

— Mais est-ce qu'il l'a *fait*, Poirot ? La Gilchrist m'a raconté la petite histoire qu'elle vous avait déjà dite, et ça collerait avec ce que Richard Abernethie avait dit de sa nièce. Si c'est son mari qui a fait le coup, elle sera de toute façon impliquée. Quoi qu'il en soit, vous savez, je ne peux pas imaginer cette fille en train de perpétrer une foule de crimes. Mais, pour le couvrir, *lui*, elle ferait n'importe quoi.

— Je m'en vais tout vous dire et...

— Oui. Dites-moi tout. Et, pour l'amour de Dieu, dites-le-moi vite !

*

Cette fois, Hercule Poirot rassembla son monde dans le grand salon.

Il y avait plus d'amusement que de tension sur les visages qui se tournaient vers lui. La vraie menace s'était concrétisée sous les traits de l'inspecteur Morton et du superintendant Parswell. Dès lors que la police avait pris la direction des opérations, posant des questions et exigeant des dépositions, M. Hercule Poirot, détective privé de son état, n'était plus qu'une manière de guignol.

Timothy ne fut pas loin d'exprimer le sentiment général lorsqu'il confia, *sotto voce*, à son épouse :

— Bougre de charlatan !... Entwhistle est devenu gâteux... je ne vois pas d'autre explication.

Il était clair qu'Hercule Poirot aurait fort à faire pour inverser le courant.

Il préluda avec sa pompe coutumière :

— Pour la seconde fois, je vous annonce mon départ ! Ce matin, je vous avais dit que je partirais par le train de midi. Mais, ce soir, je vous affirme que je vous quitterai par le train de 9 heures et demie — immédiatement après le dîner. Je pars parce que je n'ai plus rien à faire ici.

— On aurait pu lui dire ça depuis le début ! commenta Timothy avec force. Il n'a jamais rien eu à faire ici ! Le toupet de ce genre d'individus !...

— J'étais venu ici pour résoudre une petite devinette, poursuivit Poirot sans se démonter. Et je l'ai résolue. Permettez-moi, tout d'abord, de reprendre l'un après l'autre les points soulevés par Mr Entwhistle.

» *Primo*, Mr Richard Abernethie meurt subitement. *Secundo*, après ses funérailles, sa sœur, Cora Lansquenet, dit : « Mais il a bien été assassiné, non ? » *Tertio*, Mrs Lansquenet est tuée. La seule question qui vaille était celle-ci : ces trois événements appartenaient-ils à la même *séquence* ? Observons ce qui se passe ensuite : miss Gilchrist, la demoiselle de compagnie de la défunte, tombe malade après avoir consommé un morceau de gâteau de mariage contenant de l'arsenic. Ce fait constitue l'étape *suivante* de la séquence.

» Maintenant, comme je vous l'ai dit ce matin, je n'ai, dans le courant de mon enquête, rien trouvé — rigoureusement rien — pour étayer la thèse selon laquelle Mr Abernethie aurait été empoisonné. Il est vrai que je n'ai pas trouvé non plus quoi que ce soit qui prouve de manière décisive qu'il ne l'a *pas* été. Mais au fur et à mesure que nous avançons, les choses deviennent plus faciles. Incontestablement, Cora Lansquenet a bien posé sa question sensationnelle à l'enterrement. *Là-dessus,* tout le monde est d'accord. Et il est tout aussi incontestable que, le lendemain, Mrs Lansquenet a été assassinée — une hachette étant l'instrument du crime. Examinons un instant le quatrième fait. Le conducteur de la camionnette postale est absolument persuadé — encore qu'il n'en jurerait pas — qu'il n'a pas distribué le paquet contenant le gâteau de mariage. S'il en est bien ainsi, le paquet a été apporté par quelqu'un et, si nous ne pouvons exclure l'action d'un inconnu, nous devons porter une attention particulière aux personnes qui se trouvaient sur place et en situation de déposer le paquet là où il a été trouvé. Il s'agissait en l'occurrence : de miss Gilchrist elle-même, cela va de soi ; de Mrs Susan Banks, qui était venue ce jour-là pour l'enquête judiciaire ; et de Mr Entwhistle — mais oui, il nous faut prendre Mr Entwhistle en considération. Il était présent, souvenez-vous, lorsque Cora a fait sa remarque qui a mis le feu aux poudres ! Et il y avait encore deux autres personnes : un vieux monsieur qui s'est présenté lui-même sous le nom de Mr Guthrie, critique d'art ; et une religieuse ou des religieuses qui, tôt le matin, sont passées pour une quête.

» J'ai décidé de partir du principe que les souvenirs du conducteur de la camionnette postale sont corrects. Par conséquent, le petit groupe de suspects doit faire l'objet d'une étude attentive. Miss Gilchrist n'a bénéficié en rien de la mort de Richard Abernethie et seulement dans une proportion quasi négligeable de celle de Mrs Lansquenet — en réalité, le décès de cette dernière la met au chômage et la laisse avec l'éventualité d'éprouver des difficultés à retrouver un nouvel emploi. En outre, miss Gilchrist a dû être hospitalisée à la suite d'un empoisonnement à l'arsenic parfaitement avéré.

» Susan Banks, elle, a bel et bien bénéficié de la mort de Richard Abernethie et, à un moindre degré, de celle de Cora Lansquenet — encore que son mobile aurait certainement été sa propre sécurité. Elle pourrait avoir eu une très bonne raison de penser que miss Gilchrist avait surpris une conversation à son sujet entre Mrs Lansquenet et son frère, et décidé qu'elle devait être éliminée. Elle-même, souvenez-vous, a refusé une part du gâteau de mariage et a commencé par suggérer de n'appeler le médecin que dans la matinée, alors que miss Gilchrist a été prise de malaise dans la nuit.

» Mr Entwhistle ne tire aucun profit des deux décès — mais il avait exercé un contrôle considérable sur les affaires de Richard Abernethie et sur les fonds à lui confiés en fidéicommis, et il pouvait avoir un motif précis pour que Richard Abernethie ne vive plus trop longtemps. Mais, me direz-vous, si Mr Entwhistle était le meurtrier, pourquoi serait-il venu me trouver, *moi* ?

» A quoi je répondrai que ce ne serait pas la première fois qu'un assassin se montre trop sûr de lui.

» Nous en arrivons enfin à ceux que j'appellerai mes deux outsiders, Mr Guthrie et une religieuse. Si Mr Guthrie est réellement Mr Guthrie, le critique d'art, alors il est hors de cause. Même chose pour la religieuse, s'il s'agit réellement d'une religieuse. La question qui se pose est la suivante : ces deux personnes sont-elles bien elles-mêmes, ou sont-elles quelqu'un d'autre ?

» J'ajouterai que, tout au long de cette affaire, il y a comme un leitmotiv de la religieuse. Une religieuse se présente à la porte de Mr Timothy Abernethie, et miss Gilchrist croit que c'est celle qu'elle a déjà vue à Lytchett St Mary... Une religieuse est également venue ici, la veille de la mort de Mr Abernethie.

— La religieuse, à trois contre un, murmura George Crossfield.

— Donc nous avons déjà en main certaines pièces de notre puzzle : la mort de Richard Abernethie, le meurtre de Cora Lansquenet, le gâteau de mariage empoisonné, le leitmotiv de la religieuse.

» A quoi j'additionnerai quelques éléments qui ont attiré mon attention : la visite d'un critique d'art, une odeur de peinture à l'huile, une carte postale représentant le port de Polflexan et, finalement, un bouquet de fleurs de cire placé sur le guéridon de malachite où est actuellement posé un vase chinois.

» C'est ma réflexion sur ces divers éléments qui m'a conduit à la vérité — une vérité que je suis sur le point de vous révéler.

» Je vous en ai déjà dit la première partie ce matin. Richard Abernethie est mort soudainement — mais on n'aurait pas eu la moindre raison de soupçonner un acte de malveillance s'il n'y avait eu ces quelques mots proférés par sa sœur Cora lors de l'enterrement. *Toute l'affaire du meurtre de Richard Abernethie repose sur ces quelques mots.* Ils ont eu pour conséquence que vous avez tous cru qu'il y avait bien eu meurtre, et vous l'avez cru, non pas tant en raison de la signification même de ces mots, mais surtout à cause de la personnalité de Cora Lansquenet — puisque Cora Lansquenet avait toujours eu la réputation de dire la vérité dans les situations les plus gênantes. En d'autres termes, l'hypothèse du meurtre de Richard Abernethie ne repose pas *sur ce que Cora a dit,* mais sur Cora elle-même.

» Et j'en viens maintenant à la question que je me suis tout à coup posée :

» *A quel point connaissiez-vous tous Cora Lansquenet ?*

Poirot se tut.

— Qu'est-ce que vous entendez par là ? demanda Susan Banks.

Poirot négligea l'interruption :

— *Pas bien du tout* — voilà la réponse ! Les représentants de la jeune génération ne l'ont jamais vue, ou seulement alors qu'ils n'étaient que de très jeunes enfants. En fait, il n'y avait que trois personnes présentes qui connaissaient *réellement* Cora : Lanscombe, le maître d'hôtel — qui est vieux et presque aveugle ; Mrs Timothy Abernethie — qui ne l'avait vue que quelques rares fois aux alentours de son mariage ; et Mrs Leo Abernethie — qui l'a très bien connue, mais qui ne l'avait pas revue depuis vingt ans.

» Aussi me suis-je dit : « Et si nous supposions que ce n'est *pas* Cora Lansquenet qui assistait ce jour-là aux obsèques ? »

— Vous voulez dire que tante Cora... n'était pas tante Cora ? interrogea Susan, incrédule. Et vous voulez dire aussi que ce n'est pas tante Cora qui a été assassinée, mais quelqu'un d'autre ?

— Non, non, c'est bien Cora Lansquenet qui a été assassinée. Mais ce n'était pas Cora Lansquenet qui avait assisté la veille à l'enterrement de son frère. La femme présente ce jour-là était venue dans un seul but : exploiter, si j'ose m'exprimer ainsi, le fait que Richard était mort soudainement, en créant dans l'esprit de ses proches l'impression qu'il avait été assassiné. Ce qu'elle a réussi à faire avec le plus grand succès !

— C'est idiot ! lança Maude. Dans quel but ? A quoi cela aurait-il pu servir ?

— Dans quel but ? *Dans le but de détourner l'attention d'un autre assassinat.* De l'assassinat de Cora

Lansquenet elle-même. Parce que si Cora dit que Richard a été assassiné, et que le lendemain *elle est elle-même assassinée,* ces deux morts successives se verront attribuer un rapport de cause à effet. Tandis que si Cora est assassinée et s'il y a effraction, mais si cet apparent cambriolage ne paraît pas convaincant aux policiers, ils vont chercher... où ça ? Tout près, n'est-ce pas ? Et les soupçons tomberont sur la femme qui vivait sous le même toit qu'elle.

Miss Gilchrist protesta avec une quasi-pétulance :

— Voyons !... vraiment, monsieur Pontarlier... Vous ne suggérez tout de même pas que j'aurais commis un meurtre pour une broche d'améthyste et quelques aquarelles sans valeur ?

— Non, répliqua Poirot. Mais pour un peu plus que cela. L'un de ces tableautins, miss Gilchrist, représente le port de Polflexan et, comme Mrs Banks a été assez maligne pour le comprendre, il a été brossé d'après une carte postale qui montre encore la jetée. Mais Mrs Lansquenet peignait toujours d'après nature. Je me suis alors souvenu que Mr Entwhistle m'avait dit qu'il y avait une odeur de peinture à l'huile dans le cottage la première fois qu'il y était allé. Vous peignez, n'est-ce pas, miss Gilchrist ? Votre père était un artiste et vous vous y connaissez en peinture. Supposons que l'une des toiles que Cora Lansquenet avait achetées pour une bouchée de pain à une vente aux enchères soit une œuvre de grande valeur. Supposons qu'elle ne s'en soit pas aperçue, mais que vous l'ayez, *vous*, compris. Vous saviez qu'elle attendait, à très bref délai, la visite de l'un de ses amis, critique d'art réputé. C'est alors que son frère meurt subitement — et un plan s'échafaude dans votre tête. Il vous est facile de lui administrer un sédatif dans sa tasse de thé matinale, ce qui la maintiendra dans l'inconscience toute la journée de l'enterrement, tandis que vous-même jouerez son rôle à Enderby. Vous connaissez bien Enderby pour avoir souvent entendu Cora en parler.

Elle vous a beaucoup raconté son enfance, comme le font souvent les gens qui prennent de l'âge. Il vous est donc facile d'aborder Lanscombe avec une allusion aux meringues et aux cabanes qui établira l'authenticité de votre identité au cas où il aurait nourri le moindre doute. Oui, vous avez très bien utilisé votre connaissance d'Enderby ce jour-là, avec des rappels de ceci ou de cela et des réminiscences. Personne n'a soupçonné que vous n'étiez pas Cora. Vous portiez ses vêtements, avec un léger rembourrage, et comme elle usait d'une fausse frange, il vous était facile de vous coiffer comme elle. Personne n'avait vu Cora depuis vingt ans — et, en vingt ans, les gens changent tellement qu'on dit souvent : « Je ne l'aurais jamais reconnue ! » En revanche, on se souvient bien des attitudes, et Cora en avait de très caractéristiques, que vous aviez répétées avec soin devant un miroir.

» Et c'est là, bizarrement, que vous avez commis votre première erreur. Vous avez oublié que, *dans une glace, l'image est inversée.* Quand vous voyiez dans le miroir une imitation parfaite du mouvement d'oiseau qu'avait Cora pour incliner sa tête de côté, vous n'avez pas compris qu'en réalité, c'était *du mauvais côté* que vous incliniez la vôtre. Vous voyiez, dirons-nous, Cora incliner la tête *à droite* — mais vous oubliiez qu'en fait, vous incliniez, vous, la tête *à gauche* pour produire l'effet recherché.

» C'est ce qui a intrigué Helen Abernethie au moment où vous avez lancé votre fameuse insinuation. Le détail qui lui semblait « ne pas coller ». J'ai compris cela moi-même l'autre soir, quand Rosamund Shane a fait une remarque inattendue sur ce qui arrive dans une telle occasion. Chacun regarde inévitablement celui ou celle qui parle. Donc, si Mrs Leo pensait que quelque chose « ne collait pas », c'était *Cora Lansquenet* elle-même qui ne collait pas. Je pense qu'après la conversation sur les miroirs et sur la façon dont on se voit soi-même, Mrs Leo a fait des essais devant sa glace. Son visage n'est pas particulièrement asymétrique. Elle a probablement pensé à Cora, elle s'est souvenue de son habitude d'incliner la tête sur la droite, a fait le geste et a regardé... et, bien évidemment, l'image qu'elle a vue lui paraissait « ne pas coller » elle non plus. Elle a, du même coup, compris en un éclair ce qui ne collait pas le jour de l'enterrement. Et elle a réfléchi : ou bien Cora avait pris l'habitude d'incliner la tête dans l'autre sens — ce qui était bien improbable —, ou bien alors *Cora n'était pas Cora.* Rien de tout cela ne lui paraissait avoir de sens. Mais elle a pris la décision de faire part sur-le-champ de sa découverte à Mr Entwhistle... Quelqu'un qui se lève de bonne heure était déjà dans les parages, l'a suivie, et, dans la crainte des révélations qu'elle pourrait faire, l'a assommée avec un lourd objet de marbre.

Poirot fit une pause, puis il reprit :

— Je puis bien vous dire maintenant, miss Gilchrist, que la commotion de Mrs Abernethie n'est pas grave. Elle sera bientôt en mesure de nous donner sa propre version.

— Jamais je n'aurais fait une chose pareille ! protesta miss Gilchrist. Toute cette histoire est un tissu de mensonges infâmes !

— C'était *vous*, ce jour-là ! lança soudain Michael Shane qui avait scruté son visage. J'aurais dû m'en apercevoir plus tôt... J'avais la vague impression de vous avoir déjà vue quelque part. Mais, naturellement, on ne regarde jamais longtemps une...

— Non, personne ne se donne la peine de regarder une quelconque dame de compagnie, enchaîna miss Gilchrist d'une voix amère. Une femme de peine ! Presque une domestique ! Mais continuez, monsieur Poirot. Continuez de débiter votre incroyable tissu d'insanités.

— Bien entendu, reprit Poirot, l'idée de l'assassinat lâchée lors de l'enterrement ne constituait que la première étape. Vous en aviez d'autres en réserve.

Vous étiez prête à reconnaître n'importe quand que vous aviez écouté la conversation entre Richard et sa sœur. Ce qu'il lui a vraiment dit, je n'en doute pas, c'est qu'il n'avait plus très longtemps à vivre, et cela explique une phrase mystérieuse dans la lettre qu'il lui a écrite après être revenu à Enderby. La « religieuse » était une autre de vos inventions. La religieuse, ou plus exactement, les deux religieuses qui se sont présentées au cottage le jour de l'enquête judiciaire vous ont suggéré l'idée de dire qu'une religieuse « vous suivait », et vous vous en êtes servie le jour où vous avez eu besoin d'entendre ce que Mrs Timothy disait à sa belle-sœur, et pour pouvoir l'accompagner à Enderby et découvrir par vous-même où en étaient les soupçons. Enfin, s'empoisonner *soi-même*, gravement mais pas de manière fatale, avec de l'arsenic, c'est un très vieux truc — mais je peux préciser que c'est cela qui a conduit l'inspecteur Morton à vous soupçonner.

— Mais cette peinture ? interrogea Rosamund. Quel genre de peinture était-ce ?

Lentement, Poirot déplia un télégramme :

— Ce matin, j'ai téléphoné à Mr Entwhistle, qui a toute ma confiance, pour lui demander de se rendre à Stansfield Grange et, agissant sous l'autorité de Mr Abernethie lui-même (là, Poirot lança un regard dur à Timothy), de regarder parmi les œuvres d'art dans la chambre de miss Gilchrist et d'emporter la toile du port de Polflexan, sous le prétexte de la faire réencadrer pour faire une surprise à miss Gilchrist. Il devait la rapporter à Londres à Mr Guthrie auquel j'avais envoyé un câble pour le prévenir. La vue hâtivement peinte de Polflexan Harbour a été enlevée et l'original mis à nu.

Poirot brandit le télégramme et le lut :

— « Incontestablement un Vermeer. Guthrie. »

Tout à coup, miss Gilchrist, à la surprise générale, laissa échapper un flot de paroles :

— Je savais que c'était un Vermeer. Je le *savais* !

Elle, elle n'en savait rien. Toujours à parler d'un Rembrandt et de primitifs italiens, et incapable de voir un Vermeer quand elle en avait un sous le nez ! Toujours à jacasser sur l'art, sans rigoureusement rien y connaître ! Elle était stupide, indécrottablement stupide. Toujours à discourir sur cet endroit... sur Enderby... et sur ce qu'ils y faisaient lorsqu'ils étaient enfants, et sur Richard, et Timothy, et Laura, et les autres. Toujours couverts d'argent ! A qui on donnait invariablement ce qu'il y avait de plus beau ! Vous ne pouvez pas savoir comme c'est ennuyeux d'entendre quelqu'un débiter toujours les mêmes histoires, heure après heure et jour après jour. Et de répéter comme un perroquet : « Oh ! oui, Mrs Lansquenet » et « Vraiment, Mrs Lansquenet ? ». De faire semblant d'être fascinée. Alors qu'en réalité, on s'ennuie... On s'ennuie... *On s'ennuie !...* Sans entrevoir aucun avenir... Et puis un Vermeer !... J'ai lu dans les journaux qu'un Vermeer s'était vendu l'autre jour plus de cinq mille livres !

— Vous l'avez tuée, avec cette brutalité, pour cinq mille livres ? demanda Susan d'une voix pleine d'incrédulité.

— Cinq mille livres, dit Poirot, auraient permis de louer et d'équiper *un salon de thé...*

Miss Gilchrist se tourna vers lui :

— Enfin, vous *com-pre-nez*. C'était la seule chance qui m'ait jamais été donnée. Il me *fallait* un capital de départ.

La force de son rêve obsessionnel faisait vibrer sa voix.

— Je l'aurais appelé *Le Palmier*, reprit-elle. Avec de petits dromadaires comme porte-menus. On peut trouver de temps à autre de l'assez belle porcelaine — des rebuts d'exportation — pas ces horribles machins blancs. J'avais l'intention de me lancer dans un joli coin, où j'aurais une clientèle triée sur le volet. J'avais pensé à Rye... ou à Chichester, peut-être. Je suis sûre que j'en aurais fait une réussite.

Elle marqua une pause :

— Des tables en chêne... de petites chaises cannées avec des coussins rayés rouge et blanc...

Pendant un instant, le salon de thé qui n'existerait jamais sembla plus réel que la solidité victorienne du salon d'Enderby.

Ce fut l'inspecteur Morton qui rompit le sortilège.

Miss Gilchrist se tourna vers lui avec courtoisie :

— Mais certainement... Tout de suite. Pour rien au monde je ne voudrais vous causer la moindre difficulté, croyez-moi. Après tout, si je ne peux pas avoir mon *Palmier*, rien n'a plus vraiment d'importance.

Elle quitta la pièce avec le policier.

— Je n'aurais jamais imaginé une meurtrière *si comme il faut*, souffla Susan encore sous le coup de l'émotion. C'est horrible...

25

— Mais je ne comprends rien au sujet des fleurs de cire, dit Rosamund en fixant sur Hercule Poirot un regard chargé de reproches.

Ils se trouvaient dans l'appartement d'Helen, à Londres. Helen était allongée sur le sofa, et Rosamund et Poirot étaient venus prendre le thé en sa compagnie.

— Je ne saisis toujours pas quel rôle les fleurs de cire ont pu jouer dans l'affaire, répéta Rosamund. Ni le guéridon de malachite.

— Le guéridon de malachite, aucun. Mais les fleurs de cire ont constitué la seconde erreur de miss Gilchrist. Elle a dit qu'elles étaient ravissantes sur le guéridon. Or, comprenez bien, madame, qu'elle ne *pouvait* matériellement pas les avoir vues là. Parce que le globe avait été cassé et qu'elles avaient été rangées dans le placard avant l'arrivée des Timothy Abernethie. *Elle ne pouvait donc les avoir vues que lorsqu'elle était venue à Enderby en se faisant passer pour Cora Lansquenet.*

— *Ça,* c'était stupide de sa part, non ? observa Rosamund.

Poirot la menaça de l'index :

— Cela vous montre, madame, les dangers de la *conversation*. J'ai la conviction profonde que si vous pouvez conduire une personne à parler avec vous pendant assez longtemps, *sur quelque sujet que ce soit,* elle finira tôt ou tard par se trahir. C'est ce qui s'est passé avec miss Gilchrist.

— Il va falloir que je me montre désormais prudente, murmura-t-elle, songeuse.

Son visage s'éclaira soudain :

— Vous savez, je vais avoir un bébé.

— Tiens ! tiens ! C'est ce qui explique Harley Street et Regent's Park, non ?

— Si, bien sûr ! J'étais si bouleversée, vous comprenez, et si surprise... Il fallait que j'aille quelque part pour *réfléchir*.

— Vous m'avez dit, je m'en souviens, que cela ne vous arrivait pas souvent.

— Oui, s'en abstenir vous simplifie beaucoup l'existence. Mais, cette fois-là, j'avais à prendre une décision qui allait engager l'avenir. Et j'ai décidé de quitter la scène et de n'être plus qu'une mère.

— C'est un rôle qui vous conviendra admirablement. J'imagine déjà des photos délicieuses dans le *Sketch* et dans le *Tatler.*

Rosamund souriait de bonheur :

— Oui, c'est merveilleux. Et vous savez quoi ? Michael est *en-chan-té.* Je n'aurais jamais cru ça de lui...

Elle s'interrompit, puis ajouta :

— Susan a eu le guéridon de malachite. Il m'a semblé que, puisque j'allais avoir un bébé...

Elle n'acheva pas sa phrase.

— L'affaire de produits de beauté de Susan semble

prometteuse, observa Helen. Je crois qu'elle est partie pour un grand succès.

— Oui, renchérit Poirot. Elle est née pour réussir. C'est le portrait de son oncle.

— Vous faites allusion à oncle Richard, j'imagine ? tint à savoir Rosamund. Pas à oncle Timothy ?

— Assurément pas à Timothy, avoua Poirot.

Tous trois éclatèrent de rire.

— Greg est je ne sais où, reprit la jeune femme. *D'après Susan,* il s'agit d'une cure de repos...

Elle lança un regard interrogateur à Poirot, qui ne releva pas.

— Je ne comprends pas pourquoi il n'arrêtait pas de dire qu'il avait tué oncle Richard, reprit-elle. Vous croyez que c'est une forme d'exhibitionnisme ?

Poirot en revint au sujet précédent :

— J'ai reçu une lettre très aimable de Mr Timothy Abernethie. Il se déclare hautement satisfait des services que j'ai rendus à la famille.

— Je trouve oncle Timothy assez épouvantable.

— Je vais séjourner chez eux la semaine prochaine, annonça Helen. Il semble qu'ils soient en train de refaire le jardin, mais qu'ils aient encore de la peine à trouver des domestiques.

— L'horrible Gilchrist leur manque, j'imagine, gloussa Rosamund. Mais je suis sûre qu'au bout du compte, elle aurait tué aussi oncle Timothy. Quelle rigolade si elle l'avait fait !

— Le meurtre a toujours paru vous amuser, madame.

— Oh ! non, pas vraiment. Mais j'étais *persuadée* que c'était George qui avait fait le coup.

Ses yeux pétillèrent :

— Il s'y mettra peut-être un jour.

— Et vous trouverez ça tordant ? railla Poirot.

— Oui, bien sûr ! Pas vous ?

Elle reprit un éclair dans l'assiette posée devant elle.

Poirot se tourna vers Helen :

— Quant à vous, madame, vous allez repartir pour Chypre ?

— Oui, dans une quinzaine de jours.

— En ce cas, permettez-moi de vous souhaiter un bon voyage.

Il lui baisa la main. Elle l'accompagna jusqu'à la porte, laissant Rosamund se bourrer rêveusement de pâtisseries à la crème.

— Je voudrais que vous sachiez, monsieur Poirot, lâcha Helen tout à trac, que le legs de Richard a pour moi infiniment plus d'importance que pour les autres héritiers.

— Tant que cela, madame ?

— Oui. Voyez-vous... Il y a un enfant, à Chypre... Mon mari et moi, nous nous adorions... C'était un grand chagrin pour nous que de n'avoir pas d'enfant. Après sa mort, ma solitude était effroyable. Et puis, à la fin de la guerre, lorsque j'étais infirmière à Londres, j'ai rencontré un homme... Il était plus jeune que moi, et marié. Un mariage pas très heureux. Nous sommes sortis ensemble pendant un moment. C'est tout. Il est reparti pour le Canada, vers sa femme et ses enfants. Il n'a jamais su — pour notre enfant. Il pourrait n'en avoir pas voulu. Moi, si. Ça me paraissait un miracle — à moi, femme mûrissante qui avait sa vie derrière elle. Avec l'argent de Richard, je vais pouvoir donner une éducation convenable à mon prétendu neveu et lui assurer un bon départ dans la vie... Je n'en ai jamais parlé à Richard. Il m'aimait beaucoup, et je l'aimais beaucoup aussi — mais il n'aurait pas compris. Vous en savez maintenant tant sur nous tous que j'ai tenu à ce que vous sachiez cela aussi.

Une fois encore, Poirot lui baisa la main.

*

— Bonjour, Poirot, dit Mr Entwhistle. Je reviens à l'instant des assises. Ils ont bien entendu rendu un verdict de culpabilité. Mais je ne serais pas surpris si elle finit à Broadmoor. Elle a définitivement perdu la boule depuis qu'elle est en prison. Elle semble très heureuse, vous savez, et se montre d'une humeur exquise. Elle passe l'essentiel de son temps à élaborer les projets les plus complexes pour monter une chaîne de salons de thé. Le dernier en date de ses établissements s'appellera *Le Bosquet de lilas.* Elle l'ouvrira à Cromer.

— On peut se demander si elle n'a pas toujours été un peu folle. Mais, moi, je ne le pense pas.

— Bon Dieu, non ! Elle était aussi sensée que vous et moi lorsqu'elle a préparé cet assassinat. Et elle l'a exécuté de sang-froid. Elle avait une cervelle qui fonctionnait bien, vous savez, sous ses manières un peu gnangnans.

Poirot fut saisi d'un frisson :

— Je pense aux quelques mots qu'a dits Susan Banks — qu'elle n'aurait jamais imaginé une meurtrière *aussi comme il faut.*

— Et pourquoi pas ? commenta Mr Entwhistle. Il en faut de toutes sortes... et pour tous les goûts.

Ils méditèrent en silence — et Poirot revit, par la mémoire, les assassins qu'il avait connus...

Composition réalisée par JOUVE

IMPRIMÉ EN FRANCE PAR BRODARD ET TAUPIN
La Flèche (Sarthe).
Imp. : 19063 – Edit. : 35834 - 05/2003
ISBN : 2 - 7024 - 2712 - X
Édition : 07